Emi Yusa

等流完汗後，
再去浴室聊
女孩子的話題吧♥

打工吧★魔王大人

Satoshi Wagahara
Illustration Oniku
和ケ原聡司
插畫 029

Kadokawa Fantastic Novels

序章

眼前是一片朦朧的紅色天空。

「真是短暫的一生啊。」他以稚嫩的思考放棄了一切。

逐漸模糊的視線，彷彿在宣告已經連一根手指都動不了的他即將油盡燈枯。

他並不害怕死亡。以他年幼的程度，甚至連感到恐懼的餘裕都沒有。

在壽命方面，他們並不算是短命的種族，事實上他的雙親也生存了千年之久。

然而在暴力的狂風面前，固有的壽命根本一點意義也沒有。

紅色、紅色、紅色，由於一切都被染成了紅色，讓原本就是紅色的世界變得更加鮮紅，而他也即將被那片紅色給吞沒。

既沒有恐懼，也沒有哀傷，就只是對這件事實——

「……唔。」

感到悔恨。

難道寄宿在自己體內的靈魂，是為了被人蹂躪殘殺而存在的嗎？

序章

難道所有的族人，都是為了死於非命才活到今天這個時候的嗎？

他才剛意識到「自己」，剛成長到能記憶「自己」經歷過的一切，這條命就要像空中散開的雲、停止吹拂的風以及正吸吮著自己鮮血的大地砂石般，既無價值又自然地消逝了。

為什麼自己的靈魂，要降生在這種地方呢？

倘若無意義的靈魂反覆誕生與消逝才是自然之理，那為什麼要讓靈魂這種東西寄宿在自己的肉體內呢。

紅色的天空漸趨朦朧。

不同於滴在紅色大地上的赤紅鮮血，一個既透明又不可思議的東西映照在他的眼中。

就在這一瞬間，無論是紅色的天空、紅色的大地、紅色的風還是他那被染成紅色即將喪命的肉體，一樣足以逼退一切的東西支配了他的靈魂。

無限延伸的漆黑天空，正閃爍著無數的光點。

此外，還有兩個特別巨大的圓形物體懸掛在其中。

那兒似乎是個聚集了眾多魂魄的場所。或許自己接下來也將前往那個地方也不一定。

那東西有著令人平靜的色彩，以及一股難以形容的魅力。

那道顏色遠遠凌駕了染紅他的事物，同時也吸引了他。

不過無論肉體還是靈魂都動彈不得的他，根本就無法對它伸出手。明明能讓他的靈魂與肉

體獲得安息的場所，就在那彷彿伸手可及之處。

漂浮在天空中的那道光芒，再度變得模糊起來。

「……唉，不過啊，那裡也並非全都是好事喔？我認為這世界上再也沒什麼比『烏托邦』還要可疑的詞彙了。」

眼前的景象快速變回紅色。

儘管全身劇痛，意識也逐漸模糊，但他還是確實聽見了。

「雖然事情很容易因為看法不同而改變，但我倒是覺得這裡的紅色很漂亮呢。」

「……不過……紅色，很恐怖。」

「喔？恐怖，恐怖啊！真令人驚訝。雖然這是我第一次遇見會哭的惡魔，但沒想到居然會有惡魔哭訴這占據了魔界大半的顏色很恐怖呢。」

既然有聲音傳來，就表示有某人正待在自己身邊。儘管即將命喪於此，毫無防備地躺在地上這點依然讓他感到害怕。

既然會感到害怕，就表示內心還想要活下去，也就是他的內心還希望自己的性命能繼續延續下去。

他用模糊的視線拚命尋找「敵人」的身影，但沒想到凝視著自己的那陌生的「某人」卻站了起來。

那個人的身材與幼小的他幾乎沒什麼兩樣，不對，或許比他還要纖細也不一定。有著前所未見外表的「敵人」，揚起嘴角說道：

「你想知道自己剛看見的顏色是什麼嗎？」

面對「敵人」的問題，他不知為何毫不猶豫地點了頭。

至少他的靈魂，已經回歸到足以點頭的程度。

接著「敵人」的頭髮，便散發出與他想知道的顏色非常相近的光芒。

「那就表示要了解世界喔。還有，同時也是了解你所害怕的紅色新的另一面。」

瞬間被一股微弱光芒包圍的他，感覺全身的疼痛正逐漸緩和。

「你叫什麼名字？」

「……撒旦。」

雖然這是個非常普遍的名字，但「敵人」還是誇張地點了一下頭。

「真是個好名字。」

好名字嗎？這是很久以前統治這塊大地的偉大王者之名。用在弱小部族的瀕死小孩身上實在太浪費，根本就是名不副實。

「接下來，我會將了解世界用的知識託付給你。這些是為了讓你從原本沾染了恐怖的紅色中，感受到美麗的知識。」

那個人說完後露出的笑臉，就這樣深深地烙印在他的靈魂上。

「你看見的那個顏色叫做……」

魔王，重回職場

光就外表來看，給人的感覺並沒有多大的改變。

不過這也是理所當然的，就算是大規模的裝潢，還是不能對租借來的大樓做出太過極端的改裝。

與店鋪無關的外牆甚至連重新粉刷都沒有，在看過大樓碑銘上記載的年號後，更是難掩屋齡二十年以上的事實。

「你一臉期待落空的表情呢。」

他的上司在肩上背了個裝滿文件等物品的大型側肩包，雙手抱胸露出無畏的笑容說道。

「呃，嗯。因為這次不是為了翻新各種設備才特地施工的嗎？既然如此，外觀看起來應該會更新一點才對吧。」

真奧貞夫一邊將愛騎——自行車杜拉罕二號停在慣用的工作人員停車場，一邊問道。

他打工的麥丹勞幡之谷站前店明天就要重新開幕了。

如今工程用的鷹架與防塵罩已經全被拆除，成為改裝理由之一的新營業型態招牌也設置完畢，然而除了整體散發出新品的光澤以外，給人的印象並沒有什麼極端的改變。

不過像這樣一看，至今招牌上代表企業形象的紅色倒是給人一種黯淡的感覺。這是因為店外的擺設無可避免地會受到空氣中粉塵與紫外線的影響，經年老化導致的褪色。

就這點而言，果然還是新招牌的紅色比較燦爛，充滿了新裝潢的氣氛。

因為面對馬路的大窗戶上還裝著防護塑膠套，所以無法看清楚店裡的樣子。但既然窗框的大小與自動門的位置都跟以前一樣，想必室內裝潢應該也沒什麼改變。

從廚房位置與客用入口的位置都沒變來看，表示客人們的動線並不會有太大的變動，可見以座位配置為主的內裝構成要素也沒有變化。

「這個嘛，詳情就等你先看完之後再下評論吧。」

真奧的上司——店長木崎真弓自信滿滿地在自動門前蹲下，打開門上的鎖。看來似乎就連上鎖的位置也沒變。

「稍等我一下喔。若打開門後四十秒內沒用專用鑰匙解除保全公司的安全裝置，就會自動發出警報。呃～是哪一個呢……這個嗎？」

木崎開鎖後用手拉開沒通電的自動門，一邊不安地嘟囔著，一邊從側肩包裡拿出一串鑰匙走進昏暗的店內，真奧也跟著踏進店裡。

店裡深處斷斷續續地傳出警報裝置啟動的電子音。

夏季酷暑的威力至今依然未減，為此感到心煩的真奧靜待著那個瞬間。

接著大約過了三十秒後。

「！」

店裡的燈突然亮了起來。

那是真奧至今從未在日常中接觸過的光芒。

與他已經習慣的日光燈光芒不同。抬頭看向天花板的真奧，發現上面裝了無數顆類似小燈泡，但卻發出強烈光芒的小燈。

雖然每個光源都發出刺眼的強光，不過透過交互設置白光與橘光融合成一道光線的照明，還是柔和地照亮了整間店。

「這、這難道就是傳說中的ＬＥＤ照明！」

真奧驚訝地脫口而出。

接著被照亮的所有擺設，都呈現出跟以前無法比擬的極大變化。

過去因為長年使用而褪色的淺色合成皮革沙發，全被統一換成了充滿高級皮革質感的穩重咖啡色。

原本只要一踢到地面就會發出噪音、整理起來也很麻煩的吧檯旋轉椅，也被改成了固定於壁面且椅面加高的款式。

讓人難以判斷是粉紅色還是膚色、隨著時光流逝而變成神祕顏色的牆壁，也配合燈光跟擺設換成了有著柔和花紋的黃色磁磚。

「如何，這樣你還覺得期待落空嗎？」

木崎轉著鑰匙圈從裡面走了回來，真奧則是拚命地搖頭。

「雖然廚房的設備也換型號了，但操作起來跟舊款幾乎一模一樣。倒是煎爐終於換成三個爐面了，這下在尖峰時段或許會輕鬆一點呢。」

「那真是太好了！」

真奧驚訝地睜大了眼睛。

麥丹勞的漢堡是由被稱為圓麵包的麵包部分與被稱為肉餅的肉部分所組成，此外在素材方面還能分成起士、蔬菜與醬料。

煎爐是能夠同時煎正反兩面肉餅的營業用鐵板——貝殼式雙面煎爐的通稱，雖然店舖規模小也是原因之一，但至今店裡的煎爐一直都只有兩個爐面。

由於照燒類跟魚肉類的肉餅無論口味還是味道都不一樣，視情況而定或許還會使用特別的醬料，因此在做完這些餐點後，為了防止味道混在一起，必須先清理一次煎爐才行。

在尖峰時段遇到這種狀況時，可能會產生被稱為「候餐」，也就是「必須讓客人等候超出必要時間」的情形，連帶對店內執行業務的流暢度產生阻礙。

光是一個爐面的有無，就足以讓工作所需的時間與壓力變得天差地遠。

「洗手台好像也變寬了？」

「水龍頭變成自動的囉。」

「好厲害！」

真奧打從心底感嘆道。

基本上對真奧而言，只要一轉開就能馬上流出飲用水的出水口，亦即水龍頭的存在本身，就讓乍到日本的他體會到了極大的文化衝擊。

別說是安特．伊蘇拉五大陸了，就連魔界都沒有像這種連結到各個家庭、能夠自由開關的自來水。基本上魔界的水道，從水源到下水道都是指在灌溉設施內流通的設備，只有極少數的地方有能運用魔力自由開關的出水口。

光是連轉個水龍頭都會覺得感動的真奧，在來到日本後第一次去公共廁所遇見會自動出水的裝置時，更是對連轉個水龍頭的步驟都要省略而感到驚訝不已。

不過他現在已經知道被不特定多數人碰過的水龍頭，實際上比想像中還要來得不衛生，再加上麥丹勞規定每個小時都一定得洗一次手，因此這個自動水龍頭可說是十分可貴的存在。

「感覺各方面都有所進展呢！」

木崎以充滿慈愛的眼神，看著站在新機器面前雙眼閃閃發光的真奧。

「我有時候會覺得，阿真在一些奇妙的地方很純樸呢。」

「咦？」

「不，沒什麼。順帶一提，十號在那個角落。跟二樓的加起來一共有三間。」

十號是洗手間的暗號。

被催促著走進廁所的真奧，稍微迷惑了一下。

「怎麼了？」

「呃，那個……感覺好像少了什麼似的，是不是變小了啊？」

雖然廁所內有一個西式馬桶，但那跟真奧所知的馬桶似乎有點不同。

「嗯，那是不需要水箱，而且還附加溫功能的最新型免治馬桶。還有這個。」

木崎指向一個設置了許多類似遙控器按鈕的面板。

「要用那個按鈕把蓋子掀開。」

「咦咦咦咦咦？」

這下子連真奧也嚇了一跳。儘管他已經能接受自動水龍頭了，但究竟有什麼必要非得刻意用遠距離操作來掀開近在眼前的蓋子呢。

或許是覺得真奧的反應很有趣，木崎繼續說道：

「順帶一提，在男性小解的場合，則是用這個按鈕把馬桶坐墊掀開。」

為了省略掀馬桶坐墊的動作，反而讓步驟變得更加麻煩，這讓真奧感到十分在意。雖然他並非不能理解不想直接碰觸不特定多數人使用過的「不潔」，但這樣不是單純把摸的對象從馬

桶坐墊換成操控面板而已嗎？

「……那、那麼這裡的『小』跟『大』的按鈕……」

「沒錯，就是用那個沖水。」

在木崎的催促之下，真奧按下了「小」的按鈕，接著便流出比想像中還要少的水清洗馬桶內側。

「要、要是我們家的馬桶也有這種功能，或許能節省一點水費也不一定……」

魔王城進駐的Villa・Rosa笹塚，是一間距離笹塚站徒步只要五分鐘、屋齡六十年的木造公寓，基本上那裡的和式廁所沖水把手，根本連大小解的區別都沒有。

雖說若在小解的場合沖出較少的水會對水箱造成傷害，但即便如此，每次都全力沖水還是對心臟太不好了。

「……那個，這種設計在現代算很普通嗎？」

真奧暫且擱下這些家務事，向木崎問道：

「呃，雖然我家那個有點舊的規格不太能當做標準，但一般公共廁所無論是什麼類型，不是都有附一個銀色的沖水把水嗎？現在改成這種設計年紀比較大的客人會不會搞不清楚怎麼使用啊？」

「……原來如此，的確是有這個可能。一開始的時候還是先在裡面貼張說明好了。」

木崎同意地點頭。

「好了，到目前為止翻新的部分都只能算是前戲。重點在完全新裝開幕的二樓。」

「是的。」

畢竟也不能一直站著討論廁所的事情，於是木崎便帶真奧走上了位於結帳櫃檯旁的樓梯。

「接下來對你來說，應該也是未知的領域，是挑戰我們力量的全新戰場。除了我以外，你是第一個踏上二樓的幡之谷站前店員工，你要謹記在心啊。」

真奧倒抽了一口氣，跟在木崎後面。

兩人扶著樓梯扶手，一步一步地走上鋪了跟地板同色磁磚的樓梯，然後抵達了二樓……

※

對在異世界日本偽裝成人類，靠打工薪水過活的魔王撒旦亦即真奧貞夫而言，這個八月上旬的生活可說是過得十分不自在。

在結束位於銚子海之家的工作後，真奧等人又面臨了新的不安要素。

那就是安特．伊蘇拉的情勢開始出現不穩的動靜，以及割據安特．伊蘇拉的勢力開始具體地對日本伸出了魔掌。

趁著不在魔界的真奧貞夫、蘆屋四郎以及漆原半藏這幾個惡魔漂流到異世界日本期間，他們過去的部下擅自統整魔界，向撒旦建構的魔界體制造反，並創立了名為「新生魔王軍」的組織，讓三人不由得加強了警戒。

另一方面，安特．伊蘇拉的人類勢力——勇者艾米莉亞亦即遊佐惠美，以及聖職者克莉絲提亞．貝爾亦即鎌月鈴乃，也追著真奧等人來到了日本。

然而照理說身負消滅魔王重任的她們，卻因為勇者的武器聖劍與將魔王當成父親般仰慕的阿拉斯．拉瑪斯融合，以及連帶產生的家庭問題而無法馬上決定該如何處置魔王。

兩人擔心真奧等人在問題解決之前被新生魔王軍綁架並推舉為領導者，進而導致真正的魔王軍在安特．伊蘇拉復興。

因此勇者與聖職者不得不為了避免魔王被人帶走，而替魔王在日本的日常生活進行護衛。

就在魔王與勇者原本就很複雜的關係變得更加複雜的這段時期，天界的天使們又讓整個情況變得更加複雜了。

他們在與真奧和惠美完全無關的地方所進行的計畫，居然將日本唯一知道安特．伊蘇拉以及魔王和勇者真面目的高中女生——佐佐木千穗給捲了進來。

千穗不但因為天使們的計畫而陷入魔力中毒的狀況，甚至還因此入院，對此怒上心頭的真奧與惠美，首次基於自己的意志約定彼此並肩作戰，為了不讓天使繼續影響日本而展開行動。

然而在過程中卻意外發現，照理說被魔王軍殺害的惠美之父居然尚在人世。

不只如此，在親眼見識千穗借助神祕人物的力量擊退天使拉貴爾的活躍表現之後，真奧和惠美發現某個無論己方還是天使們都不知道的意志在事件背後行動。

儘管千穗順利地恢復了健康，但真奧與惠美捲入的狀況還是變得愈來愈混亂，時節就這樣來到了籠罩日本的夏日暑氣開始出現些微的秋天氣息、盂蘭盆節結束後的八月下旬。

無視異世界山雨欲來的情勢，真奧貞夫工作的麥丹勞幡之谷站前店，馬上就要在明天重新開幕了……

※

「該怎麼說才好呢，與其說是在好的方面上變得不再是小麥，不如說是在不破壞小麥隨和的程度上，讓整個空間變得洗鍊！」

還不到中午，陽光就已經毫不留情地施加壓力，穿著白色T恤、戴著工作手套，將毛巾綁在頭上的真奧大聲說道。

「因為能俯瞰車站前的道路，所以雖然才二樓，但視野依舊很好喔。為了避免陽光太熱，還裝上了窗簾呢，真令人期待之後在那裡工作！」

「真奧哥好狡猾喔，居然自己一個人跑去參觀！」

對興奮地高談闊論的真奧表達不滿的，是跟真奧同樣戴著工作手套、戴著寬緣帽，全身都穿著運動服的佐佐木千穗。

「哎呀，反正小千馬上就會開始排班了吧？」

「是這樣沒錯！但感覺好狡猾喔！」

由於千穗與真奧同為麥丹勞幡之谷站前店的打工人員，所以當然還是會在意店鋪被改裝得如何吧。

「而且，是叫MdCafé吧？那跟普通的麥丹勞有什麼不同嗎？」

真奧的心腹，惡魔大元帥艾謝爾亦即蘆屋四郎，邊用T恤衣襬擦著從額頭猛烈流向下巴的汗水邊問道。他也跟真奧一樣戴著工作手套，並將毛巾捲在頭上。

「嗯，既然叫做MdCafé，那麼咖啡的種類當然不少！像是咖啡歐蕾、拿鐵咖啡或是義式濃縮都可以點！以前只有白金烘焙咖啡一種呢。其他像是食物的菜單，也多了熱狗跟鬆餅這些像咖啡廳的餐點呢！」

真奧像是對之後的工作期待得不得了般，興奮地說道。

「艾謝爾，別在來幫忙的千穗小姐面前露出肚子，難看死了！魔王也別光顧著說話，快點動手啦！」

鄰居的聖職者克莉絲提亞・貝爾亦即鎌月鈴乃，出言規勸兩人。

她在平常穿的浴衣上綁了袖帶並將手帕綁在頭上，戴著工作手套的手上則是拿著幾乎跟身高一樣長的掃把。

四人目前正待在位於魔王城進駐的公寓，Villa・Rosa笹塚腹地內的後院。

由於經常有各種蟬飛到腹地內的那棵常綠樹上，因此在外面喧囂的蟬鳴包圍之下，講話必須要非常大聲才能聽清楚彼此的聲音。

「好好好！」

「真、真是不好意思！」

真奧匆忙地回去工作，蘆屋則是紅著臉整理衣服，為自己粗心的行動向千穗道歉。

「不、不會啦……我沒放在心上……」

微微臉紅的千穗，像是突然想到般向真奧問道：

「話說回來……咖啡歐蕾跟拿鐵咖啡，到底差在哪裡啊？」

原本興奮不已的真奧，頓時發出少根筋的聲音：

「呃……」

像是在搜尋記憶而抬起頭來的真奧，再度停下了動作。

「那個，咖啡歐蕾是有加牛奶，而拿鐵咖啡則是加牛奶……咦？雖然兩個都有加牛奶，不過我記得拿鐵是加奶泡……喔喔？」

「簡單的說，兩種都是咖啡牛奶對吧？現在比起動腦，不如給我好好動手啦！」

「咖啡牛奶……不對，如果是那樣，就變得不像是咖啡廳了，又不是澡堂……啊～好想洗澡喔……」

被鈴乃這麼一吐槽而慌了起來的真奧，這才關心起滿身大汗的自己，下定決心等工作做完後要去澡堂一趟。

真奧、蘆屋、鈴乃以及千穗，現在正在打掃Villa・Rosa笹塚的後院。

原本打掃公寓環境並非身為承租人的真奧與鈴乃的工作，跟連住戶都不是的千穗更是一點關係也沒有。

不過，若有報酬就是另一回事了。

如同往常，這次的工作也是起於因為那位神祕親戚的存在，而變得愈來愈神祕的房東所寄來的信。

為了修補魔王城牆壁上被人打破的大洞，房東以她的權限要求住戶們暫時搬離Villa・Rosa笹塚。雖然通知上註明會扣掉無法居住的那幾天的房租，但實際上真奧等人與鈴乃也只離開公寓四天左右。

原本只要扣掉那四天的房租就好了，但房東志波明明有著異於常人的外表、親戚以及謎

團，在某些奇怪的地方卻莫名地耿直。

『明明是我這邊委託各位的工作，卻因為姪女個人的狀況而違反了約定，在此真的是感到非常抱歉。』

簡單的說，她想為一行人在海之家「大黑屋」工作的期間變短這件事道歉。

另外做為替代，希望請真奧等人打掃夏天時未能整理的Villa・Rosa笹塚後院，藉此增加免除房租的金額以補足短少的報酬。

根據信件內容，只要願意幫忙打掃，八月份的房租就能減少一萬五千圓變成三萬圓，真奧與蘆屋對這樣的內容自然是無條件地舉雙手贊成。

畢竟光是在海之家的收入就已經沒達到原本的目標額了，而他們前幾天還多了電視這個巨大的支出。

雖然真奧已經填補了不足的部分，但既然能夠減少房租，當然還是沒有拒絕的道理。

而另一間房間的居民鈴乃雖然對減少房租沒什麼興趣——

「打掃住家周遭的環境，本來就是身為居民的我們該做的工作。」

但她說完這句話後還是接下了這份工作。

既然牽扯到金錢的問題，真奧與鈴乃還是以各房間代表的身分拜訪了房屋仲介承接委託，

而工作日就定在真奧將重新到麥丹勞工作的前一天，也就是今天。

然而不可思議的是到了當天，卻少了一個應該也是房客的人，反而是照理說並非房客的千穗與真奧等人一起拔草或撿石頭，精力充沛地四處打掃。

平常只有在停自行車時會留意到的後院，或許是因為長期荒廢的緣故，不但雜草茂盛地長到真奧膝蓋的高度，撥開草叢一看，面向道路的圍牆內側也布滿了許多應該是從外面被丟進來的寶特瓶跟空罐。

就在蘆屋綁著裝滿這些東西的垃圾袋時——

「咖啡歐蕾是法語，拿鐵咖啡則是義大利語。兩者廣義上都是『咖啡牛奶』的意思，無論哪一種都是咖啡與牛奶各半，不過一般做為拿鐵基底的咖啡是濃縮咖啡啦！」

真奧因為某人從完全無關的方向，替自己解答了在大太陽底下工作時閒聊產生的疑問而轉頭望去。

「如果想炫耀自己在咖啡廳工作，至少要先準備到能立刻回答這種程度的問題吧？」

在那裡的人是因為悶熱的天氣而皺起眉頭，眺望著四人的勇者艾米莉亞亦即遊佐惠美，以及——

「爸爸！」

被惠美抱在手上，在連大人們都會感到畏縮的暑氣中依然毫不在意地露出笑容的小女孩，阿拉斯・拉瑪斯。

「喔，阿拉斯・拉瑪斯！」

真奧走向站在蟬群棲息的樹下躲避陽光的惠美與阿拉斯・拉瑪斯，然而——

「喂！阿拉斯・拉瑪斯才剛買新衣服而已，別害她弄髒啦！」

一看見真奧戴著沾滿泥土的工作手套，穿著被汗弄得溼答答的T恤走了過來，惠美連忙讓阿拉斯・拉瑪斯遠離他。

「喔喔，抱歉抱歉。」

對於將自己當成「爸爸」仰慕的阿拉斯・拉瑪斯極度寵愛的真奧，一經惠美提醒便老實地退開。

「遊佐小姐，妳好！」

「艾米莉亞，不好意思，時間已經到了嗎？」

千穗與鈴乃各自向惠美打招呼，惠美也舉手回應：

「還沒，是我來得稍微早一點……不過，為什麼千穗在拔草啊？」

惠美以不輸給蟬鳴的音量大聲詢問，並瞪向真奧與蘆屋。

「雖然我不太清楚狀況，但你們最近會不會太依賴千穗啦？為什麼少了一個人？該不會讓千穗幫忙後就跑去偷懶了吧？」

不用說，惠美所提到的那個人，就是魔王城的另一位居民墮天使路西菲爾，即漆原半藏。

針對平常就過著邋遢的生活，絲毫不隱藏自己尼特族個性的漆原，認為他不在場就等於是在偷懶可說是人之常情，然而——

「站在公平公正的觀點來看，路西菲爾絕對不能算是在偷懶。」

令人意外的是，以嚴厲的聲音回答惠美的人既不是真奧也不是蘆屋，而是鈴乃。

「只不過是派不上用場而已。」

「咦？」

「漆原先生中暑了。」

注意到鈴乃的語氣，千穗面露苦笑地說道。

「那傢伙開始工作不到三十分鐘就兩眼發暈地倒下了。因為死了也很麻煩，所以就讓他回房間吹電風扇休息了。」

蘆屋以和鈴乃同樣不悅的口氣說著，並看向二樓魔王城的窗戶。

雖然惠美也跟著抬頭看向二樓，但差點毀滅一個大陸的墮天使居然會沒用到因為中暑而倒地不起，還是讓她只能感到傻眼。

「不過就算是這樣，也不該讓千穗來幫忙吧。」

「啊，我沒關係啦。」

因為熱氣而臉紅的千穗搖搖手回答。

「我是自願來幫忙的，而且……」

說著說著，千穗偷偷瞄了一眼鈴乃的臉。

「光這點小事，根本就不足以作為回報呢。」

「回報？」

真奧與蘆屋因為這個與現場狀況不符的詞而感到疑惑。

「說到這個，惠美跟小千今天來是有什麼事嗎？呃，雖然我是很感謝小千能來幫忙啦。」

千穗幾乎是在真奧回家的同時來到公寓。從她事先準備好帽子跟工作手套來看，應該早就從鈴乃那兒聽說今天的事了吧。

現在居然連惠美都來了，實在讓真奧不得不覺得有點可疑。

「「……」」

然而惠美跟鈴乃卻只是以複雜的表情面面相覷，一語不發。

「現在……還是祕密！」

至於千穗則是如此回答。

「是祕密喔。噓～」

不曉得阿拉斯．拉瑪斯究竟知道多少內情。

「好了！再讓遊佐小姐跟阿拉斯．拉瑪斯妹妹等下去也不好意思，我要加油了！」

強硬結束話題的千穗拿起立在牆邊的另一支掃把，開始將拔完草後凹凸不平的地面掃平。

雖然真奧因此更加疑惑地看向千穗——

「喂，魔王！艾謝爾！」

但還是在鈴乃的叱責之下回過神來，跟蘆屋一起緩緩參加收尾的工作。

總而言之，在這個位於鎮上一角的公寓後院裡，聖職者、高中女生、魔王以及惡魔大元帥，正融洽地一起在大太陽底下拔草。

站在樹蔭下眺望著這副場景的惠美——

「其實……」

「媽媽？」

以抱在懷裡的小娃娃聽不見的音量，在一片蟬鳴中自言自語地低聲道：

「要是能乾脆趁現在馬上從背後解決他，不曉得能有多輕鬆呢……唉。」

她的視線正緊盯著那個穿著白色T恤，並被汗水與泥土弄得完全變色的背影。

「沒想到這裡居然有間澡堂呢。明明離家裡那麼近，我卻完全不曉得呢。」

千穗仰望著那棟建築物，佩服地說道。

距離Villa・Rosa笹塚步行十分鐘左右的距離，有一間魔王城住戶常去的澡堂，笹之湯。

雖然外表看起來只是普通的住商混合大樓，但裡面不但至今仍保留了懷舊典雅的澡堂景觀，就連富士山的壁畫也依然健在。

另一方面，這裡的浴池種類也十分豐富，其他像是提供物超所值的回數券、在櫃檯前設置附有牛奶自動販賣機的男女共用休息等候室，以及販售包括肥皂在內的原創商品等特徵，都在在顯示了店家不懈於招攬新顧客的強韌商人本性。

「這裡的營業時間很長，不但一大早就開店了，就算晚上打工到最後一班，還是能勉強趕上呢。」

從拔草造型換成襯衫的真奧，抱著洗澡用具在一旁說明。

「笹之湯裡不但有各式各樣的浴池，也有能夠站著使用的淋浴間，所以很適合今天的千穗小姐。由於千穗小姐是來幫忙打掃的，她的份當然就由我來出。」

鈴乃不知為何一臉得意地說道。

「為什麼要刻意強調『今天的小千』跟『淋浴』啊？」

真奧從鈴乃繞圈子的說話方式中察覺到不對勁，因此出聲問道。

「好了好了，別管那麼多，快點進去吧。」

「洗澡，玩水！」

然而惠美卻硬是從後面插話，推著千穗跟鈴乃走進了女浴場。

雖然真奧對打掃途中過來的惠美居然順理成章地加入這點，並未感到特別在意，但問題是惠美居然也彷彿理所當然似的做好了上澡堂的準備。

除了惠美平常用的側肩包以外，她還帶了一個裝著阿拉斯．拉瑪斯的毛巾與換洗衣物的塑膠袋。由此可見，惠美跟阿拉斯．拉瑪斯應該也打算一起進澡堂吧。

既然在打掃時千穗跟鈴乃就已經預期到惠美會來，或許這幾位女性原本就打算要一起出門也不一定。

不過打探這些也未免太不解風情了。

「喂，漆原，已經到囉。站好啦，真是給人添麻煩的傢伙……」

「啊……我頭還很暈耶。」

中暑症狀已經略微好轉的漆原，正在蘆屋的攙扶之下搖搖晃晃地跟在一行人後面。

雖然漆原幾乎完全沒工作，但要是他就這麼在大家去洗澡時死在房間裡面也很令人困擾。

接下來只要讓他補充水分並洗個冷水澡，應該就會恢復了吧。

「唉，我是不知道你們打算幹什麼啦，不過要記得拿捏分寸啊。」

就在真奧提醒完惠美等人，準備從自己的洗澡用具裡拿出回數券時——

「你還真是悠哉呢。」

便聽見惠美這樣嘟囔了一句。

真奧下意識地回頭，說話的本人卻裝出一副當作對方沒聽見的樣子，看也不看這邊一眼。

「爸爸不一起洗嗎？」

反倒是阿拉斯．拉瑪斯不曉得怎麼了，居然越過惠美的肩膀，對真奧投以熱切的視線。

「咦？」

「啊？」

對此惠美跟真奧同時發出了疑問之聲。

「爸爸跟媽媽，要進去不同的浴室嗎？」

「「咦？」」

這個要說是天真無邪也未免太天真無邪的問題，讓在場的所有人都僵住了。

「呃，那個，阿拉斯．拉瑪斯。阿拉斯．拉瑪斯要跟媽媽她們一起……」

總算第一個振作起來的真奧以僵硬的笑容輕聲說道。

「嗯！爸爸也一起！」

但阿拉斯．拉瑪斯仍不肯罷休。

「那、那個啊，阿拉斯．拉瑪斯妹妹，爸爸跟媽媽不能一起洗澡喔？」

千穗試著代替現在依然僵在一旁的惠美出言勸解。

「不過，我在這裡，跟爸爸一起洗過澡！艾謝爾跟路西菲爾也在！」

阿拉斯．拉瑪斯頑固地不肯退讓。

「阿拉斯．拉瑪斯，大人的男生跟女生必須進去不同的浴室才行。不可以讓爸爸跟媽媽為難喔。」

雖然鈴乃也試著幫忙勸導，但阿拉斯．拉瑪斯依然癟著一張嘴嘟囔著：

「跟爸爸……一起洗澡……」

而且還是一副低著頭，看起來隨時都會哭出來的模樣。

「……你曾經帶阿拉斯．拉瑪斯來過這兒嗎？」

惠美總算開口向真奧問道。

「嗯，在阿拉斯．拉瑪斯還住我們那兒的時候……因為這裡可以選擇泡溫水或熱水。」

在跟惠美的聖劍融合之前，真奧等人曾在阿拉斯．拉瑪斯於魔王城生活的短暫期間內，帶她來過這間笹之湯。

雖然通常是由真奧帶她來，但在工作忙碌時就會拜託蘆屋。因為偶爾也曾麻煩過鈴乃，所以阿拉斯．拉瑪斯對男浴場跟女浴場應該都有印象吧。

「阿拉斯．拉瑪斯妹妹，應該是想久違地跟真奧哥一起洗澡吧？」

千穗看向緊抿嘴唇、眼眶開始變得濕潤的阿拉斯．拉瑪斯說道，而惠美也跟著嘆了口氣。

「是這樣嗎？」
「……嗚。」
阿拉斯．拉瑪斯擦著眼睛點頭。
「吶，阿拉斯．拉瑪斯。」
「爸爸……一起。」
真奧用平穩的聲音制止了女孩即將潰堤而出的淚水。
「妳平常都是跟媽媽一起洗澡嗎？」
「……嗯。」
「這樣啊，那今天就忍耐一下別跟媽媽洗澡，改跟爸爸一起洗吧。」
「跟爸爸一起？」
「……」
真奧為了配合阿拉斯．拉瑪斯的視線而蹲了下來，惠美則是皺著眉頭，一語不發地俯視這副場景。
「在搬去媽媽家住以後，妳有學會自己一個人把身體洗乾淨嗎？」
「嗚……嗯。我一個人也會洗喔。」
「這樣啊，好厲害喔。那洗頭呢？」

「不會。」

女孩老實地回答。阿拉斯．拉瑪斯的頭髮很長，所以應該還要很久以後才能學會自己一個人洗頭吧，真奧摸了一下阿拉斯．拉瑪斯的頭說道：

「那我們就偷偷練習，讓媽媽嚇一跳吧。」

「……嗚，一起，練習！」

總算止住了淚水的阿拉斯．拉瑪斯說完後，便有些不好意思似的抬頭看向惠美。

「要保密喔？」

「……」

「別擺出那種表情啦。相信我，再怎麼說我也曾經幫她洗澡過一段期間。」

真奧這段話是對惠美說的。

「跟哭鬧的小孩講道理也沒用吧，妳們接下來不是還有其他要做的事嗎？既然如此，那在妳們忙的這段期間內，把她交給我照顧應該沒問題吧？」

「……」

惠美交互看向真奧與阿拉斯．拉瑪斯的眼睛。而千穗與鈴乃則是在後面擔心地看著這副場景。

「……在這方面，我又不是不信任你……」

「啊？」

惠美幾乎是用瞪的對真奧說話，但真奧並未聽清楚惠美嘀嘀咕咕地在說些什麼。

惠美皺著眉頭看向真奧朝自己伸出的手。

「媽媽，不行嗎？」

然後便因為這句話而放棄一切似的聳了聳肩。

「別用那種眼神看我啦，真是的……」

讓阿拉斯．拉瑪斯難過，並非惠美的本意。

「……那麼，就拜託你啦。」

「咦？」

「咦？」

「咦？」

「咦？」

「咦？」

「……咦？」

除了惠美以外的所有人，包括主動提出要照顧阿拉斯．拉瑪斯的真奧在內，都瞬間發出了疑問之聲，於是就連惠美本人也因為這五連鎖的疑問之聲而疑惑了起來。

「大、大家怎麼啦……」

儘管倍感困惑，但惠美還是把阿拉斯．拉瑪斯交給了伸出雙手僵在原地的真奧。

「跟爸爸一起！」

「……」

「爸爸？」

「惠美，妳……」

「怎樣？」

真奧一面用單手穩穩地抱住阿拉斯．拉瑪斯，一面不自覺地將另一隻手伸向惠美的額頭。

「喂！」

「啊！」

這次不只是惠美，連在旁邊看見這場景的千穗也忍不住叫出聲來。

「居然會說拜託我，這未免也太坦率了吧？妳該不會是發燒了吧？」

「怎、怎麼可能！別碰我啦！」

惠美毫不留情地撥開真奧的手，光就這點來看，她似乎跟平常沒什麼兩樣。

「鈴鈴鈴鈴鈴乃小姐，妳、妳看見了嗎？」

「看、看見了。的確。」

不過在後面的千穗與鈴乃還是驚訝地將臉湊近彼此。

「可惡的艾米莉亞……妳該不會在打什麼壞主意吧。」

「……」

蘆屋與漆原也對惠美的樣子感到訝異。

不過這也是理所當然的，若是前不久的惠美，應該連摸都不會讓真奧摸才對。

雖然事到如今就算互為敵對關係的兩人一起悠閒地上澡堂，也難以想像彼此會做出攸關生死的偷襲舉動，然而惠美不但對真奧說了「拜託」，就連在被真奧摸到之前也都沒做出反應，這可說是前所未有的狀況。

真奧也發現了周圍的不協調感。

他想起以前打算替惠美療傷時，曾被明確拒絕的事情。

「大、大家是怎麼了……我有哪裡奇怪嗎？」

這已經不是哪裡奇怪的問題了。

不僅如此，惠美居然從口中說出了「大家」這個詞，看在千穗眼裡，這也同樣是個令人驚訝的狀況。

至今的惠美，就算曾經為了對應發生的狀況而不得不與真奧等人合作，也絕對不會將真奧、蘆屋以及漆原劃在自己的人際關係之內，也就是不會把他們當成「包括自己在內的大家」。

對惠美而言，所謂的「我們」應該是指鈴乃以及安特．伊蘇拉跟日本的人類，至於真奧這些惡魔以及和惠美敵對的天使們，應該是被歸類到對面的「你們」才對。

「一點都不奇怪喔。」

「千穗小姐？」

千穗以溫柔的笑容回答無論怎麼看都很奇怪的惠美，讓鈴乃又再度吃了一驚。

「真奧哥，不好意思，我跟遊佐小姐都還有一點事要處理。這段期間，就麻煩你照顧阿拉斯．拉瑪斯妹妹了。」

「喔、喔……交、交給我吧？」

真奧不知為何居然以問句回答。

「那阿拉斯．拉瑪斯妹妹，晚點見囉。」

「晚點見！」

千穗向阿拉斯．拉瑪斯揮了揮手，而女孩也舉起小小的手臂回應。

不自覺地跟著揮起手的真奧，就這樣目送看起來有點奇怪的女性成員們消失在女浴場中。

等門關上後，真奧與蘆屋忍不住面面相覷。

「那是怎麼回事？」

「這就是所謂鬼也會得霍亂，再怎麼健康的人都會生病的意思吧。」

「蘆屋，那句話應該不是這樣用的吧。唉，不過關於可能發燒這點，或許也算正確啦。」

儘管臉色蒼白，但似乎總算恢復平常狀態的漆原還是吐槽了蘆屋。

「……該不會，她還在介意之前那件事吧。」

真奧低聲嘟囔道。

所謂之前那件事，就是指兩位天使於八月上旬利用電視電波所引發的事件，當時惠美似乎從大天使加百列口中得知了與她之所以身為勇者的本身息息相關的真相。

原本以為死於魔王軍侵略的惠美之父，其實尚在人世。

對當面稱真奧為殺父仇人的惠美來說，想必心情應該十分複雜吧。

雖然即使如此，真奧也沒義務要特別關心惠美，但他還是突然好奇起千穗在那之後，是否有將她所得知的真相告訴惠美。

在那起事件中，千穗突然從某個不願露面的第三者那兒獲得了強大的力量，以及遺留給真奧與惠美的訊息。

千穗並未提及是否已經將那個訊息告訴惠美，而惠美也理所當然地不會主動表明，因此真奧也就沒刻意去探聽。

不過從惠美態度的微妙變化來看，或許原因就出在那件事情上也不一定。

「就算是這樣，她對我們的態度應該也不會軟化才對啊。」

由於當時蘆屋也在場，因此大概知道真奧說的「之前那件事」所指為何。

「……唉，要是真的很不對勁，之後再找小千確認一下吧。」

真奧將回數券與阿拉斯·拉瑪斯的入浴費交給正在顧櫃檯、今年已經年過八十的笹之湯老闆娘村田豐女士後，便走向男浴場的更衣室。

「真奧老弟。」

「嗯？豐女士，怎麼了嗎？」

平常鮮少開口的豐女士，突然從背後向真奧搭話。

「那是你太太嗎？」

豐女士用下巴往女浴場的方向比了一下。真奧苦笑地搖頭回答：

「雖然是這孩子的媽媽，但不是我老婆。」

「……嗯，只要小孩子能笑得開心就好了。」

雖然不曉得豐女士是怎麼想的，但她在那之後便緘口不語，像是為了聽從櫃檯後面傳出來的廣播節目般閉上眼睛。

豐女士偶爾也會跟人聊天，但大概都是像這種內容。

真奧重新抱起阿拉斯·拉瑪斯，精神抖擻地說道：

「好了，阿拉斯・拉瑪斯！去洗澡囉！」

「喔！」

「啊～我頭好暈，別叫得那麼大聲啦。」

「漆原，你可別泡熱水澡啊，不然回去會很麻煩。」

看起來似乎沒什麼煩惱的父女與主從，就這樣悠哉地走進了男浴場。

※

「哇啊！該不會我們是第一批客人吧？」

一進入比從外面看起來還要寬敞的更衣室裡，千穗就因為居然沒有半個人影而發出歡呼。

「說的也是。畢竟應該沒多少人會想在這種日正當中的時候好好地洗個澡吧。這對我們來說正好呢。」

鈴乃以熟練的動作拿起堆在旁邊的置衣籃，快速地占領了一個置物櫃。

「雖然這裡的確是沒人，不過男浴場那邊沒問題嗎？」

惠美指著面向男浴場的牆壁，向看起來一派輕鬆的鈴乃說道。

「應該沒問題吧。雖然要視千穗小姐的狀況而定，但只要之後再見機行事就可以了。而且……」

鈴乃苦笑著看向千穗。

「畢竟是跟千穗小姐有關的事情，也不可能一直瞞著魔王他們。既然如此，還是先製造既成事實，等事後再讓他們追認比較省事。他們也不是笨蛋，只要好好談應該就會明白。」

儘管惠美算滿認真地在問這個問題，鈴乃似乎卻不怎麼在意，馬上就開始脫起浴衣來了。

「那、那個……鈴乃小姐，遊佐小姐，今天就拜託妳們了！」

千穗莫名緊張地行了一禮。

明明是為了消除工作的疲勞才來澡堂的，為什麼她還會那麼緊張呢。

千穗以極為認真的眼神看向兩人後，也跟著站到鈴乃旁邊開始寬衣。

站在惠美的立場，既然對方都已表現出如此恭敬的態度，她也不好再採取什麼預防措施。

「……只要好好談，就會明白嗎……」

惠美突然看了一下自己直到剛才都還抱著阿拉斯．拉瑪斯的右手。

「感覺，我好像笨蛋一樣……」

「……那個，遊佐小姐？」

千穗停止脫運動服的動作，擔心地看著惠美。

「果、果然還是……不行嗎？」

然後提出了這樣的問題。

惠美馬上搖頭說道：

「抱歉，不是那樣的，是我這邊的問題。要是不行的話，我一開始就不會來這裡，也不會帶這個東西過來了。」

惠美連忙收起憂鬱的表情，刻意開朗地回答，並從側肩包裡拿出了某樣東西。

光就外表來看，那東西怎麼看都只是個隨處可見、用來裝機能性飲料的小瓶子。

不過裡面所濃縮的產物，卻是照理說不可能存在於地球的某樣東西。

「千穗，這就是我們在日本的力量來源，保力美達β。」

千穗用力握緊惠美交給自己的小瓶子，一臉嚴肅地點頭。

「既然要學，那我跟貝爾都會認真看待這件事情，就照這樣進行沒問題吧？」

「是的！」

千穗有力地回答。

「雖然不曉得貝爾打算在澡堂做什麼，但我們這就開始千穗的法術修行吧。」

事情的起因，要追溯到擊退加百列與拉貴爾的隔天，也就是千穗出院的前一天。

惠美在當天下班後前往探望千穗。

儘管各項檢查都顯示身體十分健康，但從日本的常識來看，千穗還是曾陷入原因不明的昏迷狀態。

「我是覺得這樣有點太誇張了啦。」

「每個入院患者都是這麼說的。再怎麼說，妳終究是勉強了自己的身體，所以還是乖乖休息吧。」

惠美嚴厲地勸說因為不能馬上出院而感到不滿的千穗。

千穗在docodemo塔、晴空塔以及東京鐵塔這三個地方展現出來的力量，無論怎麼看都不是她一朝一夕能夠獲得的東西。

雖然惠美針對這點想對千穗提出的問題多得跟山一樣，但千穗還是只能做出跟回答真奧時幾乎一模一樣的說明。

換句話說，就是自己如何獲得超乎常理的力量、當時跟人談論了什麼，以及在遇見惠美前做了哪些事情。

而關於借千穗那股力量的對象——

「所以結果我還是什麼都不知道……」

雖然千穗一臉愧疚地從床上抬頭看向惠美，但惠美只是搖頭說道：

「不會，謝謝妳。這些資訊非常有參考價值喔。」
「……是、是這樣嗎？啊，還有，那個人有留話給遊佐小姐……應該說，好像有件事非得告訴妳不可。」
「為什麼那麼曖昧啊，還有非得告訴我不可是什麼意思？」
「那個……因為還有其他跟真奧哥有關的事情……」
千穗開始說明自己的腦海裡，除了有無論怎麼想都不是自己的記憶，而是真奧小時候的記憶以外——
「這個，感覺必須告訴遊佐小姐才行……」
還殘留了其他的記憶。
「我看見一個身材高大的男性。那個人留著鬍鬚，並將不怎麼長的頭髮稍微綁在後面，整個人打扮得像是中世紀歐洲的農夫，此外他還是個眼睛很細，看起來很溫柔的人。雖然我不曉得地點，但那裡似乎能看見在夕陽照耀之下閃閃發光的金色稻穗……」
「！」
惠美的心臟猛烈地跳了一下。
「那、那個……該不會不是稻穗，而是麥穗吧？稻穗在收穫期時會下垂，不過麥穗通常都是維持直立的狀態。」

「那麼，或許是那樣沒錯。不過背景有點模糊……那位大叔拿著一把劍，對著我……應該說對著我這邊的方向說話。」

「咦？劍？」

惠美的心跳瞬間不安地鼓譟了起來。

「劍？真的嗎？」

「嗯，是那樣沒錯。」

不曉得惠美是對哪件事情感到在意的千穗儘管疑惑，還是繼續說道：

「不過……其實就只到這裡了。我記憶裡的畫面就只有這些，再來就是……」

千穗對著因為資訊不足而難掩失望的惠美繼續說道：

「艾契斯．阿拉。」

「……什麼？」

「艾契斯．阿拉。那個男人就只有說這句話。」

「艾契斯．阿拉？艾契斯……是中央交易語言嗎？晚點再問貝爾看看吧。」

惠美將這個聽不慣的發音記在腦海內。

「感覺就只有這件事，必須告訴遊佐小姐才行……雖然是出自我的口中，但其實我也不曉得那到底是什麼意思……」

惠美看著不安的千穗稍微思考了一下。

雖然因為千穗並未在東京巨蛋城見過那位白衣女子所以無法確定，但十之八久應該就是那個人沒錯。

儘管不知道對方是基於什麼意圖做出這種隱藏自己身分的舉動，但有理由將「基礎」碎片交給千穗，操作龐大的聖法氣；還有姑且不論漆原，但跟加百列與拉貴爾對抗；甚至還將以麥穗為背景的男子記憶託付給千穗的，就只有一個人。

「謝謝妳告訴我這些事，非常有參考價值喔。」

惠美試圖露出笑容──「試圖」，露出笑容。

「……那、那個，遊佐小姐？」

「嗯？什麼事？」

面對千穗的呼喚，惠美原本打算露出更明朗的笑容，但千穗卻不知為何害怕地縮起身子。

「妳、妳是不是非常生氣啊？」

「咦？」

「呃，那個，對不起。雖然我也跟真奧哥道過歉了，但果然未經任何訓練就跑去戰場，那個，應該給你們添了不少麻煩吧，可是，該怎麼說，對不起，讓你們擔心了，那個……」

儘管已經淚眼盈眶，但千穗還是急忙連連道歉。

惠美忍不住將手抵在自己的額頭上。

「……我都表現出來了嗎？」

「妳果然生氣了！」

一聽見惠美這麼說，千穗又變得更加害怕了。

「對不起。不過，我並不是在生千穗的氣。」

「……咦？」

總算讓自己恢復正常表情的惠美在試著讓千穗冷靜之後，便深深地嘆了一口氣。

「雖然這在日本應該算是非常陳腐的想法了，但別看我這樣，其實我認為孩子應該要對父母表示敬意才行。某種程度上，甚至是無條件必須這麼做呢。」

「呃，嗯，我覺得這還滿有道理的……」

「並不是因為父母幫小孩準備食物，提供一個安全的家，還有讓小孩受教育的緣故喔。我覺得愈是成為大人，就愈是能夠打從心底感受到父母的可貴。」

「嗯、嗯……」

因為不曉得惠美突然之間打算表達什麼，千穗只好不停地點頭。

「……不過……果然，妳不覺得凡事都是有限度的嗎？」

「那、那是什麼意思……」

惠美露出了陰暗的笑容。明明是張美麗的笑臉，但卻反而讓千穗愈來愈覺得膽顫心驚。

「不曉得跑去哪裡閒晃，到處散播問題的火種，結果不但把爛攤子全都交給其他人處理，還恐嚇自己小孩的朋友，淨留下些無聊的傳言，真正重要的事卻什麼都不說，到最後甚至還不斷地給完全不同世界的人添麻煩……我真的是受夠了！」

「遊、遊佐小姐，請、請妳小聲一點……」

異世界的勇者不曉得怎麼了，居然將雙手放在頭頂並粗魯地搖著頭，而試著讓惠美冷靜下來的千穗，則是一邊小心翼翼地注意周圍，一邊出言提醒她。

「……為什麼……為什麼明明就在一旁觀看，卻還不來找我呢……」

然而在聽見突然抱頭蹲下的惠美所發出的呢喃聲後，千穗整個人便僵住了。

因為那句話裡面包含了難以掩飾的寂寞。

「……抱歉，我有點太激動了。」

「……不會……那個。」

不曉得該如何回答的千穗尷尬地低下頭。

「對不起，照理說，我不應該向妳抱怨這種事的。」

惠美深深地吐了口氣讓自己冷靜下來，然後拿起放在腳邊的紙袋。

「這是探病的禮物。雖然因為是阿拉斯．拉瑪斯推薦的，所以有點不太搭調。」

惠美從紙袋裡拿出高級點心店的沙拉仙貝。千穗見狀，也總算放鬆了表情。

順帶一提，雖然不幸的是上班時，阿拉斯・拉瑪斯都一直在惠美腦袋裡醒著，不過現在她正在睡午覺，結果就這樣一直跟惠美保持融合狀態。

「不過謝謝妳，託千穗的福，我總算明白了不少事。而且妳看起來精神也不錯，應該暫時可以安心了吧。」

惠美重新轉換話題，而千穗也抱著裝了沙拉仙貝的袋子輕輕點頭回應。

「那個，遊佐小姐！」

「嗯？」

「這次，真的非常抱歉。居然輕率地做出那種事情……」

「已經沒關係了啦。反正結果不但千穗平安無事，而且也不是沒有幫到忙……」

就在惠美看見千穗難得為了已經解決的事情不斷道歉，而打算告訴她不用放在心上時——

「就是這個！」

馬上就因為千穗變得更加強烈的語氣而嚇得目瞪口呆。

「雖然這次平安無事，不過要是下次又發生了什麼事，難保依然能夠全身而退對吧。」

「妳、妳到底想說什麼？」

惠美從這危險的氣氛中感覺到不好的預感，而千穗則是看向左手的戒指說道：

「如今那股力量已經完全消失了。若現在從醫院的窗戶跳出去，我應該會死掉吧。畢竟這裡是三樓。」

雖然問題應該不是在這裡，但惠美還是決定先安靜地聽下去。

「那個……是叫聖法氣嗎？真奧哥曾說我是因為那個的容量不夠大，所以才會產生反作用造成魔力中毒，所以那股力量絕對不會變成我的東西，真的只是別人暫時借給我而已。」

惠美愈來愈有種不好的預感。

「不過，既然加百列先生跟拉貴爾先生都已經做到那種程度了，事到如今要是再發生什麼事，恐怕不是讓我別靠近真奧哥的公寓就能解決的問題了……」

「停！停！等一下等一下！我就知道妳會這麼說！」

惠美將手抵在太陽穴上感嘆地說道：

「讓我來猜猜看妳接下來要說什麼吧！是不是『所以請教我能夠保護自己的法術』？」

「咦？為、為什麼？」

千穗就像是被人一語道破般驚訝地睜大了眼睛，但是對惠美而言，要猜到千穗的想法並非難事。

「千穗，妳自己剛才也說過了吧？那股力量是借來的，並非自己原本就能使用的力量。要是妳把法術當成是什麼方便的魔法，那可就令人困擾了。無論是護身還是戰鬥用的法術，都必須針對精神、技術以及身體進行長時間的訓練，是一種伴隨著危險的技術。」

若想說服能言善道的千穗，就只能靠先發制人了。惠美立刻滔滔不絕地說道：

「既然妳爸爸是警察，那麼妳應該也懂吧？就算突然讓從來沒訓練過的高中生拿手槍，別說是『戰鬥』了，就連保護自己也沒辦法。即使擁有操作手槍的知識也是一樣。所謂的『戰鬥』，可是會有無法靠冷靜言語溝通的對手在不被任何規則束縛下，單單只為了終結我方的性命而使出各式各樣的手段喔，妳能想像那種情境嗎？」

「……那可是……」

面對惠美愈趨嚴肅的語氣，千穗只是靜靜地回視對方。

「光靠日本的常識完全無法想像，連『會發生什麼都不知道』的『戰場』喔。若讓千穗學會法術，就像是讓妳只帶著一把手槍就闖進槍林彈雨的地雷區一樣。這麼一來在那裡戰鬥的人們，就會將手槍視為『武器』，並將千穗視為『敵人』，抱著殺意無情地發動攻擊，而且完全不會手下留情喔。」

一口氣說完這些話的惠美，稍稍喘了口氣。

「無論是天界、魔界還是安特・伊蘇拉，都還只將千穗當成『相關人士』而已。就連加百列跟拉貴爾，也不認為發生在東京鐵塔的那些事是出自於妳一個人的力量。不過，若妳帶著自己的『武器』出現在『戰場』上，每個人都會將妳視為『必須排除的敵人』。到時候或許就連

原本能得救的狀況也會跟著功虧一簣呢。」

惠美說完後，便將視線移向千穗病床的旁邊。

那裡放了一個裝了千穗的隨身必需品、由千穗的母親里穗帶來的紙袋，上面還留有以里穗字跡寫下的「換洗衣物我會另外處理」等文字。

「妳媽媽真的很擔心妳喔。雖然被當成『相關人士』這點已經無法改變了，但可不能讓任何人對妳產生『敵意』喔。就這一點，我想魔王應該也跟我持相同意見才對。」

惠美刻意搬出真奧的名字，打算藉此說服千穗。

然而當原本低著頭的千穗再次抬起頭時，她的眼裡已經散發出完全不同的力量。

「謝謝妳。的確是那樣沒錯。不過這下我總算找到自己該做的事了！」

「咦？」

雖然惠美原本是打算對千穗說教，但看來千穗反而因為惠美說的那些話而想到了完全不同的事情。

「爸爸也經常這麼說呢。他說雜誌上登的那些預防犯罪的手法或防身術的說明，對未經訓練的人而言根本只是空談，一點用處也沒有，只會害人因此受傷而已。遊佐小姐應該就是這個意思吧。」

「呃……嗯，沒錯。雖然規模有點不一樣，但我是那個意思沒錯。」

惠美因為不明白千穗想說什麼而感到困惑。

「不過，我果然還是覺得如果可以，希望能使用像遊佐小姐妳們那樣的法術。」

「那個啊，所以說……」

「我在被沙利葉先生綁架時，鈴乃小姐曾經拿走我的手機。」

「咦？」

惠美因為話題又轉移到出乎意料的方向而慌了一下。

「不過我並沒有因此受傷或遇到生命危險。那就是因為我並非『敵人』，而只是『關係人士』的緣故吧。」

「大、大概吧。雖然沙利葉好像想了不少下流的事情……」

由於當時惠美也一起遭人綁架，因此也無法再多說些什麼。

「當時幸好有漆原先生在，所以真奧哥才能來救我們。不過要是之後有像加百列先生那樣的人，趁遊佐小姐、鈴乃小姐以及真奧哥都不在的時候綁架了我，而我的手機又被人拿走的話，大家就沒辦法知道我的所在地了吧。」

「……嗯，說的也是。」

千穗用力握緊雙手說道：

「爸爸總是跟我說，若是感覺到犯罪的氣息，千萬不能想著要自己處理，必須毫不猶豫地

報警。」

「報……報警……？」

惠美不自覺地複誦了一次千穗使勁說出的那個字眼。

「所以……若是被捲進安特．伊蘇拉的騷動或是發現相關的徵兆，我絕對不會只想靠自己解決。所以……」

千穗繃緊表情，筆直地看向惠美的雙眼。

「為了無論遇見什麼狀況都能迅速通知遊佐小姐跟真奧哥，請妳教我那個就算是不同世界的人也能夠對話的心靈感應法術……『概念收發』吧！」

「概、概念收發？」

「是的！」

就結果而言——

「妳、妳是從誰那裡聽來這法術的名字……」

「在最早的那次事件時，艾伯特先生不就在真奧哥的房間裡提到過嗎？」

惠美完全說不過千穗。

「唔～～」

千穗是為了彼此的安全才想學會概念收發，而惠美也完全想不到能讓千穗放棄的方法。

於是惠美決定先暫時保留回答，並在回家前繞到鈴乃那裡找她商量。

針對千穗想學法術這件事，鈴乃當然也是抱持著反對的立場，但想在遇到緊急狀況時「通知」其他人這套說法，對兩人而言還是很有說服力。

Villa・Rosa笹塚二〇二室因此暫時籠罩於一片沉重的靜默中。

「魔王曾對我說過，既然我們口口聲聲嚷著不想讓日本的人類被捲進安特・伊蘇拉的事情裡，那為什麼不消除千穗小姐的記憶。」

「那是什麼意思……因為那樣不就……」

惠美突然想起鈴乃剛來這世界時，曾跟千穗起過爭執的事情。

為了千穗的安全著想，鈴乃曾經打算消除她的記憶，而為了掩護不想忘記真奧等人的千穗，惠美曾經這麼說過——

「無論是將犧牲判斷為必要之惡，或是漠視朋友哭泣的事實都一樣，我並非為了那樣的和平而戰。」

或許是想起了相同的事，鈴乃有些尷尬地苦笑道：

「若只考量到性命安全，我們現在應該要馬上消除千穗小姐的記憶並毀滅魔王城，然後回去安特・伊蘇拉才對。不過我跟艾米莉亞都沒選擇那麼做。儘管有著各式各樣的理由，但其中最主要的因素，還是因為我們將千穗小姐當成能夠直言不諱地坦白一切的朋友啊。」

針對鈴乃的這番話，惠美也點頭表示認同。

「是我們……希望她能維持那樣的嗎？」

「沒錯。所以為了守護那位友人，我們有義務盡可能研擬必要的對策。」

語畢，鈴乃便起身從冰箱裡拿出放在裡面的保力美達β。

「雖然是我個人的任性。」

鈴乃握著冰涼的小瓶子笑道：

「不過我純粹地對千穗小姐那份可敬的心情感到高興。」

「……說的也是。」

惠美也像是被帶動般，緩緩地露出微笑。

千穗在出院後聽見惠美允許自己進行法術修行時，便露出了如同花一般的笑容連連向惠美道謝，讓惠美反而慌了手腳。

接著她們便挑了一個惠美跟鈴乃都有餘裕的日子，也就是今天做為最初的修行日。

真要說的話，打掃後院這件事就類似代替千穗最初的學費。

「那麼千穗小姐，在脫衣服之前，我們先從將聖法氣注入體內開始吧。」

看向保力美達β的鈴乃，在重新把解開的帶子綁好後，便讓千穗坐在更衣室的椅子上。

鈴乃先打開保力美達β的蓋子交給千穗，之後再抓住千穗的另一隻手，將她的手掌跟自己的掌心貼在一起。

「聽好囉，喝那個時要先一點一點地含在嘴巴裡。一感覺到不對勁就要馬上停下來。」

「好、好的……」

儘管是自己主動提議，但千穗果然還是會對接觸未知的力量感到緊張。

鈴乃抓著千穗的手，使用探查體內用的法術「聲納」監測狀況。

千穗小口小口地喝下聖法氣補充飲料保力美達β，以避免超過肉體能接受的容量。

在將聖法氣補充到肉體容量的極限後，千穗總算要開始法術修行了。

概念收發顧名思義，就是讓概念在兩名以上的施術者間同調、進行遠距離通信，以及為了防止使用不同語言的對象在溝通時產生誤會所行使的法術。

雖然現在已經能流暢地使用日語，但真奧跟惠美在剛來日本時也是利用概念收發，讓說話的對象產生自己是在說日語的錯覺。

而讓千穗被捲入天使們的計謀甚至入院的間接原因，就是出在惠美的同伴艾伯特的超遠距離概念收發身上。

若千穗能夠學會概念收發，就算萬一被捲入安特．伊蘇拉的騷動，並陷入因遺失手機而無

法連絡惠美、鈴乃以及真奧的狀況，應該也能當成是最後的保險手段。

「從地球上沒有會使用法術的人類就能得知，基本上千穗小姐的容量絕對稱不上大。請千萬要小心別喝太多。」

「……不過，千穗在東京鐵塔時明明就使出了很強大的力量，那又是怎麼回事呢？」

惠美看著兩人的樣子問道。雖然千穗也同樣感到不解，但鈴乃卻一副理所當然似的回答：

「原理應該跟我現在做的事情一樣吧。現在千穗小姐的體內除了剛才補充的聖法氣之外，還有由我的聖法氣所構成的聲納通過我的身體倒流回來。不過那終究是我的聖法氣，並不會干涉千穗小姐本身的總容量。」

鈴乃牽著千穗的手，同時看向戴在千穗另一隻握著保力美達β的手指上的某物低喃道：

「實際上那位施術者，應該就是利用那個東西做為媒介，將千穗小姐當成一條讓聖法氣倒流的路徑吧。若講得更露骨一點，也可以說當時的千穗小姐是被當成施術者身體的一部分在使用。」

針對鈴乃的分析，惠美與千穗分別因為不同的理由而拉下臉來。

「那個人到底把別人的身體當成什麼啊……」

惠美對著不在現場的某人發牢騷。

「那麼，我果然是被人操作了嗎……」

千穗則是因為想起自己輕易委身於未知力量的危險而抿了一下嘴。

「唉，還好沒被利用在壞事上面，這可說是不幸中的大幸了……喔，千穗小姐，該停了。請別再繼續喝了。」

鈴乃制止了千穗的手。

「喝了滿多的呢。大概有三分之一瓶吧。」

惠美看見千穗放在桌上的瓶子後顯得有些驚訝。

鈴乃暫時繼續握著千穗的手，看向瓶子說道：

「反過來說，這也表示保力美達β的聖法氣濃縮度並沒有那麼高。就算喝下一整瓶，應該也無法讓艾米莉亞的力量恢復到全盛時期吧？」

「嗯，是這樣沒錯……」

即使如此，艾美拉達還是嚴厲告誡惠美一天不能攝取超過兩瓶。惠美當初原本還以為是因為若喝了超過兩瓶，就會逾越自己容量的極限。

「果然還是因為這是藥吧？畢竟那原本應該是要自然回復的東西不是嗎？應該就跟營養劑注意事項上寫的要注重飲食均衡一樣吧。」

「……原來如此。」

千穗的話莫名地有說服力，惠美也用力地點頭贊同。

畢竟是將原本只要自然攝取就好的東西，硬是濃縮成能夠保存的形式。要是弄錯了攝取量，的確很有可能反倒讓自然攝取的部分產生問題。

「很好，看來體內的狀況很安定。千穗小姐，會覺得身體有哪裡不舒服嗎？」

被總算鬆開手的鈴乃這麼一問，千穗低頭看向自己的手與身體回答：

「不會，感覺沒什麼特別奇怪的地方。」

「我想也是。不過，這樣使用法術的基本準備就完成了。那麼總之就先進浴室吧。」

鈴乃充滿氣勢地宣言。

「好、好的！」

千穗將背挺直，對惠美與鈴乃低頭行了一禮。

「拜、拜託兩位了！」

兩人因為看見千穗如此坦率的反應而互望了一眼。

惠美至今依然完全不曉得洗澡跟法術修行之間有什麼關聯，但鈴乃再怎麼說也是上級聖職者，這麼做應該是有她的考量吧。既然千穗都那麼有幹勁了，惠美當然也不打算掃她的興。

「接下來怎麼辦？該不會要在浴室上基礎課程吧？」

「再怎麼說也不能在這裡沒完沒了地開起法術基礎的課程。而且雖然我不是不信任千穗小姐，但若先進行授課，難保她不會偶然發現概念收發以外的法術，還是先花點時間練習基礎技能，將重點集中在發動法術的安定性上面吧。」

「感、感覺好像很難，讓人好不安喔！」

千穗的語氣又變得比先前稍微僵硬了一些。

惠美將手放在千穗背上，溫柔地開導她：

「不用那麼緊張。一開始最重要的是放鬆。所以貝爾才會選擇在浴室練習吧。」

「就是那樣沒錯。好了，難得有機會可以在中午第一個泡澡，還是先舒緩一下工作的疲勞吧。」

「好的！」

在惠美與鈴乃的勸導之下，稍微解除緊張的千穗精神抖擻地回答，之後便將手伸向T恤的衣襬。

接著數分鐘後。

「「……」」

「呃……遊佐小姐？鈴乃小姐？」

惠美與鈴乃一臉凝重地坐在磨得發亮的水龍頭前清洗身體和頭髮，而千穗則是戰戰兢兢地看著從在更衣室寬衣解帶完後、便一直維持那副德行的兩人。

被固定在水龍頭與鏡子上方的蓮蓬頭持續地灑出熱水，而惠美與鈴乃一面隱藏自己的眼

淚，一面沮喪地低著頭。

「雖然在銚子旅館的浴室裡我就曾經思考過……不過到底要過什麼樣的生活才能變成那樣啊？」

「那、那個……」

「照理說光就營養來看應該不可能會輸啊……到底是為什麼……」

「我、我說……」

「不、不過仔細想想，貝爾。那個在戰鬥時，一定很礙事吧。」

「說、說的也是。既然是非戰鬥人員，那也無可奈何……無……無可奈何……」

然後，在除了這三人以外完全沒其他人的寬廣浴場裡——

「「唉……」」

響起了沉重的嘆息。

儘管因為頭髮最短而第一個洗完，但總覺得不能就這樣離開現場的千穗還是戰戰兢兢地向兩人問道：

「那、那個，請問怎麼了嗎？」

面對這個天真無邪的問題，惠美與鈴乃既不能嫉妒，也無法揶揄對方。頭髮上滿是泡沫的兩人轉向千穗，異口同聲地說道：

「『妳自己摸摸胸口反省吧！』」

「咦？」

不明所以的千穗頓時慌了手腳。

看見因為不曉得惠美與鈴乃不高興的理由，而打從心底感到驚慌失措的千穗可愛的表情，異世界的勇者與聖職者開始反省起自己數秒前的行為。畢竟千穗一點錯也沒有。

「……身為聖職者居然還任由嫉妒擺布，真是太丟臉了……」

「居然連嫉妒都不讓人嫉妒……千穗……真是個可怕的孩子。」

沉默的洗頭時間就這樣持續了片刻，待所有人都洗完身體後——

「那麼千穗小姐，開始修業吧！」

「啊？咦？好的，咦？」

精神尚未成熟的聖職者若無其事地重整態勢。

「沒關係啦，千穗，沒什麼好在意的。」

惠美以看破一切的微笑安慰淚眼盈眶的千穗。

雖然惠美與鈴乃都用毛巾綁住了長髮，但明明已經進了浴室並洗過頭髮，千穗還是猛然發現鈴乃手上正拿著平常戴的髮簪。這樣難道不會因為濕氣而受損嗎？

「那麼千穗小姐，請妳先進去那裡的淋浴間，將蓮蓬頭固定在上面吧。」

「好、好的。」

浴場角落淋浴間裡的蓮蓬頭跟外面的固定式蓮蓬頭不同，是附管子的普通款式，鈴乃將其固定在上方後，便要千穗站在那底下。

「話說為什麼要用蓮蓬頭啊？」

站在後面看著兩人狀況的惠美隨口一問，鈴乃馬上就回了一個簡單明瞭的答案。

「說到修行，當然就要沖瀑布吧？」

「「…………咦？」」

千穗與惠美瞬間停止了動作。

淅瀝淅瀝嘩啦嘩啦淅瀝淅瀝……

閉上眼睛直立不動的千穗，正感受著從頭上灑下來的熱水所帶來的刺激，接著馬上開始對鈴乃的方針感到疑問。

關於這點，惠美也有同感，泡在位於淋浴間正面那座溫水浴池裡的她，正以明顯懷疑的眼神看向鈴乃。

鈴乃有個傾向，那就是偶爾會誇張地誤解日本文化並非常認真地實行。

然而話雖如此，由於千穗也有小時候在電視上看過沖瀑布修行的樣子後，便在溫泉或浴室裡模仿著玩的經驗，因此現在心情十分複雜。

鈴乃並未將蓮蓬頭開到最大，而是將水量調整成讓熱水能大滴大滴地落到千穗頭頂的程度，雖然這樣也不是沒有在淋熱水的感覺。

像是為了加速千穗的疑問般，從男浴場的方向——

『阿拉斯・拉瑪斯！修行，要開始修行囉！』

『魔王大人！那個蓮蓬頭的水很燙！若想模仿沖瀑布，請用旁邊那一個吧！』

傳來了蘆屋慌張地制止興奮的真奧的聲音，讓千穗更加搞不懂自己到底在做什麼了。

此時鈴乃突然說道：

「請妳就這樣聽我說吧。千穗小姐，妳對自己的體力有自信嗎？」

「至、至少有一般水準吧……再怎麼說我參加的也是運動社團。」

面對這突如其來的質問，千穗維持閉著眼睛的狀態，以小心不讓熱水流進嘴巴裡的方式回答。

「雖然使用法術的人……在安特・伊蘇拉被稱做法術士，但法術跟這個世界所稱的『魔法』其實有著根本上的差異。不只是日本，我在想地球上是不是普遍認為『魔法師＝無力的人類』呢。」

「……的確，雖然我很少玩，但就算在遊戲裡，魔法師系的角色也不太會直接用武器攻擊對手……哇噗！」

千穗似乎是因為從頭上流下來的熱水流進嘴巴裡而慌了一下。

「法術士則並非如此。有體力的人與沒體力的人，就算使用相同的法術，也一定是有體力者的法術效果較強，能應用的範圍也較為廣泛。在法術的世界裡，無論天生擁有多麼優異的才能，也不可能出現兒童法術士比成人法術士強的狀況。」

「貝爾，妳該不會有看昨天的洋片劇場吧？」

惠美想起鈴乃之前跟真奧一起買了液晶電視的事情。

昨晚九點，電視上播了一部在海外廣受歡迎的魔法師系列電影第一集。

「還不是隔壁那些傢伙看得那麼熱鬧，我才好奇到底發生什麼事那麼吵，結果一個不小心就看到最後了，害我今天早上有點睡過頭呢。」

千穗閉著眼睛苦笑。雖然看不太出來，但其實真奧非常喜歡電影。

「另一方面，像年老法術士繼續依照年輕時的感覺使用法術，結果因為身體不堪負荷就這麼突然去世的消息也同樣層出不窮。能在不使用放大器的狀況下，將法術發揮到最大效果的年齡是從十五歲開始，在那之後就算非常節制與鍛鍊不懈，最多只也能持續到四十歲。」

「感、感覺有點像運動選手呢……」

「嗯。若超過五十歲還能在不用放大器的狀況下施展法術，那已經是超人等級了。雖然或許艾米莉亞與千穗小姐對這個名字的印象不太好，但就這方面而言，將近六十歲的奧爾巴大人直到現在依然能保有全盛時期的聖法氣與法術力，已經算是怪物的等級了。」

「唉……畢竟他甚至能以血肉之軀跟惡魔形態的艾謝爾一戰呢。」

從浴池裡探出身子的惠美，想起奧爾巴曾在崩落的首都高速公路底下跟艾謝爾戰鬥的事。即使如此，在日本亂來的奧爾巴之所以會使用手槍，果然還是因為考量到年齡而不想隨意使用聖法氣的想法使然吧。

「實際上僅管老邁，但被稱為『六大神官』的幾乎都是那樣的人物。不過那基本上算是例外。如同千穗小姐所言，就像運動選手一樣。直接想成使用聖法氣的力量，會與基礎體力和肌肉力量成比例就可以了。至於理由……艾米莉亞，聖法氣在被攝取之後，會儲存在哪裡呢？」

惠美簡潔地回答：

「心臟吧。」

「咦？」

原本以為全身會自然蘊含不可思議力量的千穗，因為惠美突然搬出普通的內臟器官而嚇了一跳。

「原理很簡單。在肺與氧氣結合的血液會流經全身，而負責讓血液循環的幫浦就是心臟對吧？使用法術時需要的並非全身，而是將聖法氣運送到特定的地方。說得更精確一點，應該說回流的聖法氣終點站是心臟才對。這樣妳能了解為何我會說法術跟體力有密切關聯了吧？所以……」

鈴乃繼續說道：

「說得極端一點，只要讓一定量的聖法氣散布到全身，那麼即使身為終點站的心臟遭到破壞，只要讓遍布全身的聖法氣一口氣回流到心臟，就算是讓心臟復活這種粗暴的招式，理論上也是可能的。」

當然除了戰鬥行為之外，也無法想像還會有其他讓心臟破損的狀況，而一般到了那種時候也不可能還保有大量的聖法氣，不過千穗還是因為這極端的例子而驚訝得說不出話來。

「所以說，現在聖法氣已經透過血液開始在千穗小姐體內循環了。儘管量不多，但除了使用法術以外，聖法氣也會因為代謝而消耗。雖然因為只要在安特．伊蘇拉就能自然攝取而不會特別意識到這點，所以我也是來到日本後才發現的。拜此所賜……」

鈴乃用手指摸了一下自己的手背。

「只要聖法氣的容量夠高，整體來說肌膚的光澤跟彈性就會變好。」

「咦？」

這下就連惠美也感到大吃一驚。

「所、所以……哇！所以鈴乃小姐才會明明沒化妝，皮膚卻還是那麼漂亮嗎……？」

因為這項衝擊的事實而忘了頭上的熱水、睜開眼睛的千穗，連忙再度把眼睛閉上。

「當然我也沒忘了要均衡攝取飲食、節制嗜好品與零食、適度進行運動以及每天早睡早起呢。」

「「……」」

面對不曉得是本性還是諷刺、自然地說出這番話的鈴乃，最喜歡甜食且經常熬夜的高中女生，以及經常因為忙碌而吃即時食品或外食的上班族頓時無言以對。

「不、不過最近在阿拉斯．拉瑪斯面前，我都有設法好好做飯喔……」

不知道在介意什麼的惠美一臉嚴肅地摸著自己的手背，開始自言自語起來。該不會她沒有自覺到自己皮膚的狀況幾乎跟鈴乃一樣好吧。

「艾米莉亞的代謝之所以沒有太大的變化，或許是因為阿拉斯．拉瑪斯的緣故喔？」

面對惠美自我辯解的自言自語，鈴乃居然認真地接受了。

「阿拉斯．拉瑪斯不是跟艾米莉亞融合了嗎？既然構成聖劍的進化天銀跟艾米莉亞的身體已經密不可分，那麼也不能否定阿拉斯．拉瑪斯的聖法氣是靠艾米莉亞補充的可能性。」

「這麼說來……最近肚子好像比較容易餓……」

「遊佐小姐？那樣未免也太奇怪了吧？」

由於惠美的意志莫名其妙地消沉了起來，鈴乃再度回到原本的話題。

「總之，肉體的強度會與法術的強度成正比。而我想表達的重點就是，使用法術是一件非常累人的事。」

「原、原來如此。」

儘管覺得在抵達這個結論之前似乎繞了不少無謂的圈子，但千穗還是接受了。

「別看我跟艾米莉亞使用法術起來好像很隨心所欲，那是因為我們在背後擁有足夠的體力在支撐。由於散布在全身的聖法氣所進行的代謝能提高治癒能力，因此就算我們跟千穗小姐受了相同程度的傷，行動也不會像千穗小姐那樣受到限制。」

「那、那就算被槍打到肩膀，或是被劍砍斷手臂也能戰鬥，就是因為……」

「若遇到那種狀況，正常來說可是很痛的。這部分就不像電影那樣了。」

至少在千穗面前，惠美等人並未經歷過會負傷到那種程度的戰鬥。

「總之，在習慣操作聖法氣之前的疲勞絕對超乎妳的想像。首先得先學習如何讓聖法氣活性化，接著練習如何具體地行使法術，最後再教妳有效率地使用聖法氣的方法……好了，淋浴應該進行得差不多了吧。接下來去泡溫水浴池吧。」

「好、好的！」

走出淋浴間後，千穗原本打算先把頭髮上的水滴擦乾再用毛巾包起來。

「千穗小姐，別把毛巾纏在頭上。稍微擦一下頭髮後，就這樣直接進去吧。」

「啊，好、好的。」

千穗略微擦了一下頭髮後，便一面小心別讓頭髮浸到熱水，一面踏入浴池。

「將後腦杓靠在浴池邊緣……沒錯，將身體放鬆到能夠浮起來的程度。然後試著想像聖法氣從頭到腳，在自己的身體內循環的樣子。」

千穗以類似弓道社練習時，為了集中精神所進行的坐禪印象，按照鈴乃的指示在浴池裡放鬆身體。

溫暖的熱水讓肌膚感到十分舒適，連帶身體也不自覺地浮了起來。

在這段過程裡，剛才淋浴時熱水持續打在頭頂所留下的感覺，讓人能夠輕易地意識到平常難以想像的「頭部上方」。

鈴乃之所以提議要模仿沖瀑布，就是為了這個目的吧。儘管只有一點點，但千穗還是在心底為自己懷疑過鈴乃的方針道歉。

由於從未體驗過讓不可思議的力量寄宿在體內的感覺，因此這種踏入未知世界的昂揚感讓千穗自然地露出笑容。

雖然學習法術的動機十分正經，但千穗還是無法抵抗這種對學會自己原本辦不到的事情所抱持的期待感。

「嗯……看來回流得很順暢。」

「沒錯，完全沒有混亂，非常安定呢。」

等回過神來，千穗才發現鈴乃跟惠美正牽著自己的雙手。她們應該是在監測千穗體內的狀況吧。

「那麼，首先是活性化。一開始並沒辦法靈巧地只使用必要量的聖法氣。總之每次行使法術時都先全力以赴，等習慣後自己就會削減無謂的力量。關於這方面的感覺，參加運動社團的千穗小姐應該能理解吧。」

畢竟是以肉體強度為準的力量，因此這麼說的確是合乎道理。

「那麼就這樣深呼吸吧。先用鼻子緩緩地吸氣，再慢慢從嘴巴裡細細地吐出來。透過這樣的舉動，就能體會空氣跟血在自己體內循環的感覺。」

「我知道了。」

維持現狀深呼吸了一段時間的千穗，開始微微地冒汗。

「很好，就是這樣。千穗小姐，睜開眼睛起身吧。」

依照鈴乃的指示起身後，一部分也是出於熱水的效果，讓千穗覺得自己全身都適度地暖了起來。

「那麼艾米莉亞，不好意思，能麻煩妳施展一個不需要放大器的法術給我們看嗎？」

「不需要放大器的法術？可是我基本上只會使用跟破邪之衣或聖劍有關的法術耶……」

原本漠然地看著千穗進行準備運動的惠美，因為話題突然轉到自己身上而眨了一下眼。

「那、那個，不好意思，請問放大器是什麼啊？」

千穗打斷惠美的思考問道。

「喔喔，不好意思。坦白講，就是發動法術時必要的道具。例如就我的狀況而言……」

鈴乃輕輕拿起放在浴池邊緣的髮簪，往空中一揮。

「哇！」

發光的髮簪，瞬間就變成了一把巨槌。

要是被其他人看見澡堂內憑空出現一把巨槌，那可就百口莫辯了，擔心會有其他新客人進來的千穗因此捏了一把冷汗。

「若利用髮簪做為媒介，就能像這樣發動法術。雖然晚點還會再繼續說明，但只要有放大器——也就是所謂的媒介，在使用聖法氣時就會比較容易想像。就結果而言，也能提升使用聖法氣的效率。至於放大器本身，並不需要用什麼特殊的道具。」

鈴乃的髮簪雖是精品，但絕對不是什麼特別的法術用具，而是她在來日本不久後透過盡情購物入手的物品。

「那麼，雖然跟破邪之衣一起發動會比較好……天光駿靴！」

說著說著，惠美也維持坐在浴池裡的姿勢小聲念道。接著——

「遊、遊佐小姐？」

才剛發現惠美泡在浴池裡的腳邊突然發出光芒，她居然就這樣維持坐姿浮了起來。最後惠美甚至完全脫離水面，整個人浮在浴池上空。

突然出現在白天澡堂裡的裸體巨槌女與裸體空中浮游女。看在毫不知情的人眼裡，可不是光用神祕現象帶過就能了事。

「其實這招原本應該跟破邪之衣一起使用，所以變得有點草率，不過這就是不用放大器的法術吧。」

「嗯、嗯……不過妳說的草率……是什麼意思呢？」

就算是看在不時偷瞄入口的千穗眼裡，惠美的法術依然有如出現在電影內的魔法般美麗，鈴乃靠近浮在空中的惠美，指著光靴說道：

「妳看一下光的邊緣。是不是像篝火一樣激烈地晃動？」

「啊，真的耶。」

千穗試著跟鈴乃的巨槌比較。

鈴乃的巨槌雖然也會發光，但它的光芒並不會像惠美的光靴那樣不安定地搖晃，而是像瓦斯爐產生的火焰般均勻地晃動。

「這就表示輸出的能量不夠安定。雖然視法術種類而定不能一概而論，但若想發揮同樣的效果，無論那種法術，都還是使用放大器比較能期待獲得較高的效率與效果。」

「呼……果然單純只使用法術會很累人呢。」

由於惠美再度緩緩地從浮游狀態重新浸到浴池裡，鈴乃也收起了巨槌，讓千穗總算鬆了一口氣。

「那麼千穗小姐，問題來了。請問我跟艾米莉亞剛才施展的法術之間，有什麼不同呢？」

「有什麼……不同嗎？」

千穗在腦海裡反芻鈴乃跟惠美發動法術時的情景。

「……鈴乃小姐的法術，難道沒有法術名稱嗎？」

這個回答，讓鈴乃佩服地挑起了眉毛。

「真虧妳能一次就發現呢。當然，這個法術在分類上還是有個叫做武身鐵光的名字。」

「不過妳沒有邊喊招式名稱邊使用對吧？那個，是因為有使用便於想像的放大器嗎？」

「正確答案。」

鈴乃滿意地點頭。

「使用法術，其實就是具體實現自己的想像。若想利用聖法氣產生自己希望的效果，那麼洗練的聖法氣活性化知識跟想像力可說是十分重要。就像是用硬黏土來捏出塑像一樣。換句話說，在使用沒有放大器的法術時，刻意念出法術的名稱或效果，進而方便自己想像效果的手續就變得十分重要。實際上這道手續的有無，也的確會讓效果與效率產生驚人的差異。」

重新在有解說的狀況下親眼目睹這些現象後，千穗深刻體會到惠美與鈴乃果然真的不是地球的人類。

「不過一開始很難想像聖法氣活性化這個概念，畢竟在現實的行動中，很少會做出這種想像。所以比起學習如何讓聖法氣流動，還是試著自己讓它活性化，才是學習在自己體內處理聖法氣最有效的方法。艾米莉亞，不好意思，能麻煩妳到更衣室吸引櫃檯的注意嗎？我會在入口跟天窗佈下結界。」

鈴乃以下巴示意，惠美點頭並從浴池中站起。

「咦、咦？為什麼？」

「雖然這是學習法術的每個人都必經的過程，但要是在日本毫無準備地進行可是會有人報警呢。」

一聽見惠美說出如此嚇人的話，千穗頓時不安了起來。

「接、接下來要做什麼啊？」

「很簡單，只要大聲喊叫就好了。」

「咦？」

千穗不自覺地再度看向鈴乃跟惠美的臉。

「叫什麼都行。總之，要從肚子裡用力地吶喊。」

「呃……吶喊……在、在這裡嗎？」

鈴乃理所當然似的點頭。惠美也毫無疑問地說道：

「叫的時候全身不可以太用力喔。不然會更叫不出來，所以記得要讓身體放鬆。」

「那、那個……」

一考慮到鈴乃與惠美所要求的動作，千穗突然有種內心的羞恥心開始急速竄升的感覺。

畢竟這裡是澡堂。就算沒有其他客人，更衣室那裡還是有位顧櫃檯的老太太在，更何況真奧他們也都在男浴場裡。

或許是察覺到千穗的猶豫，鈴乃一臉正經地說道：

「關於吶喊的效果，無論在安特．伊蘇拉還是日本都已經經過科學實證。就算只是單純的正拳，沉默地出拳跟大聲喊叫揮出去的拳頭，兩者的威力還是會有大幅的差異。昂揚的精神會促進細胞活性化，讓人獲得心理上的解放感，因此吶喊其實是種非常有效的手段……不過！」

千穗因為鈴乃突然把臉湊過來而下意識地往後仰。

「無論哪種鍛鍊都一樣，愈是以消極的心情面對，就會愈沒有鍛鍊的效果。要是連讓魔王聽見自己大聲叫喊都會覺得不好意思，那實在難以期待妳會有辦法讓聖法氣活性化。」

被看透心思的千穗因此臉紅了起來。

「可是既然如此，就算不用在這裡，只要去卡拉ＯＫ的包廂……」

鈴乃搖頭否定了這個不符合千穗風格的消極願望。

「跨越內心的糾葛與羞恥時所帶來的心理解放感，會遠遠凌駕於一般的感情，同時也能期待在短時間內產生效果——特別是魔王就在對面的這個狀態。」

「感覺雖然聽起來有點複雜，但只要走錯一步就會變成非常危險的理論耶。」

惠美皺起眉頭看著鈴乃逼迫千穗。

儘管都已經說到這個地步了，千穗還是滿臉通紅，一副快哭出來的樣子，鈴乃見狀只好無奈地搖頭。

「真拿妳沒辦法。雖然不在公共場所大聲喧嘩是日本人的美德，但畢竟是現在這種狀況。我先示範給妳看，之後妳再跟著做吧。」

「怎、怎麼這樣……」

最重要的是，除了真奧等人以外，男浴場裡或許還有其他的客人在也不一定。然而鈴乃還是毫不留情地對難掩不安的千穗喊道：

「回答的時候大聲一點！」

「是、是！」

「……那我為了避免別人來妨礙妳們，就先去外面監視囉。」

斜眼看了一下進入斯巴達模式的鈴乃跟千穗後，惠美便匆忙地走出了浴場。

「那麼要開始囉！」

「是──！」

對千穗的回答感到滿意的鈴乃，以彷彿吸塵器般的氣勢用力吸氣。

「好了了了！大聲喊出來！喝啊啊啊啊啊啊啊啊啊啊啊啊啊啊啊啊啊！」

「唔哇哇哇哇，好痛！」

正在洗頭髮的漆原，因為突然聽見牆壁對面傳來鈴乃的吶喊聲而嚇了一跳，結果手上的蓮蓬頭就這樣砸到了腳的大拇趾。

「剛、剛、剛才那是什麼聲音？」

「敵、敵襲？」

不過真奧跟蘆屋完全沒有餘裕恥笑那樣的漆原。

因為是在大浴場裡，所以聲音不斷地回響，這道彷彿人類騎士團發動總攻擊的聲音，讓惡魔們驚訝地站起身來。

「喔喔喔喔喔喔喔喔喔喔！」

「唔哇！」

接著不知為何，原本一直抬頭坐在真奧腿上洗頭髮的阿拉斯．拉瑪斯，突然睜開原本閉得緊緊的眼睛，用力張開小小的嘴巴開始大聲喊了起來。

光是這樣的舉動，便開始釋放出幾乎足以將真奧彈開的聖法氣。

「哇啊啊啊啊啊啊啊啊啊啊啊啊啊啊啊啊啊啊啊啊！」

「？？？」

接著傳過來的，便是千穗接近尖叫的大喊聲。

儘管真奧因為不曉得到底發生什麼事而驚訝不已，但擔心千穗可能遭遇危險的他還是將滿身泡泡的阿拉斯．拉瑪斯託給蘆屋照顧，並在不忘將毛巾纏在腰上的狀況下以極快的速度，一口氣衝到位於更衣室外的櫃檯。

「喂！你怎麼這樣就跑出來啊！」

剛洗好澡換上襯衫的惠美，正一邊握著櫃檯豐女士的手，一邊紅著臉瞪向真奧。

就算是平常讓人搞不懂到底是醒著還是睡著的豐女士，也不可能沒注意到這麼大的聲音。

所以應該是惠美用了法術或使了什麼小手段吧。

「咦，惠美？妳、妳們到底在隔壁做什麼啊？」

「我、我有小心不讓聲音傳到外面，所以沒關係啦！為了保險起見，我也讓櫃檯的老太太睡著了，因此不會有什麼危險……喂！你的毛巾快鬆了啦！」

極力將視線從真奧身上移開的惠美大聲喊道。而真奧在按住毛巾的同時也注意到一件事。明明發出那麼大的聲音，但一走出更衣室便什麼也聽不見了。

「這、這到底是怎麼回事……唔喔！」

「喝啊啊啊啊啊啊啊啊啊啊啊啊啊啊啊啊啊啊啊啊啊啊啊啊啊啊啊啊啊！」

摸不著頭緒的真奧一走回男浴場將頭探進去後，就再度聽見了吶喊聲，嚇了一跳的真奧因此在磁磚上滑倒，一口氣跌坐到地上。

「魔、魔王大人，您沒事吧！貝、貝爾到底在幹什麼！居然給澡堂添麻煩……」

「唔喔喔喔喔喔喔喔喔喔喔喔喔喔喔喔喔喔喔喔喔喔喔喔喔喔喔喔喔喔！」

雖然擔心真奧身體的蘆屋本來打算前往女浴場抗議，但卻因為被鈴乃的聲音壓倒而往後退了一步，接著就這麼踩到漆原弄掉的肥皂滑了一跤。

「危、危險！」

一看見蘆屋高大的身軀傾斜，漆原連忙忍住大拇趾的疼痛——

「咿呀啊啊啊啊啊啊啊啊啊啊！」

勉強在空中接住了與女浴場同步放聲大喊的阿拉斯·拉瑪斯。

「唔喔！」

至於蘆屋則是直接摔倒在地，他的頭甚至還差點撞上了另一側的牆壁。

就在真奧打算拉起跌倒的蘆屋時，外面傳來了惠美拍打男浴場拉門的聲音。

「喂，裡面好像傳出了很誇張的聲音，你們沒事吧？」

「那是我們這邊的臺詞！鈴乃跟小千到底在幹什麼……」

「哇啊啊啊啊啊啊啊啊啊啊啊啊啊啊啊啊啊啊啊啊啊啊啊啊啊啊啊啊啊啊啊啊啊啊啊！」

「跟阿拉斯・拉瑪斯有什麼關係……」

「再更用力從丹田發聲啊啊啊啊啊啊啊啊啊啊啊啊啊啊啊啊啊啊啊啊啊啊啊啊啊啊啊！」

「惠美，妳快給我仔細說明……」

「欸、欸，喔喔喔喔喔喔喔喔喔喔喔喔喔喔喔喔喔喔喔喔喔喔喔喔喔喔喔喔喔喔喔喔！」

「就是這樣啊啊啊啊啊啊啊啊啊啊啊啊啊啊啊啊啊啊啊啊啊啊啊啊啊啊啊啊啊啊啊啊！」

「吵死人了啊啊啊啊啊啊啊啊！」

在鈴乃與千穗毫不間斷的吶喊對決之下，真奧完全無法跟只隔一道門的惠美對話。

「爸爸啊啊啊啊啊啊啊！」

「阿拉斯・拉瑪斯也不要跟著起鬨啦！」

阿拉斯・拉瑪斯一邊散發聖法氣，一邊將手伸向真奧。

「喂，惠美！雖然我不知道妳們在幹什麼，但這樣會給別人添麻煩，快叫她們住手啦！」

「我有設結界讓其他客人進不來，所以沒問題啦！」

「哪裡沒問題了！這根本就是雙重地在妨礙營業！」

「等結束後我會再跟你說明，不用太在意啦。」

「喂，妳這傢伙，別逃啊！」

惠美完全沒有回答問題，轉身就跑。真奧原本打算衝出浴場追上去，但惠美似乎壓住了拉門，不管怎麼開都文風不動。

「歡迎光臨啊啊啊啊啊啊啊啊啊啊啊啊啊啊啊啊啊啊啊啊啊啊啊啊啊！」

「好的，非常樂意啊啊啊啊啊啊啊啊啊啊啊啊啊啊啊啊啊啊啊啊啊啊啊啊！」

「把這裡當居酒屋啊！妳們到底在幹什麼？惠美！喂！開門啊！給我把門打開！」

這副魔王被勇者之手關在浴場裡的稀有畫面，大概只持續不到五分鐘。

就在兩人像這樣一來一往，誰都不肯退讓的時候——

「哇啊啊啊啊啊啊啊啊啊啊啊啊啊啊啊啊啊……呀啊啊啊？」

真奧聽見在兩人刻意發出的吶喊聲中參雜了千穗的慘叫聲，頓時坐立不安了起來。

「就算被人報警也無所謂了！蘆屋，肩膀借一下！我要從裡面闖進女浴場！」

「請、請您冷靜一點！若闖進女浴場時不小心出了什麼差錯，魔王大人在社會上就無法立

足了啊！

「那漆原，你應該就沒關係了，上吧！」

「我堅決抗議這種將別人在社會上的生存價值當成垃圾的講法跟做法！」

「……那個，我這邊已經打開了啦。」

三位大惡魔針對要不要翻牆闖進女浴場這件事進行無聊的爭論，惠美則是語氣無奈地介入他們的談話。

三人愣了一會兒後，這才發現千穗跟鈴乃的吶喊對決已經結束，被漆原抱在懷裡的阿拉斯·拉瑪斯也自然地安靜了下來。

「到、到底怎麼了？」

總算站起身來的蘆屋仰望分隔男浴場與女浴場的牆壁。

「你沒發現嗎？唉，畢竟只有微乎其微的分量，所以也沒辦法。」

「啊？」

「嗯？奇怪？艾米莉亞在那裡，阿拉斯·拉瑪斯在這裡，再來是貝爾跟…………咦？」

漆原首先釐清了狀況。

他皺著眉頭並板起了臉，看向站在男浴場更衣室背向這裡的惠美。

「妳們到底在想什麼啊？別在現實情況做那種事啦。難不成想為了保護派不上用場的戰力而分散前線兵力自掘墳墓嗎？妳們有那種餘裕嗎？」

雖然漆原難得露出嚴厲的語氣，但惠美當然不可能任人教訓。

「怎麼可能。她自己也知道那種事啦。」

由於惠美其實也希望事情最好不會變成這樣，因此無奈地露出愁眉苦臉的表情。

「不過為了以防萬一，她好像希望在發生緊急狀況時能有『通知』你或我的能力。」

「通知……難不成？」

總算隱約開始了解狀況的真奧抬頭看向分隔浴場的牆壁。

「那女孩懂得量力而行，也分得清楚什麼事可以做跟什麼事不能做。我們就是信任她這一點。不過她最重要的理由……」

惠美看向一臉啞然的真奧。

「一定只是因為不希望被捲入緊急狀況時，替你增添不必要的麻煩而已。畢竟現在無論她是否保有跟我們有關的記憶，都已經是當事人之一了。」

真奧對惠美的話幾乎充耳不聞，只是隨便擦拭一下身體便穿上衣服，衝出櫃檯旁的休息區，蘆屋與漆原也緊跟在後。

接著三人便遇到了正拿著澡堂所附團扇的鈴乃——

「理由我晚點會說明。不過千穗小姐絕對不是抱持著輕率的心態做出這件事，只有這點希

望你們能夠理解。」

「真……真奧……哥……」

以及正橫躺在藤椅上大口地喘著氣、就算剛泡完澡也不可能讓臉變得那麼紅的千穗。

真奧因為搞不清楚狀況而一頭霧水，站在他身旁的漆原指著千穗的手說道：

「無論事情變得怎麼樣，我都不管喔。」

一臉不悅的漆原所指的方向，正是趴在桌上的千穗左手。

「佐佐木小姐，該不會……」

蘆屋彷彿見到了什麼難以置信的事情般，頓時說不出話來。

那隻手上，正寄宿著金色的聖法氣。而且那道聖法氣還像火焰般激烈地閃爍著，讓人明顯能夠看出千穗無法完全掌控它。

不過那並非千穗之前在東京鐵塔所展現出的脫離現實的力量，而是完全憑千穗一己之力所散發出來的聖法氣光芒。

「因、因為我……既不想扯大家的後腿，也不想變成大家的累贅……」

即使直到現在依然一副喘不過氣的樣子，千穗還是努力露出笑容看向真奧。

「為了隨時都能逃跑……隨時都能讓真奧哥你們來救我……鈴乃小姐，我成功囉。下次……我想要……正式實行。」

然而這就是極限了。

千穗的眼瞼緩緩闔上，就這麼進入了夢鄉。

「……真是的。」

看見儘管疲勞困頓，依然露出一副滿足睡臉的千穗，真奧投降似的搔了搔頭。

「妳也未免太替我們擔心了吧。我們可是異世界的怪物喔？明明全都交給我們處理就好了。畢竟是我們把妳捲進來的啊。」

「正因為是千穗，所以才沒辦法那麼做吧。居然沒被感情牽著走，只想學會『逃跑』或『讓自己能順利獲救』的法術，真是的，惹人憐愛也要有個限度啊。」

惠美先是苦笑地對真奧如此說道──

「你在安特．伊蘇拉踐踏的生命當中，一定也有像千穗那樣的孩子吧。」

然後又以只有他聽得見的音量補上了這句話。

「……………」

忍不住轉過頭的真奧，只看見惠美擺出一副若無其事、彷彿自己那句話已經消散在空氣之中的表情走向千穗，替她擦拭額頭上滲出的汗水。

沒想到才剛表現出莫名融洽態度的惠美，居然會冷不防地蹦出一句過去從未說過的辛辣諷刺。

「……坦白講，我也一樣搞不懂妳啊。」

真奧在口中咀嚼的話語，沒有傳進任何人的耳裡。

魔王與勇者，對日常感到疑惑

「歡迎光臨——！」

千穗宏亮的聲音在店內回響。

這道巨響不但讓店裡幾位好奇發生什麼事的客人因此看向千穗，也讓剛走進門的顧客下意識地在入口處停下了腳步，被嚇到的真奧與其他員工也理所當然地跟著轉頭關注千穗。

「嗯，雖然我不知道發生了什麼事，不過有精神是件好事。」

現場只有一個人完全不為所動——站在千穗旁邊的木崎，將手放在千穗的肩膀上說道：

「不過，妳要多重視與客人之間的距離感。就算不叫得那麼大聲，客人們也聽得見啦。」

「啊，好、好的，對不起……」

看來並未意識到自己音量的千穗，開始紅著臉應對站在自己櫃檯前面的客人。

而在這整個過程中，真奧都一直擔心地看著千穗。

打從千穗接受惠美跟鈴乃關於聖法氣活性化的指導以來，已經過了一個星期。

今天是身為學生的千穗首次來重新開幕的麥丹勞上班，由於她從第一天開始便動輒像剛才那樣大喊出聲，因此格外地引人側目。

照理說千穗應該是個會看場合的人，但無奈前幾天才剛進行過一場吶喊對決，導致她控制音量的感覺已經有些麻痺，甚至還嚇到了客人好幾次。

「雖然有幹勁是件好事，不過看來暫時是不能讓小千去顧樓上的咖啡櫃檯了。因為人手不足，所以我本來是很希望小千能上去呢。」

木崎有些遺憾地說道。真奧聞言，便馬上為自己的無能為力感到苦惱。

千穗之所以會大聲打招呼，當然是為了進行聖法氣活性化的訓練。

然而考慮到現實狀況，在日本並沒有多少能讓人持續大聲叫喊、又不會被其他人懷疑的地方。

在家裡大吵大鬧不但會被父母斥責，也會給鄰居們添麻煩。而要是像千穗這個年紀的女孩在公園裡大叫，那光是這樣便足以讓人報警了。當然更不用說是第一天利用的澡堂了。

即使如此，千穗應該也無法每天都跑去卡拉ＯＫ包廂練習吧。

結果千穗就只能像現在這樣慎選能大聲叫喊的時機，畢竟若因為太過熱衷於練習而對日常生活造成妨礙，那可就本末倒置了。

聽了惠美與鈴乃教導千穗法術的理由後，真奧等人也大致接受了。

如今無論千穗是否保有真奧等人的記憶，都是他們致命的弱點，難保安特・伊蘇拉與魔界，或是暗中活動的奧爾巴不會針對這點進行攻擊。

一旦事情變成那樣，那麼讓千穗保有記憶並擁有能視狀況向真奧等人求救的法術，可說是

非常地有效的因應措施。

即使如此，對千穗而言，學校跟打工依然是不可荒廢的重要日常。

看準客人變少的時機，真奧向千穗招手道。

「小千，方便打擾一下嗎？」

「……對不起，是有關音量的事情吧。」

千穗也像是知道真奧呼喚自己的原因般，低著頭回答。

「啊……」

看見千穗如此愧疚的樣子，真奧也感到十分為難。畢竟千穗就只是為了不想成為真奧跟惠美等人的負擔，所以才會一再地努力。

「妳知道就好。不過要好好珍惜自己的日常生活喔。」

「好的。」

千穗有些疲累地笑道。

「這樣下去，木崎小姐可是不會讓妳上樓喔。」

「說的也是……嗯，必須要更明確地切換心態對吧。」

「沒錯，就是這樣。」

用力地點了一下頭的真奧，在視野的一角發現木崎正滿意地頷首。

「不過……就算先把這件事情擱在一邊，我還是不覺得自己有辦法上樓。」

千穗缺乏自信地垂下視線，這樣的舉動一點都不像是她平常的作風。

「啊……唉，我也，不是不能理解。」

真奧搔著臉為難地同意。

兩人所說的「樓上」，當然是指二樓的MdCafé。

麥丹勞重新開幕已經一個星期了。

就算不考慮現在是附近商業區的上班族們，因為盂蘭盆節剛過而勒緊了錢包的時期，店裡初期的營業狀況也還算過得去。

加上過去的常客以及設定得比競爭的咖啡連鎖店略為便宜的價格，更是大大擴展了攜家帶眷的顧客以及主婦階層的客群。

由於通常的麥丹勞部分與MdCafé的座位之間並沒有嚴密的區分，因此也有些客人會在樓下點了普通餐點後帶到樓上去吃，至於該如何提升咖啡單品的翻桌率，就是未來的課題了。

畢竟是久違的開張，再加上店長木崎從開店到結束營業為止都嚴密地監督，所以過去的熟客也馬上就回來了。

其中有些人原本私底下就是木崎迷，在發現二樓的咖啡櫃檯掛了一個附有木崎照片並被裱框過的綠色負責人證明後，甚至還用手機相機拍起照來。

雖然考慮到這些狀況，MdCafé已經算是有了個勉強及格的起步，但就現狀而言，不只是真奧與千穗，幾乎所有員工都沒有在MdCafé工作的自信。

而原因就出在……

「到底要怎麼做，才能泡出那麼好喝的咖啡啊。」

也難怪千穗會如此納悶。

木崎所泡的咖啡，不知為何就是好喝。

雖然普通餐點的白金烘焙咖啡也是如此，但只要一製作MdCafé的咖啡餐點，木崎與其他員工的成品就是會出現判若雲泥的差別。

MdCafé的咖啡與通常的營業型態不同，並非使用紙杯，而是裝在馬克杯裡給客人。

儘管特化為咖啡廳，但速食店的特色終究還是在於提供迅速且均質的商品，而MdCafé也只是其中一種營業型態罷了。與白金烘焙咖啡不同的是，MdCafé擁有自己專用的咖啡機。

跟事先做好一定量再於規定時間廢棄、能夠同時研磨大量咖啡豆的飲料吧型咖啡機不同，因為MdCafé的咖啡機每次都要重新磨咖啡豆，所以某種程度上的確有個人技術介入的空間，不過那終究還是使用機器，而非利用手動磨豆機之類的專門用具。

雖然木崎曾經指導輪班的員工們使用MdCafé的咖啡機，但不知為何就算拿去跟一般的咖啡店相比，木崎所泡的每一種MdCafé咖啡都還是有過之而無不及。

「因為我們可是磨了一樣的指定咖啡豆，倒入相同溫度的熱水，還使用了同樣的牛奶耶？為什麼結果會差那麼多呢……」

真奧與千穗都不是常喝咖啡的人，但在親自嘗試過後，還是喝得出來自己與木崎的成品之間，在「質」方面有著明顯的差異。

至少所有喝過木崎咖啡的員工都確信，光靠標準的作業程序，絕對做不出跟木崎相同的味道。

「不過要是我們一直無法排班，那工作可就做不下去啦。」

考量到剛重新開幕不久，木崎幾乎整個營業時間都常駐在店裡面，但既然身為正式職員，難免還是會碰上無法留守店內的日子。

到時候總不能因為木崎不在，就關閉MdCafé的部分吧。

「不過到底木崎小姐跟我們的咖啡，哪一種才是公司預期的味道呢？」

「公司預期的味道？」

無法理解真奧話中含意的千穗歪著頭思索道。

「哎呀，畢竟麥丹勞是連鎖店啊。雖然每間分店都必須提供均一品質的味道，但木崎小姐那個不管怎麼想都並非『均一品質』吧？」

「難道那樣不行嗎？倘若難喝當然會造成問題，不過明明價格一樣，卻比普通的還要好喝

耶。」

真奧因為千穗的話而瞄了一眼放在收銀機旁邊的MdCafé傳單。

從櫃檯裡往外看，便能看見傳單背面印了以MdCafé為主的餐點價格，先前提到的咖啡歐蕾跟拿鐵咖啡皆為二百五十圓。

「雖然那樣講聽起來還不錯，但反過來看，就等於是讓喝不到木崎小姐咖啡的客人，用相同價錢喝到品質較差的東西了。」

「…………啊！」

千穗思考了一下後，總算了解真奧的意思。

「因為麥丹勞是大規模的連鎖店啊。若不統一所有店鋪的『品質上限』，就會有違提供均質餐點的理念。倘若只要賣相同價錢就能擅自提升品質，那職員就可以自掏腰包偷偷換成藍山咖啡豆啦。不過若每間分店都這樣做，那就不能算是『麥丹勞的餐點』了吧。」

另一方面，雖然這世界上還是有許多活用地區、店鋪或是員工特色的外食連鎖店，但至少麥丹勞並未採取那樣的經營方針。

至於說到木崎是否無視公司規定，使用其他的材料泡咖啡……

「不過木崎小姐泡的咖啡，用的是跟我們一樣的機器、咖啡豆、牛奶以及杯子對吧。」

「……沒錯……所以才讓人百思不得其解啊。」

被千穗這麼一反駁，真奧頓時懊惱不已。

這麼一來，就代表是真奧等人有什麼不足之處，不過既然都嚴守了標準的作業程序卻還有所不足，那這下可就真的不知道該如何是好了。

「雖然跟我的訓練無關，但要不然在泡的時候試著灌注感情說『變好喝吧～』如何……」

「姑且不論內心，若想靠聲音改善品質，那應該在種咖啡豆的時候就該做了吧？」

「或是只有木崎小姐泡咖啡時，店裡的背景音樂是莫札特之類的。」

「不可能。而且莫札特效果目前還沒有科學上的根據。」

結果關於木崎咖啡的祕密，不管再怎麼討論都沒有結論。

雖然在晚餐時段結束之前來了不少客人，但現在已經是晚上十點，到了高中生的千穗該下班的時間。

真奧對換上便服走出員工間的千穗說道：

「那麼，回去時要小心點喔。」

「嗯，辛苦了。」

千穗對真奧以及剩下的員工行了一禮。

「若發生了什麼事，就用妳鍛鍊過的聲音大喊吧。」

「咦……啊，嗯，這、這樣是要叫我怎麼回答啦！」

思考了片刻後才發現對方是在開玩笑的千穗，滿臉通紅地握緊了手機。

「嗯，總之小心點啊。還有……」

「還有什麼事！」

面對生氣的千穗——

「我還沒跟妳說過呢，謝謝妳為了我努力。」

真奧以其他員工聽不見的音量小聲說道，讓千穗這次因為跟生氣相反的理由而漲紅了臉。

「我、我又不是單單為了真奧哥才這麼做！」

儘管如此，千穗還是因為記恨對方開自己的玩笑而快步走了出去。

千穗今天難得在肩膀上背了一個大型的側肩包。考量到現在的時間，她接下來應該沒有其他的行程，所以或許是白天時曾在某個地方訓練也不一定。

就在真奧聳聳肩並嘆了口氣，開始緩緩進行打烊的準備時——

「啊……小千已經回去啦？」

木崎從二樓下來了。

真奧疑惑了一下。因為千穗在換衣服準備下班之前，應該有先去向木崎報備一聲才對。

「她在那之後，還有繼續大聲喊叫嗎？」

木崎難得以毫無霸氣的疲累模樣打聽千穗的事情。

「……您怎麼了嗎？該不會是身體不舒服吧？」

也難怪真奧在回答木崎的問題之前，就先脫口而出這樣的疑問。

就連身為魔王的真奧，也從來沒看過像木崎這樣不知疲累為何物的人。身為店長，木崎既有一整天都不在店裡，也有因為排班的關係而從早忙到晚的時候，但不曉得她究竟是有什麼祕訣，居然從來不曾在員工面前露出明顯的疲態。

而那樣的木崎如今不但用左手抵著太陽穴，眼睛底下還出現了微微的黑眼圈，就連聲音都失去了霸氣，實在讓人無法不擔心她的身體狀況。

「啊……不好意思。」

木崎在聽見真奧的詢問後猛然抬頭，並再度難得慌張地掃視客席，最後才因為某個真奧無法得知的理由而鬆了口氣，露出苦笑。

順帶一提，維持通常營業型態的一樓客席，現在只有兩組看似大學生的年輕人在聊天，剩下的客席全都是空位。

「居然這麼鼓足了幹勁，真不像是我的風格。不過事情比想像中難處理，真是累人呢。」

真奧再度受到了衝擊。

姑且不論鼓足幹勁，像「真是累人」這種喪氣話，實在難以想像是木崎會說的臺詞。

真奧抬頭看向位於一樓結帳櫃檯角落的全新液晶螢幕。

這個螢幕是為了讓員工在一樓也能確認二樓的空位狀況而新安裝的設備，但放眼望去，二樓現在應該沒有半個客人才對。

「到、到底發生什麼事了……」

木崎居然會皺著眉頭按摩自己的肩膀，打從真奧在麥丹勞工作以來，這是他首次看見這樣的光景。

儘管真奧語氣顫抖，但木崎只是一臉訝異地回視真奧，而並未回答他的問題。

「所以小千後來怎麼樣？」

「嗯、嗯，雖然有些驚險的場面，但在那之後都一如往常。」

「……這樣啊。」

木崎佩服地點頭，並用力回轉肩膀。

「看來小千也找到了什麼新的目標呢。」

「啊？」

真奧驚訝地睜大了眼睛。

千穗現在的確是正朝著某個目標邁進，而大聲叫喊也是其中一環。

木崎神態自若地用一樓收銀機打開當日營收表的畫面。雖然剛才那句話看起來只是隨口說說，不過為什麼木崎會那麼想呢？

在瞬間的悸動平息之後，真奧察覺到木崎的說法有些不對勁。

「請問小千『也』是什麼意思？」

「……唔？」

木崎因為真奧的問題而倒抽一口氣，接著馬上後悔般的搖了搖頭。

「啊，我只是有點累而已，別放在心上。」

木崎語氣低沉地說道。

光是聽見這句話，真奧的好奇心便在心裡倒轉了一百八十度安分下來。

看來這是個比想像中還要纖細的問題。真奧與木崎的交情，還沒親密到能繼續追問下去的程度。

「那麼，我可以問另一件讓人在意的事情嗎？」

「嗯？」

「我跟小千都覺得很疑惑，明明是使用同一臺機器泡出來的咖啡，為什麼我們跟木崎小姐的味道會……」

「啊？」

「……差那麼多……呢？」

一陣如同好奇心在轉了一百八十度後反而被人狙擊般的恐怖襲向真奧。

真奧原本是基於上進心才提出這個問題，但在聽見木崎那比先前更加低沉、並散發出危險氣息的回答後，句尾的音量就跟著變得愈來愈小。

木崎用足以令魔王感到心驚膽顫的恐怖視線凝視真奧。

看在旁人眼裡，這段期間應該不到一秒吧。不過對真奧而言，卻彷彿永遠般漫長。

然而下一瞬間，木崎的眼神突然產生變化，就連視線也跟著搖擺不定。

真奧開始覺得今天再也不會有什麼事能讓他感到驚訝了。

就在木崎與真奧對視的險惡視線移開了零點一秒，搖擺不定，然後又重新回到原位時，真奧覺得自己彷彿看見了從平常的木崎身上難以想像、既赤裸裸又毫無防備的表情。

「……抱歉，你稍等我一下。」

木崎關閉當日營收表的畫面，坦率地道了聲歉後便走向員工間。

木崎應該看穿真奧已經發現自己內心的動搖了吧。從她在這種時候毫不打算蒙混過去來看，果然還是平常的木崎。

真奧因為短短五分鐘內看見了好幾副木崎陌生的表情而感到困惑。

真奧茫然地望向員工間的門，並聽見裡面傳出舊式印表機運轉的聲音，接著木崎馬上就拿著一張紙走了出來。

而木崎走出門時，又再次因為跟真奧對上了眼而露出莫名尷尬的表情，這點也同樣讓人感到意外。

「如果有興趣，要不要試試看？」

木崎將手上的紙交給真奧。

儘管有許多令人掛念的事情，但真奧還是瞄向紙上的內容。

「麥丹勞．咖啡師？」

在看見標題的文字後，真奧疑惑了一下。

說到咖啡師，首先就會讓人聯想到設置在城牆或戰車上的固定式大型弩砲（註：日文中「咖啡師」與「弩砲」的發音相同）。

真奧因為試著想像用弓箭將漢堡射出去的畫面，而差點笑了出來。

「你知道什麼是咖啡師嗎？」

「應該……不是指弓箭吧？」

「你說什麼？」

「沒、沒什麼……我沒聽過呢。」

真奧老實地回答木崎的問題。

「唉，可能這名稱還沒那麼普遍吧。你只要知道在日本，那是指擁有咖啡專門知識的人就好了。」

「咖啡專門知識？」

真奧複誦著木崎的話，並瀏覽手上的文件。

看來這是從麥丹勞的員工通知裡擷取出來的說明。

為了讓業務人員能夠更加確實地經手麥丹勞的商品再提供給客人，國內的麥丹勞總公司與各分公司皆開設了相關的講座。

雖然這些講座基本上是開設給正式職員進修，但似乎只要有一定程度的工作實績跟繳交規定的講習費，就算是打工人員也能參加這個「麥丹勞．咖啡師」的講座。

至於講座內容，則是指導如何調製MdCafé系列的咖啡。只要參加一天的講習，就能學到操作機器與處理咖啡豆的專門知識。

「公司現在規定只要是有設置MdCafé的分店，就一定要有具備『麥丹勞．咖啡師』資格的人坐鎮。」

「原、原來如此……」

意思就是說，這些咖啡師跟單純遵照標準程序操作咖啡機的真奧等人，在根本上就有所不同。

雖然透過單單一天的講習，是否就能使味道產生那麼極端的差異讓人不無疑問，但看在真奧的眼裡，姑且不論能否超越木崎的咖啡，光是可以獲得處理商品的專門知識這點就已經夠有魅力了。

「不過咖啡師這個詞，原本並不是指僅專精於咖啡的專家。」

「咦？」

木崎突然說道，讓剛確認完講習日期的真奧因此抬起頭來。

「咖啡師這個詞的起源，是來自於義大利文。由於義大利的酒吧櫃檯同時具備輕食與飲料店的性質，因此相較於身為酒精飲料專家的調酒師(bartender)，咖啡師就是做為包含咖啡在內、所有無酒精飲料的專家來替客人服務。雖然在日本的認知度還很低，但咖啡師跟廚師、糕點師以及侍酒師等職業一樣，都是餐飲界值得驕傲的專家呢。」

「是、是那樣嗎？」

真奧因為木崎突如其來的開講而感到退縮。

「另一方面，在正式酒吧工作的咖啡師中，也有人不願自稱為咖啡師。因為他們不只是飲料，就連餐點、店舖設備、工具以及接客在內的所有服務全都一手包辦，所以自負為是全方面的專家。像那種人就叫做酒保(barman)。他們是一群精通酒吧——也就是店舖裡的所有事務，並配合店內的狀況聚精會神地打理一切，以提供客人最高品質的服務為目標的人們。」

「喔、喔……」

木崎不但一掃先前的疲態，眼神裡也突然恢復了活力，開始激動地演說著。

面對木崎瞬息萬變的表情，真奧只能含糊其辭地回答，但他依然沒漏聽木崎在激動之下所說出的最後一句話。

「我的目標，就是要成為那個酒保！」

「！」

這恐怕是真奧第一次聽見並非麥丹勞幡之谷站前店的木崎店長，而是木崎真弓個人的真心話吧。

不愧是木崎，居然連真心話都是跟工作有關的事情。

「那麼若木崎小姐將來在小麥出人頭地，應該會很不得了吧。」

幡之谷站前店的單日營業額總是超越去年的百分之百，真奧也能理解這件事實究竟有多麼異常。

真奧經常在想以木崎的器量，本來就不可能一直屈就在這種小店裡，應該管理更廣的區域才對。

對希望當上正式職員的真奧而言，木崎一直是他的目標，而他完全無法想像木崎居然還懷抱著如此遠大的野心。

雖然真奧佩服到一時忘了自己平常可是宣告著要征服世界，但木崎本人卻一臉意外地看向真奧。

「你在說什麼啊。在麥丹勞怎麼可能……」

「……咦？」

「啊……」

真奧感覺自己似乎聽見了不應該聽見的事情。

而木崎應該也發現了吧。看來今天的木崎真的跟平常不太一樣。

「……身為店長居然還一直跟員工閒聊，實在無法為人表率。」

木崎匆匆地結束這個話題，並尷尬地看向真奧手上的說明。

「總之要是想追上我的技術，就先試著去參加看看如何？若是擔任過時段負責人的阿真，應該不用交講習費才對。如果想參加就告訴我一聲吧。」

「好、好的……」

「那我先回樓上了。樓下就交給你囉。」

雖然木崎轉身上樓時看起來就跟平常一樣，不過感覺說話的速度似乎變得比平時要快了一些。

更重要的是，真奧並未漏聽木崎的語氣裡的細微差異。

然而即使如此，他依然不得不祈禱那只是自己的錯覺。

※

「咦？」

回到公寓的真奧，在發現二樓鈴乃房間的燈還亮著時疑惑了一下。

因為身為聖職者的鈴乃平常非常早睡早起，所以通常真奧回家時，她房間的燈應該都已經熄了才對。

「喂，鈴乃怎麼了。」

真奧向前來玄關迎接的蘆屋問道。

「歡迎回來，魔王大人。剛才佐佐木小姐有來，而且她們兩人好像正在做些什麼，大概又是在練習法術吧？」

蘆屋自然地回答。

「小千？她不是打工完就回去了嗎？現在已經過十二點了吧。鈴乃那傢伙到底在幹什麼，快點讓人家回去啦。」

居然讓高中女生在外面待到這麼晚，身為魔王，看來非得唸她幾句不可。

蘆屋還來不及阻止，真奧就已經重新穿好鞋子敲起隔壁二〇二號室的大門。

「喂，小千，妳在嗎？已經過十二點囉，快點回去吧。」

「吵死人了，魔王。」

鈴乃一臉不悅地從門裡探出頭來。從她身上的浴衣設計比平常樸素許多來看，應該是用來在家裡穿的便服或睡衣吧。

至於千穗則是一臉困擾地從房間裡往這邊看。

「你以為自己是她的監護人啊。我可是有得到千穗小姐母親的許可，她今天預定要住我這裡啦。」

「……喔、喔，這樣啊。」

「是的……對不起。」

才剛在店裡道別過的千穗，正穿著睡衣朝這裡低頭道歉。

看來千穗回去時帶的那些行李，是為了在鈴乃的房間借宿所準備的東西。

「呃，那個，該怎麼說，真的別勉強自己喔。」

「好的……」

「就算不用你說，我也會好好照顧千穗小姐。訓練已經結束了，我們聊女孩子的話題聊得正開心呢。根本就沒有你出場的餘地。」

語畢，鈴乃沒等真奧回答就關上了大門。

「……什麼女孩子的話題啊。」

真奧不悅地啐道，並沮喪地走回魔王城。

「那個……佐佐木小姐有先來這邊打過招呼跟說明獲得母親許可的事情……」

大概是聽見了真奧跟鈴乃的對話，蘆屋一臉愧疚地說道，但真奧只是揮揮手讓他退下。

側眼瞄了一下蘆屋愁容滿面地準備消夜的背影，真奧開始看起從木崎那兒拿到的「麥丹勞・咖啡師」說明。

「『日常』啊，真是個命運的字眼呢。」

「怎麼突然說這種話。」

漆原耳尖地聽見真奧的低喃，開口詢問道。

「嗯？我只是感慨大家在不知不覺中都變了而已。日常這種東西並非不會改變，而是時間以肉眼看不見的速度確實地在流動吧。」

「啊？你突然說這個幹什麼。連真奧也變奇怪了？」

漆原對真奧這句不像是魔王會有的感傷一笑置之地說：

「不過就是這樣才有趣啊，要是什麼都不變反而奇怪吧。」

「……我最不想被你這麼說。」

真奧因為難得的感傷，居然被白吃白喝的尼特族給擅自做了總結而感到不悅。

「我想應該也沒其他人比我更能切身體會那種感覺了。」

「那為了能更加確實地體會日常的變化，不如幫忙做點家事如何？嗯？」

就在這時候，蘆屋也端著包了梅子、柴魚以及紫蘇的飯糰和熱過的味噌湯，過來加入兩人的談話，真奧的感傷就這樣在食慾與分擔家事的爭吵中變得愈來愈曖昧，最後消失在心裡的某個角落。

※

「不過話說回來，沒想到妳短短一週之內就能讓聖法氣安定地活性化。這樣或許就能開始進行概念收發的基礎訓練了呢。」

「真的嗎？」

鈴乃與千穗單手端著裝了麥茶的玻璃杯，於窗戶旁邊相視而坐。

在房間角落焚燒的蚊香所散發的氣味中，兩人單手拿著團扇，進行著與女孩子的話題毫無關係的談話。

「社團的老師曾經說過，在做肌力訓練跟柔軟體操時，如果能在做的同時意識到動作的部位，那麼效果將會大不相同。所以我在吶喊時，總是一邊大叫，一邊注意身體裡面起了哪些變

化呢。」

「話雖如此，那也並非每個人都做得到的事，畢竟到那種程度就已經是感覺的問題了。千穗小姐如果誕生在安特·伊蘇拉，一定能成為一位出色的法術士呢。」

鈴乃在坦率地稱讚之後，刻意擺出了嚴肅的表情。

「啊，不過就算這樣，我也不會教妳概念收發以外的法術喔？」

「我知道啦。不過我很高興能得到妳的稱讚。」

千穗喝下一口麥茶，邊嘆氣邊仰望夏日的夜空。

「我並不是感到焦急，但我還是希望能盡早學會如何使用概念收發——趁鈴乃小姐跟遊佐小姐還有空的時候。」

「雖然這麼說也有點那個，不過我每天都很閒喔？」

鈴乃苦笑。即使在安特·伊蘇拉是位了不起的聖職者，但她在日本可是過著讓人難以理解的無業生活。

特別是打從麥丹勞幡之谷站前店重新開幕以來，真奧白天都待在對魔界勢力具有抑止作用的大天使沙利葉附近。

由於只要真奧待在沙利葉的影響範圍內，就能降低惡魔接近他的可能性，因此不必監視真奧的鈴乃最近便愈來愈常窩在家裡。

雖說窩在家裡這件事的背後，其實也包含了監視和保護蘆屋與漆原的含意，不過這份工作並未繁重到讓她無法回應千穗的要求。

「我不是這個意思。不過感覺……」

千穗眼神閃爍不定地望向空中，尋找較為貼切的說法。

「自從在東京鐵塔發生過那起事件後，有些事情就變得跟以前不太一樣了。」

「有些事情……是指？」

鈴乃揚起眉毛，喝下一口麥茶。

「雖然之前發生過諸如沙利葉先生、加百列先生，以及銚子的惡魔們等各式各樣的騷動，然而即使如此，真奧哥與遊佐小姐還是從來沒直接吵過架吧？」

儘管感覺那兩人應該是只要一見面就會吵架，不過千穗想表達的，應該是那種真正傷害彼此的戰鬥吧。

「不過自從東京鐵塔那件事以來，遊佐小姐不是就變得有點怪怪的嗎？」

「……」

千穗告訴鈴乃，自己曾對來醫院探病的真奧與惠美說明過那些不屬於自己的記憶。

「打從那時候開始，遊佐小姐跟真奧哥好像一直都在煩惱著什麼事……鈴乃小姐，妳能不生氣地聽我說嗎？」

「這就要視內容來判斷了。」

鈴乃維持著平穩的表情，有些戲謔地催促千穗繼續說下去。

「之前不是有陣子因為真奧哥家裡開了一個洞，所以大家都聚集在鈴乃小姐的房間裡一起吃飯嗎？」

「明明是沒多久以前的事，但因為最近發生了不少狀況，所以感覺已經是很久以前的回憶了呢。」

鈴乃與千穗環視整個房間。

「雖然這只是我個人的任性，但我真的覺得要是大家能忘了安特．伊蘇拉那些複雜的事情，一直維持那樣的日常生活就好了——漆原先生只顧著玩，惹蘆屋先生生氣，接著鈴乃小姐無奈地出來收拾場面，不過因為真奧哥太寵阿拉斯．拉瑪斯妹妹，所以馬上又跟出言抱怨的遊佐小姐吵了起來……我覺得如果不是感情真的很好，應該做不到那種事情才對……或許妳會覺得我太天真……」

千穗因為想起過去曾跟鈴乃爭論的事情而縮了一下脖子。

鈴乃雖然也還記得那件事，但如今她已經完全沒有責備千穗的打算了。倒不如說，鈴乃開始對這樣的想法感到了強烈的共鳴。

「看來我也墮落了呢。」

「咦？」

「沒什麼，然後呢？」

放在廚房附近的無葉風扇攪動著室內的空氣，讓蚊香的煙緩緩往外飄去。

「好的……不過真奧哥、蘆屋先生跟漆原先生，果然還是讓安特．伊蘇拉的人們受盡苦難的惡魔，遊佐小姐跟鈴乃小姐也非得打倒真奧哥他們不可……我一直都覺得很不安，擔心這樣快樂的日常生活可能會因為某個契機而崩壞，發生非常令人難過的事情，或許大家會就這麼從我眼前消失也不一定。」

「……」

「在東京鐵塔的那起事件發生後，遊佐小姐就一直在煩惱著某件事。那大概，也跟我告訴她的那些訊息有關吧……以前遊佐小姐只要一見到真奧哥，就會反射性地反駁他，但最近跟他說話時卻總是一副若有所思的樣子……」

鈴乃在傾聽的同時，也開始佩服起千穗的觀察力。

從千穗的說話方式來看，真奧跟惠美應該都沒告訴千穗「那些不屬於她的記憶」所代表的真正意義吧。

然而重視兩人的千穗，還是輕易地就察覺到那件事就是讓兩人最近變得不自然的契機。

「追根究柢，無論是安特．伊蘇拉的戰爭，還是魔界的惡魔勢力分裂，不都是在跟遊佐小

姐和真奧哥沒有直接關係的地方發生的事嗎？不過諸如借我力量的某人、寄宿在我腦海裡的記憶、加百列先生，以及被我攻擊的另一位天使……總覺得大家都在硬將遊佐小姐跟真奧哥一點一點地拉回原本痛苦的場所。」

不知不覺間，千穗開始低下頭看著榻榻米說話。

想必在千穗心裡，應該也有些感情跟想法尚未整理完畢吧。她的語氣聽起來就像是在摸索著什麼般的自問自答。

「千穗小姐，我啊，自從來到日本以後，總覺得自己內心的信仰變得愈來愈淡薄。」

「咦？」

鈴乃天外飛來一筆的告白，讓千穗有些摸不著頭緒。

「倘若神真的是萬能的，且這世上的一切都是神的創造物，那為什麼這個世界沒有充滿像千穗小姐這樣內心溫柔的人呢。」

「咦，才、才沒有那種事啦！」

突然被人這樣大剌剌地稱讚，讓千穗差點因為害羞而慌張地把麥茶給灑了出來。

「在大法神教會流傳的神話中，有一個叫《赫羅克里薩斯卷軸》的故事。天神下令要赫羅克里薩斯管理一個卷軸，並嚴厲吩咐他絕對不能打開。不過赫羅克里薩斯最後還是輸給好奇心而打開了卷軸。然後便發現上面記載了從世界各地收集而來的負面感情，且在卷軸被打開的同時，那些負面感情就化為言語潛入了人心。不過，卷軸裡最後還留下了唯一能抑制那些感情的『希望』。」

「我們這邊也有一個叫《潘朵拉寶盒》的故事，不過兩者的內容都差不多呢。」

「仔細回想，我第一次懷疑神是否為絕對的存在，就是在聽過這個故事之後。若神真的是萬能的，那為何人會產生負面的感情呢。而赫羅克里薩斯明明生活在尚未充滿負面感情的世界，又為何會產生違背神明命令的負面之心呢，這也讓我覺得矛盾。更何況這簡直就像神將自己管理不周的責任，轉嫁到人類身上一樣，妳不覺得這很讓人生氣嗎？」

鈴乃吐出不像聖職者該有的粗魯言論，以溫柔的眼神看向千穗。

「這個嘛。即使如此，我還是無法否定這世界確實有人需要宗教……應該說是需要神明的存在。」

「在保持己見的同時，還能對其他意見寬容，這實在是太難能可貴了。不如以後就將千穗小姐當成神來崇拜好了。」

「妳、妳到底在說些什麼啊！」

「我的意思是，軟弱的人在失去自己相信的某物時，便需要更進一步的指標。」

鈴乃喝光杯子裡的麥茶並看向窗外。

「艾米莉亞現在，已經失去了指標。」

「咦？」

「舉個例子好了。假設千穗小姐為了考上第一志願的大學而廢寢忘食地拚命用功，並持續堅持不懈，然而直到考試當天意氣風發地前往考場時，才發現偏偏只有那天的考試科目被換成了比賽插花技術，那妳會怎麼想？」

「這是什麼例子啊？」

吐槽得太過激動的千穗，又再次差點兒弄掉了玻璃杯。

「所以說只是舉例，舉例而已啦。假若原本預想的考試突然被換成完全不同性質的難題，導致自己犧牲一切努力學習的東西變得全都派不上用場，妳會有什麼感覺？」

「咦……？」

即使腦袋跟不上鈴乃過於離題的例子，千穗還是非常認真地思考。

「可、可是我完全不懂插花，而且用那種內容來判定合不合格也太不符合常識了，所以或許會不想參加也不一定……」

「不過妳至少懂得用花來表現些什麼東西吧。假設對方事先準備了各式各樣的花朵，就算那樣也不行嗎？」

「是這樣沒錯啦，不過……」

「大學本身還是能讓千穗小姐學到自己想學的東西，這點並沒有改變。就只有當時的考試科目從國英數換成插花而已。」

「那個，應該只是舉例吧？重點就是，明明是自己一直追求的目標，結果卻因為出乎意料的理由，而讓自己對那個目標產生了迷惘對吧？」

「千穗小姐真的很敏銳呢。所以若不舉這種玩笑般的例子，妳可能就會將這件事情看待得太過嚴重。」

鈴乃笑著看向靠近魔王城的牆壁。

「魔王並不是艾米莉亞一直想報復的仇人。」

「……咦？」

千穗無法理解這句簡短的說明究竟是什麼意思，因此再次表示疑問。

「不只如此，艾米莉亞原本以為被魔王軍殺害的父親，似乎還尚在人世的樣子。明明艾米莉亞幾乎是為了替父親報仇，才會像這樣追討魔王呢。」

惠美是安特．伊蘇拉的救世主，並一直為了打倒魔王而戰，而千穗也知道這件事。

「照理說只要殺了魔王，艾米莉亞就能達成夙願，並在真正的意義上結束她的旅程。然而她的父親卻還活著，艾米莉亞也因此失去了指標。」

「為、為什麼呢？既然遊佐小姐的爸爸還活著，那應該就沒必要勉強殺害在日本生活的真奧哥，只要去找她爸爸不就好了嗎？」

「那為什麼千穗小姐會討厭插花呢？」

「……………………………啊。」

雖然千穗還需要一些時間才能理解鈴乃的話中含意，但依然試著回答：

「因為自己至今所做的跟所相信的事情，全都白費了嗎……？因為這些全都變得沒意義了嗎？」

「一般來說，應該會那麼覺得吧。雖然其他人有辦法說些像是『人生沒有什麼事情是白費的』或是『那些經驗總有一天會派上用場』之類的漂亮話，但本人就無法看得那麼開了。就算在宣布要考插花的瞬間被無力感所囚禁，並開始懷疑起自己所做的那些事情究竟算什麼，又有誰能夠責備那個人呢。」

「……」

鈴乃難過地皺起眉頭。

「更糟糕的是，艾米莉亞曾經被安特．伊蘇拉背叛過一次。」

千穗想起惠美的同伴們曾意外地選在魔王城說明過的那些事情。

「那個，是指教會謊稱遊佐小姐已經死掉的事嗎？」

鈴乃點頭肯定千穗的說法。

「妳說的沒錯。若安特．伊蘇拉能對艾米莉亞以勇者身分做出的那些行為給予正當的評價，並讓她獲得應有的讚賞，那麼艾米莉亞應該就能以這些聲援為後盾維持討伐魔王的意志，讓魔王為他的所作的惡行付出代價吧。然而……」

鈴乃以陰暗的表情繼續說道：

「現實卻是完全相反。教會基於謀略的考量宣傳艾米莉亞已死，而人民也相信了。包含教會在內，被勇者所救的安特‧伊蘇拉判斷在討伐完魔王軍後便不再需要勇者的存在，背叛了她。」

接著知道惠美還活著的奧爾巴跟天界便盯上了聖劍，並因為害怕勇者討伐魔王軍後依然保有的力量，而派出刺客打算將她埋葬於黑暗之中。

「可、可是艾美拉達小姐跟艾伯特先生，不是正為了回復遊佐小姐的名譽而努力嗎？他們兩位在安特‧伊蘇拉不是非常了不起的人嗎？」

千穗試圖打起精神說道，但鈴乃的表情依然沒有改變。

「不過結果並不理想。教會的權威與信用就是如此地強大，就連艾美拉達小姐也因為必須擔心國內的反動，所以難以正面與教會為敵吧。實際上在我來到這裡之前，教會裡就已經開始出現要將屢屢反對教會意思的艾美拉達小姐、蓋上叛教者烙印的意見。」

「怎麼會……因為，說謊的人明明是……」

「是教會沒錯。不過教會不可能撤回自己曾經提出過的見解。若教會將白的說成黑的，那

白色就是黑色。那就是我們的世界，至少在西大陸是如此。」

鈴乃自嘲地說道，並在玻璃杯裡倒入新的麥茶。

鈴乃本人也一直都很厭惡教會的那種態度。

將麥茶放回冰箱後，回到窗邊的鈴乃像是為了調整心情般嘆了口氣。

「艾米莉亞之所以能一直以勇者的身分戰鬥，是因為擁有遲早要向魔王這個殺父仇人報仇的目標。可是那個魔王實際上並非父親的仇人，而無法原諒魔王軍暴行的她身為勇者的那股義憤，卻又遭到我們這些被拯救的人踐踏。不過即使如此……」

「就算突然被告知自己至今一直懷抱的那些憎恨與憤怒其實並沒有意義，也沒辦法那麼簡單就捨棄吧。」

「但若不捨棄那些負面的感情，這次將換艾米莉亞本人創造出新的悲傷與憎恨。還是利用那些受難民眾的記憶，重新恢復勇者的志向，馬上討伐魔王吧！」

到了那個時候，不曉得惠美跟真奧會露出什麼樣的表情呢。明明只是假設性的問題，但千穗還是有種莫名心痛的感覺。

「若魔王遭人討伐，那艾謝爾跟路西菲爾也不會默不作聲吧。然而現在的他們根本不是艾米莉亞的對手。那三個惡魔將就此消失在這個世界上。千穗小姐能原諒這點嗎？」

「我……」

無法原諒，但非得原諒不可。不過最後一定，還是無法原諒。原諒誰呢？

「對我而言……遊佐小姐也一樣是位重要的人喔……」

「艾米莉亞也明白這點，所以她現在才會如此進退兩難。照理說對艾米莉亞而言，父親還活著應該是再好不過的消息了。不過她一定也對無法坦率高興的自己感到失望吧。」

「遊佐小姐……難道沒把這件事告訴艾美拉達小姐或艾伯特先生嗎……」

「怎麼可能告訴他們呢。就算那兩人能夠理解並接受艾米莉亞真實的心意，妳覺得他們會提出『既然父親還活著，那就放棄打倒魔王吧』這種意見嗎？」

以惠美的個性，她絕對不可能就此接受。

「艾米莉亞現在就連該挑什麼顏色的花都不知道，只能動彈不得地停留在原地。」

簡單來說，這就是惠美對真奧擺出那種難解態度的理由。

心理的動搖讓她無法保持至今敵對的距離感而因此鬆懈，然後再因為那個反動而嚴厲地對待真奧。

找不到自己內心歸處的惠美，就這樣迷失了目標。

「或許就是因為如此……她才下定決心教千穗小姐法術也不一定。」

鈴乃突然看向千穗的額頭說道。

「這是什麼意思？」

面對千穗的反問，鈴乃用拿著杯子的手指向千穗的頭部。

「千穗小姐告訴艾米莉亞的記憶……也就是那位站在麥田裡的男性，正常來想應該就是艾米莉亞的父親吧。還有，關於艾契斯阿拉這個詞……」

鈴乃面有難色地說道。

「艾契斯．阿拉。在安特．伊蘇拉的中央交易語言裡，是『刃之翼』的意思。」

「刃之翼？」

「雖然單看這個字無法了解是什麼意思。不過在我們身邊，就有一個人的名字跟『翼』有關。」

馬上想到答案的千穗倒抽了一口氣。

「……阿拉斯．拉瑪斯妹妹……她的名字好像是『翼之枝』的意思對吧？」

鈴乃一臉佩服地點頭。

「沒錯。艾契斯．阿拉十之八九是跟阿拉斯．拉瑪斯或『基礎』碎片有關的詞沒錯。卡米歐似乎也曾提過聖劍有兩把。」

鈴乃確認般的說道，而千穗聽了後也點頭肯定。

「或許艾契斯．阿拉這個詞，就是另一把聖劍的銘……不對，可能是指稱寄宿在聖劍裡的某個存在也不一定。這麼一來對艾米莉亞而言，諸如父親尚在人世、阿拉斯．拉瑪斯出現在魔王城、自己擁有的『進化聖劍・單翼』，以及千穗小姐的戒指等這些發生在自己身邊的事，應該怎麼想都是別人事先設計好的，而且始作俑者恐怕就是……」

即使不用刻意說到最後，曾親眼旁觀在日本發生的每一場戰鬥的千穗也知道答案。

「遊佐小姐的……媽媽嗎？」

惠美在醫院時曾不自覺地說過一句話——

『……為什麼……為什麼明明就在一旁觀看，卻還不來找我呢……』

在她努力擠出的那句話裡，究竟蘊含著什麼樣的思念呢。

「無論是沙利葉大人、加百列、拉貴爾、卡米歐，還是西里亞特，恐怕就連巴巴力提亞跟奧爾巴大人，在某種意義上都可以說是被艾米莉亞的母親給操縱了吧。不對，或許整個安特・伊蘇拉都是如此。畢竟現在安特・伊蘇拉正發生一場圍繞艾米莉亞的聖劍戰爭。千穗小姐，如果是妳會覺得如何？」

「什麼事？」

「若千穗小姐的母親從妳小時候開始就離開家裡，一次也沒回來，而且不但到處散播會牽連家人、朋友、別人，甚至是全世界的騷動種子，還將所有的責任都推給千穗小姐。」

被問到的千穗試著想像。

假如自己的母親其實是某國的間諜，在跟父親締結了沒有愛的婚姻後便將自己留在日本離

開家裡，不斷在世界背後操作著無數紛爭導致許多人喪命，然後在某天突然寄了一封寫著「世界的命運就掌握在妳身上」的信件給自己，將自己扔進與盯上核武的恐怖分子之間的戰爭，進而接受足以令精神麻痺的嚴苛訓練，成為不為世間所知的美軍特殊部隊隊員，接著發現其實父親才是所有事件的幕後黑手，而母親在充滿鮮血與慘劇的尋仇過程最後，於一場為了阻止父親的對決中被子彈擊中倒地，將一切託付給自己後便倒在千穗的懷裡喪命。

「能阻止爸爸的人就只有我了……即使最後必須跟他同歸於盡也在所不惜！」

「為什麼會變成那樣，令尊到底是從哪兒冒出來的啊。」

千穗因為鈴乃的吐槽而眨了眨眼睛，之後便連忙從想像中的好萊塢電影裡回到現實。

「唉，總而言之。」

儘管氣勢被千穗想像力豐富的一面給壓倒，鈴乃還是咳了一聲說道：

「就是因為面臨了這樣的狀況，所以艾米莉亞才無法表現得像平常那樣。考慮到指導千穗小姐自衛的手段，不僅能確保千穗小姐的安全，也能讓艾米莉亞稍微轉換一下心情，我當然也沒有強硬反對的理由。雖然講這種話，或許會讓艾米莉亞生氣也不一定。」

鈴乃苦笑地說道。

「不過至今的艾米莉亞，單純只是受到復仇心與使命感的驅使，根本沒有思考或煩惱自己生活方式的餘裕。不過就結果而言，也可以說艾米莉亞正是因為來到日本，所以才得到了重新檢討自己生活方式的機會。」

鈴乃起身將自己跟千穗的空杯放到流理臺裡泡水。

「總之，現在還是暫時別讓艾米莉亞跟魔王接觸比較好。幸好麥丹勞已經重新開幕，這麼一來我、艾米莉亞以及魔王就不用再那麼警戒了。」

「咦，那是什麼意思？」

「妳還記得那些襲擊銚子的惡魔嗎？似乎有一群以巴巴力提亞為首的惡魔與卡米歐分道揚鑣，並在奧爾巴大人的唆使之下再次侵略安特．伊蘇拉了。」

「咦？那、那樣沒關係嗎？」

魔界的惡魔脫離魔王真奧的指揮建立新軍隊，而且背後居然還有奧爾巴在牽線，這不是非常嚴重的狀況嗎？

「這的確是該擔心的情況。不過比起現在的侵略行動，我跟艾米莉亞更擔心魔王跟艾謝爾會被那些惡魔綁去安特．伊蘇拉，然後拱成新魔王軍的領導人。儘管魔王似乎對巴巴力提亞的所作所為感到不滿，但還是不能大意。」

「喔、喔……」

千穗無法理解這種光聽就讓人覺得不妙的狀況，究竟為什麼會跟麥丹勞重新開幕扯上關係呢。

「對面的肯特基不是有沙利葉大人在嗎？雖然天使們那邊也有不安穩的舉動，不過他們的行動與巴巴力提亞那群人並沒有連繫。若想襲擊工作中的魔王，就一定會牽連到木崎店長，如此一來沙利葉大人絕對不會置之不理。雖然擅自讓木崎店長負擔類似防禦機制的責任，對她有點不好意思。」

「啊……」

「當然我並不認為沙利葉大人會跟魔王站在同一陣線，不過只要發現有沙利葉大人那種等級的聖法氣存在，惡魔們應該就會害怕得不敢靠近吧。無論奧爾巴大人跟那些惡魔再怎麼衡量，應該都不會想冒招惹大天使的風險吧。不然一個不小心，可能就會讓天界的矛頭指向巴巴力提亞呢。」

千穗試著想像沙利葉在鈴乃的設想裡占了什麼樣的地位。

重點就是希望與奧爾巴和巴巴力提亞沒有直接連繫的沙利葉，能夠發揮抑止的作用吧。

而其中的關鍵就在於沙利葉打從心底愛慕的木崎。

瞬間理解狀況的千穗因為想起某件事，而不自覺地開口說道：

「啊……那、那現在的狀況，或許有點糟糕也不一定。」

「什麼？」

在廚房的鈴乃疑惑地轉身問道。

「沙、沙利葉先生……現在或許無論發生什麼事，都無法戰鬥也不一定。」

千穗的話對鈴乃而言簡直就是青天霹靂。

「那、那是什麼意思？」

「其、其實，在去銚子的前一天……」

千穗告訴鈴乃，木崎在目睹了沙利葉纏著千穗的場景後便禁止他出入麥丹勞，且沙利葉也因為打擊過大而陷入了廢人狀態。

「在那之後雖然我有見過沙利葉先生幾次，但他每次都露出讓人不禁佩服起『原來人也可以沒精神到這種地步』的消沉表情，就算穿著肯特基色彩鮮豔的制服走在外面，也會因為過於沒有存在感而被狗當成電線桿小便呢。」

由於這狀況聽起來實在是太過悽慘，鈴乃一時難以置信而變得目瞪口呆。

與此同時，鈴乃腦中也回想起一件令人不安的記憶。

鈴乃想起在加百列與拉貴爾引發的那場騷動中，自己於代代木docodemo塔發出的聲納曾經找到一個異常微弱的反應。

「哈哈哈，別、別開玩笑了。無論再怎麼墮落，他畢竟還是大天使喔？怎麼可能會……」

即使如此，鈴乃還是難以相信地再次確認，千穗一臉沉痛地搖頭回答：

「而且那還是隻吉娃娃。」

這不但不能構成答案，還是至今為止最無關緊要的情報。

※

隔天。雖說現在還不到晚餐時間這點也有影響，但肯特基炸雞幡之谷店裡的客人大約只坐了半滿。

「歡迎光臨，這裡有比較清楚的菜單喔。」

即使如此，店裡的氣氛還是非常明亮，櫃檯的女性員工也以爽朗的聲音招呼千穗等人。

為了讓客人能夠看清楚，剛炸好的炸雞被顯眼地放在櫃檯後面，讓人食指大動，可惜這三位新的女性顧客並非為了炸雞而來。

千穗、惠美以及鈴乃在點了三杯冰咖啡後，便占據了靠近櫃檯與入口的位子，環視店內尋找沙利葉的身影。

「不在耶。是在後場嗎？還是說在廚房或二樓呢。」

「希望他別不在店裡就好了……」

惠美直到今天才從千穗那兒聽來衝擊的情報，於是一下班便馬上趕來這裡。

由於惠美也一樣期待沙利葉，希望他能對魔王或安特．伊蘇拉的勢力產生強大的抑止作用，因此自然不可能對他被木崎甩了後陷入廢人狀態這件事置之不理。

「不對，雖然很微弱，但店裡某處確實有他的氣息。或許就藏在家具的空隙或陰影處也不一定。」

雖然她們要找的又不是家裡的害蟲，但總之在聽了鈴乃的話後，惠美也自然地開始觀察周圍的狀況。

「真的耶……不過居然連在這麼近的地方都只能感覺到這種程度的力量，看來他的狀況真的不妙呢。」

千穗完全不曉得兩人究竟是如何察覺到沙利葉的存在。

「這也是法術的效果嗎？」

千穗試著發問之後，發現兩人困惑地互望了一眼。

「跟法術……有點不一樣呢。」

「這個真的只能用感覺來形容了……對了，千穗小姐，妳還記得魔王在都廳上空變身時，曾經讓妳感到呼吸有點難過嗎？」

「嗯、嗯。」

千穗想起在跟關鍵的沙利葉戰鬥時，自己曾經因為無法承受真奧變身後的魔力而呼吸困難，並被鈴乃的結界保護的事情。

「就算不用特別會法術，身體狀況還是會因為感覺到魔力而產生變化對吧？我們只是有鍛鍊過那個感覺，並透過經驗讓它變得更敏銳而已。」

「妳不覺得這裡有股奇怪的感覺嗎？」

惠美突然筆直地指向千穗的眉間。

千穗不自覺地將視線移向惠美的指尖，接著便感覺不曉得是眉間的肌肉、骨骼還是神經，總之有某個不太清楚的地方產生了類似血液滯留的微妙壓迫感。

「有、有耶，總覺得有股曖昧不清的感覺。啊嗚。」

千穗忍不住開始揉起額頭。

「雖然聖法氣這種力量本身對人體無害，不過還是會像這樣放射出類似存在感的氣息。所以只要往大略的方向看過去就可以了……」

「噓，他出現了！」

千穗以有些不自在的表情點頭回應惠美的說明，然後又因為鈴乃的提醒而抬起頭來。

身材嬌小的沙利葉，確實正穿著西裝站在鈴乃望過去的方向。

然而──

「好陰沉……」

「看起來真的跟以前判若兩人呢。」

沙利葉外表的變化，就是大到足以讓千穗跟惠美都不自覺地板起臉來的程度。

從那宛如幽魂的腳步跟消瘦的臉龐，完全感受不到他以前那種一見到女孩子就上前勾搭的花花公子氣息。

由於過去是以每餐都吃麥丹勞的偏頗方式變胖，因此現在瘦下去的樣子看起來又更加不健康了。

「辛苦了。」

也不曉得有沒有聽見其他員工對他打招呼，沙利葉幾乎毫無反應地走出了店門。

「怎麼辦？」

「那還用說，當然是追上去。」

「追、追上去幹什麼啊？」

三人慌張地起身，追著沙利葉離開肯特基。

走起來有氣無力的沙利葉腳程並不快，看來是不用擔心跟丟他。

「看來得趁發生什麼麻煩事之前，想辦法讓他打起精神來才行。」

「我倒是覺得事情現在就已經夠麻煩了呢……真拿他沒辦法。」

「可以的話，最好能挑周圍沒別人在的時候跟他談話。先跟在那傢伙後面，如果他打算回家就直接押進家裡好了。」

「說的也是。就算不幸發生戰鬥，阿拉斯．拉瑪斯應該也有辦法對付他的鐮刀吧。」

勇者與聖職者討論著無論怎麼聽都像是想搶劫的危險話題，讓千穗因此流出冷汗，接著她彷彿突然想起什麼似的，打開手機確認了一下時間。

「啊……已經六點了……」

惠美因為這句話而看向對面的麥丹勞。

「這樣啊，千穗接下來要工作嗎？」

「嗯，對不起……如果先過去再回來應該會來不及……」

「抱歉，都怪我沒辦法早一點下班。」

「怎麼會，遊佐小姐也一樣是有工作在身，所以請別放在心上。不過……」

「我知道。我們會先跟過去看看情況。千穗小姐今天就努力工作吧。」

「好的，不好意思，幫不上忙。」

「才沒這回事呢。託千穗的福，我們才知道那個笨蛋天使變得這麼悽慘，接下來就是我們的工作了。」

惠美出言安慰沮喪的千穗。

在肯特基前面與千穗道別後，惠美跟鈴乃便開始跟蹤走起路來有氣無力的沙利葉。

兩人一邊利用手機的ＧＰＳ功能確認道路，一邊穿過商店街，在走過散步道後，便來到了一個老舊的住宅區。而再更往前走，便能看見一座公寓。

就算從遠處觀望，也能看得出來沙利葉目標的公寓外觀非常新。

「就是那棟嗎？」

雖然是有土地利用限制問題的低層公寓，不過從窗戶的設計還是能看出裡面的隔間比惠美房間要來得寬敞多了。

從前面只有一條看起來交通量很多的筆直單線道供往來車輛通行，以及看似開放店面承租的一樓來看，這裡的確很有都心公寓的感覺。

兩間出租店面的其中一間，是有賣生鮮食品的小型便利商店。

「感覺下雨天很方便呢。」

鈴乃吐露出充滿生活感的感想。

至於另一邊則是貼著招租啟事的空店舖，惠美從剩下的外部裝潢所散發出來的氣氛推測，這裡原本可能是間咖啡廳。

看起來完全沒注意到惠美等人的沙利葉穿過行人穿越道，筆直地走進公寓入口。

「看來應該就是這裡了。什麼叫Heaven's Chateau（天堂宮殿）啊……」

Heaven's Chateau・幡之谷。

就在惠美對這公寓諷刺的名稱感到不滿時，突然發出了一聲驚呼：

「咦？」

「怎麼了？」

雖然兩人為了避免被沙利葉發現而刻意放過了一次綠燈，不過惠美因為看見某個熟悉的人物，居然從沙利葉公寓樓下的便利商店走了出來而驚訝得睜大眼睛。

那位人物並未走向惠美等人的方向，就只是沿著道路走。惠美瞬間想到若彼此擦身而過，還是應該打個招呼會比較好，因此便暫時將視線停留在對方身上。

「怎麼了？」

「因為是穿便服，所以妳才沒發現嗎？那個人是麥丹勞的店長啊。是叫木崎小姐嗎？」

鈴乃聞言，便跟著惠美的視線看了過去，但那個人已經穿過下一個行人穿越道，離開兩人的視線範圍。

「木崎小姐……為什麼會來這間公寓呢？」

「……誰知道？我是覺得應該跟沙利葉沒關係才對。」

「不過，還有其他可能的理由嗎？」

「可、可是如果是那樣，那沙利葉應該不會是那副小灰人的狀態才對吧？」

「說、說的也是。」

就在惠美與鈴乃七嘴八舌地議論紛紛時——

「「啊！」」

交通號誌已經在不知不覺間轉為綠燈，待兩人發現時已經開始閃爍。

「「……唔！」」

原本打算急忙通過的兩人才踏出一步，號誌就完全變成了紅燈，只好無奈地停下腳步。

「……應該不可能吧。我不覺得木崎小姐會理睬沙利葉大人那種人。而且按照千穗小姐的情報，沙利葉大人就是因為遭到木崎小姐的冷淡對待，所以才會變成那副德性吧？」

「說的也是……雖然我幾乎沒跟木崎小姐直接聊過天，但就我從魔王跟千穗那裡聽來的印象，她應該是不會看上那種一被甩就煩惱到那種程度的軟弱男性。」

惠美與鈴乃就這樣暫時陷入了複雜的思緒中。

「唉，晚點再來考慮這件事吧。還是先確保沙利葉大人比較要緊。」

「不曉得能不能直接從信箱得知房間號碼。啊，不過若那裡是用自動鎖怎麼辦？」

既然是新公寓，那麼很有可能得先取得居民同意才能進入。如果對象只有沙利葉一個人，那兩人就算直接闖進去也不會覺得有罪惡感，但也不能因此給其他住戶添麻煩。

就在兩人思索著是否有其他較為穩便的方法能進入沙利葉家時——

「「啊！」」

惠美與鈴乃又同時叫出聲來。

沒想到關鍵的沙利葉，居然又再次從公寓裡走了出來。

雖然他原本穿西裝時還能勉強維持普通的外觀，但一換上運動服跟皺巴巴的T恤後就真的難以恭維了。

「衣冠不整就是內心荒廢的證明。」

鈴乃陳述著可有可無的感想，看來沙利葉是有事前往木崎剛才走出來的那間便利商店。

「從他那副德性來看，木崎小姐應該不是來找沙利葉的吧。」

「說的也是。艾米莉亞，綠燈了，難得他自己跑出來，還是快點逮住他……」

鈴乃話還沒說完，交通號誌便已經轉為綠燈，就在兩人打算快步通過行人穿越道時——

「！」

沙利葉倏地在便利商店前停下腳步。

「？」

難道他發現有人在跟蹤了嗎？雖然對原本就是來找沙利葉的惠美跟鈴乃兩人而言，就算被發現也無所謂，不過對方卻完全沒有注意這邊的跡象。

「……沙利葉……大人？」

鈴乃戰戰兢兢地向呆站在便利商店前的沙利葉搭話。

「……我的……女神……」

「咦？」

「我的女神剛才有來這裡嗎？」

「唔哇哇哇哇哇！」

雙眼布滿血絲的沙利葉突然激動地轉身，用力抓住站在自己面前的鈴乃雙肩。

鈴乃因為沙利葉突如其來的粗暴行為而慌了起來。

「你幹什麼啦！快點放開貝爾！」

「回答我，克莉絲提亞．貝爾！她在吧！我最愛的女神剛才人在這裡對吧？」

「請、請您冷靜一點，沙利葉大人！您、您口中所說的女神，該不會是指麥丹勞的木崎店長吧？」

「她、她在嗎？」

被鈴乃這麼一確認，沙利葉的態度便突然軟化，並以哀求的眼神交互看向鈴乃與惠美。

「就算在又怎麼樣！總之你快點放開貝爾！不然我報警喔！」

就算是警察，應該也拿勇者跟大天使沒辦法才對，然而沙利葉還是比想像中還要坦率地放開了鈴乃。

「不……她在……我感覺得出來。」

沙利葉的話裡充滿了悲傷，就連被纏上的鈴乃都忍不住對他產生憐憫之情。

「這是我女神的香味……是出自女神之手的咖啡香味啊。」

「噁心死了！」

無法承受惠美毫不留情的批評，沙利葉緩緩地坐倒在地上。

「啊啊……她剛才明明就在我伸手可及之處……要是時光能夠倒流……啊啊……」

「喂，貝爾，這傢伙到底怎麼了？」

「不知道。雖然不知道，但這樣下去或許有人會報警也不一定。沙利葉大人，總之請您先站起來吧。」

「……嗯，不好意思，我失態了。我不買東西了，一想起女神的事情，我就完全沒那個心情了。」

惠美與鈴乃一語不發地目送沙利葉搖搖晃晃地走回公寓。

兩人決定今天只要先確認沙利葉的現狀跟住處就好。雖然還有其他想追問的事情，但現在的沙利葉看起來實在無法溝通。

「三〇二號啊。」

惠美等人在從外面確認了沙利葉檢查的信箱後，便決定打道回府。

不過看來沙利葉的狀態比想像中還要嚴重。

既然知道原因是被木崎甩了，那麼照理說只要想辦法讓他們恢復關係就好，不過惠美等人

跟木崎只有數面之緣，實在不太可能有辦法請她原諒沙利葉。
但這樣下去，沙利葉就無法發揮防禦機制的功能，進而讓惡魔們有可趁之機。
「……為什麼我們得為了保護魔王而面臨這麼令人頭痛的事情呢。」
惠美以鈴乃聽不見的音量，心情複雜地自言自語道。

※

「咦？今天木崎小姐沒來嗎？」
千穗換好衣服準備上班時，發現店內居然不見木崎的身影。
問過櫃檯的打工前輩後——
「她在休息時間時說要出去一趟，現在是真奧在招呼二樓。」
千穗便得到了這樣的回答。
「這樣啊？好好喔，我也好想早點去二樓。」
雖然前幾天才剛跟真奧說自己沒自信，但千穗果然還是想顧一次新營業型態的櫃檯。
不過那位打工前輩卻苦笑地搖頭說道：
「是嗎？我在喝過木崎小姐泡的咖啡後，就完全不想上二樓了呢。畢竟若有人抱怨味道跟木崎小姐的不一樣，那我可就束手無策了。」

「的確有可能發生那種事。」

千穗因為大家想的事情都一樣而露出苦笑。接著——

「喂，什麼叫做抱怨，應該是客人的意見吧。」

不曉得她是什麼時候回來的，只見脫下員工用背心與帽子、在襯衫上披了一件防曬披肩的木崎，正提著便利商店的袋子站在那裡。

「啊，歡迎回來。回來得好快呢。」

「妳好，木崎小姐。妳剛才出門嗎？」

「有點私事。不好意思，我要暫時在員工間裡待一下。二樓應該沒問題吧？」

「嗯，真奧勉強應付得來。」

木崎瞄了一眼顯示二樓狀況的螢幕。

「嗯，不過遲早得讓所有人都能上二樓才行，不然就無法排班了。」

「話說回來，真奧好像有提到過一種MdCafé專用的執照？」

「執照？」

打工前輩說出令人意外的話，木崎看了他一眼後，便若無其事地點頭。

「也不是沒有那個就不能進去MdCafé啦。不過至少參加講座的人，能拿到有點帥氣的認定

證書。」

「認定證書……莫非就是擺在二樓那個有貼木崎小姐照片的東西？」

「沒錯。那只是為了裝飾在店裡而已，光是那樣就能讓客人知道店裡有專業人員坐鎮。」

由於並沒有特別去注意內容，因此千穗一直以為那個貼了木崎照片的證書，是分店管理負責人的證書。

木崎印出跟交給真奧一樣的說明遞給兩人。

「麥丹勞．咖啡師……真奧哥打算去上這個嗎？」

「嗯。他很快就報名這次的講座囉。你們如果有興趣，要不要一起參加看看啊？」

「只要參加這個，就能泡出像木崎小姐那樣的咖啡嗎？」

千穗看著說明隨口說道，木崎在回答時稍微遲疑了一下。

「……至少，應該能變得比較接近吧。」

「還是比不上呢。」

打工前輩看起來似乎沒什麼興趣，大概是從木崎的話裡感覺到足以讓她產生那種自負的自信吧。

千穗稍微考慮了一會兒，便在點了一下頭後抬頭說道：

「我也能參加嗎？雖然上面寫說必須要有一定程度的工作實績。」

「只要有分店管理負責人的推薦就沒問題了。就小千的狀況而言，因為並非阿真那種有時段負責人經驗的常駐員工，所以沒辦法免除講習費，如果這樣妳也不介意……」

「好像很有趣呢，我想參加看看。」

「這樣啊。那就在這張申請表上蓋章，明天交過來吧。現在報名應該還能夠跟阿真上同一班。」

「我知道了，謝謝妳。」

千穗細心地將報名表摺好後，便走到員工間放進自己的包包裡。

想磨練自己身為麥丹勞員工的技術與知識，這份心意毫無虛偽。

不過千穗其實還懷抱著另一個意圖。

「……不曉得真奧哥其實是怎麼想呢。」

千穗想找一個無論是惠美、蘆屋，甚至是所有跟安特．伊蘇拉的事情無關的日本人都不在的場所，確認真奧對現在的狀態有什麼想法。

雖然千穗告白的回答目前仍是處於保留狀態，但不是她自負，千穗確信真奧一定比較喜歡有她在的日常生活。

在投宿鈴乃房間的那晚得知惠美正為將來感到煩惱時，千穗突然好奇起真奧的想法。

仔細想想，真奧打從一開始就不怎麼敵視惠美。

即使擁有企圖毀滅人類社會、征服世界的過去，不過如今待在日本的真奧看起來並不討厭人類。

雖然也不是不能到魔王城單獨把真奧找出來，但鈴乃一定會因此而起疑心吧。

包括惠美無法繼續敵視真奧在內，諸如安特．伊蘇拉的惡魔軍隊在真奧不知道的地方掀起戰爭，以及千穗打算學習日本不存在的法術等狀況，面對逐漸開始產生變化的日常，真奧又是怎麼想的呢。

千穗想挑只有他們兩人在時，從真奧的口中問出答案。

只有兩人……只有兩人……？

「那、那不就是約……」

「妳有什麼煩惱嗎？」

「呀嗚？」

思考愈來愈偏離原本方向的千穗，在突然被人搭話後便整個人彈了起來。

回頭一看後，千穗就跟從後面走進來、目前正靠在桌子上吃著類似便利商店三明治的木崎對上了視線。

「誰叫妳收好報名表後還一直自言自語地念個不停。要是妳忘了現在還是上班時間，那我可是會很困擾喔？」

「啊，我、我有發呆那麼久嗎？」

紅著臉的千穗因為過於害羞而拍了拍自己的臉頰。

「甚至讓人覺得完全不像是平常的小千呢。」

木崎苦笑地喝了一口寶特瓶的紅茶。

「暑假結束後有要考學力測驗嗎？」

「咦，為什麼這麼問？」

千穗因為這突然的問題而疑惑了一下。

「哎呀，因為妳最近看起來好像有什麼煩惱。雖然現在也一樣，不過打從重新開幕以來，小千就一直露出遭遇瓶頸的人特有的表情呢。而且妳笑的時候眉毛都不會動。」

明明有刻意隱藏自己的煩惱，卻還是被照理說一無所知的木崎如此輕易地看穿，看來自己真的是個單純的人呢。

「真的很容易看出來喔。雖然這有點不像我的個性，但我最近也覺得有點焦躁呢。像這種時候很不可思議地，嗅出同類的感覺就會變得特別靈敏。」

「木崎小姐也會感到焦躁嗎？有點難以想像呢。」

「喂喂喂，我也是人喔？當然會有感到焦躁的時候。唉，雖然我的確經常謹記著在行動時，要表現得像是對生活方式完全沒有迷惘的樣子。」

木崎大口咬下三明治，配著紅茶一口嚥了下去。

「就讓我這個三十歲前後的人生前輩，送十幾歲的年輕人一句建言吧。船到橋頭自然直。這世界上只要不攸關性命，其實並沒那麼容易遇到無可挽回的事情。」

「是這樣嗎？」

「雖然只要不行動就不會失敗，但這麼一來什麼也不會改變。相反地只要肯行動，那麼無論成功還是失敗都能有所改變。若害怕改變這件事，那麼要活在這時代可是會很辛苦喔。」

「不過……我並不是……害怕改變……」

木崎在看見煩惱的千穗後，輕輕地點了一下頭。

「如果就算煩惱也無法馬上找到答案，那就先把精神集中在眼前的工作上吧。現在小千該做的事情就是眼前的麥丹勞工作。」

「啊，沒、沒錯。對、對不起，我居然在這裡偷懶。」

看了時鐘後，千穗才發現自己已經在員工間煩惱了快十分鐘。

目送著千穗慌張跑出員工間的背影，木崎倏地從書桌抽屜裡拿出工作人員面試的履歷表。

「嗯……」

一邊看著千穗的履歷表，木崎一邊想著正在二樓工作的真奧。

「小千也要參加那個講座嗎？」

真奧從休息完回到職場的木崎那裡，聽說了千穗也要參加麥丹勞．咖啡師講座的消息。

「嗯，而且還是跟阿真同一天上課喔。機會難得，你們兩個就一起去吧。」

「說的也是，就這麼辦吧。」

木崎低頭看向回答得一派輕鬆的真奧，然後突然問道：

「對了，阿真，你知道小千的生日是什麼時候嗎？」

「咦，不，我不知道。」

儘管感到有些疑惑，真奧還是立刻回答了木崎突如其來的問題。

在看見木崎露出有些責備的表情後，真奧馬上就知道自己說錯話了。

「到底是你太遲鈍，還是小千太晚熟呢，真難判斷。」

「啊？」

真奧少根筋的聲音，讓木崎放棄似的搖了搖頭。

「我只能告訴你快到了。畢竟這年頭可不能隨便洩漏員工的個人資料呢。」

「是這樣嗎？」

真奧當然也知道在日本的常識裡，有替壽星慶祝生日的習慣。然而即使如此，他還是從來

沒去注意別人的生日。

「不曉得為什麼最近只要一看見你們，就會覺得阿真受到小千的關照還比較多呢。就當成是為了回報她平常的照顧，讓我看看你的男子氣概吧。」

「喔、喔……」

「反正小千最近的樣子之所以那麼奇怪，一定也是跟你有關吧？」

「！」

真奧不禁抬頭看向木崎的側臉。

雖然真奧不認為千穗會告訴木崎真話，但看來即使是魔王，也沒有什麼事情瞞得過木崎。

「就算你們不說我也知道啦。感覺你們之間的氣氛，在重新開幕前後改變了很多呢。」

「……是、是這樣嗎？」

「這也不是什麼壞事。人不管長到幾歲都還是會迷惘跟煩惱。只不過那種時候身邊有沒有其他人在，可是會讓結果大相逕庭呢。」

露出奸笑的木崎，用手肘頂了一下真奧。

「偶爾也由你來主動幫小千解決煩惱吧。這樣分數很高喔。」

「……木崎小姐，有時候給人的感覺很像大叔呢。」

真奧竭盡全力反擊，但木崎卻若無其事地回答道：

「這也是一種處世方法啊。女人只要個性能變得像大叔一樣，就能省掉不少麻煩。雖然也很容易因此找不到對象。」

這句話實在很難回應。

「總之，要是你能拿到麥丹勞・咖啡師的執照，那能顧二樓的人就比較多了。雖然應該沒那麼難，但你就去好好學習吧。」

「我知道了。」

大概是察覺到了真奧的猶豫，木崎逕自將話題繼續下去。

「不過禮物啊……到底該送什麼好呢？」

就算看在真奧眼裡，相較於其他年紀相仿的少女們，千穗的人格明顯被陶冶得較為完備，因此就算送她太女孩子氣的東西感覺也不太實用。

「若考慮到實用性，應該就是十斤的米跟沙拉油禮盒了。」

「又不是在過中元節！」

木崎傻眼地吐槽。

「不過飾品這種東西每個人的喜好都不同，就算想送最近比較熱門的書，小千也可能早就有了，然而即使如此，送花會不會有點容易讓人誤會啊？」

「的確，按照你們之間微妙的距離感，或許是有點難度也不一定。」

木崎也稍微跟著思索了一下，但她當然不打算告訴真奧答案。

「講得極端一點，禮物這種東西最好還是要能讓對方使用，若太過費盡心思，反而有可能造成對方的負擔，重點還是心意。你就灌注心意適當地挑一個吧。」

就在這時候，有位新客人一邊將冷氣搧向自己的臉，一邊走了上來。從那位客人在樓下什麼都沒點來看，應該是MdCafé的客人。

雖然真奧沒跟那位客人直接交談過，但還是從臉認出他是改裝前的熟客之一。

明明現在是盛夏時分，而且那位客人看起來也是滿頭大汗，但他每次只要一點白金烘焙咖啡就會堅持要「熱的」，絕對不會點冰咖啡。

真奧在心裡偷偷幫他取了個「熱咖啡先生」的綽號。

「歡迎光臨。」

木崎與真奧一起恭敬地行禮。

「中杯卡布奇諾，熱的。」

客人照慣例點了熱咖啡，真奧不禁露出笑容。

「知道了。請問還需要其他餐點嗎？」

真奧在幫客人點完餐後，便跑向木崎。

「一共是三百圓……收您五千圓。麻煩請幫忙檢查。」

根據麥丹勞的規定，只要結帳時有收到高額紙幣，就必須請其他員工幫忙確認找錢時的紙鈔張數。

木崎在真奧的要求下回過頭，她不知為何正在用指尖依序撫摸那些放在杯架上的MdCafé專用馬克杯底部。

「沒問題。」

木崎摸著咖啡杯，同時確認真奧的找錢。

就在真奧將紙幣跟零錢交給客人時，木崎突然說道：

「不介意的話，請在位子上稍候，我們晚點幫您送過去。」

上班族拿了號碼牌後，便找了一個坐起來既舒服又有彈性的新咖啡椅坐下。

確認完客人位置的真奧，用眼角餘光觀察木崎泡咖啡的動作。

從杯架正中央拿出杯子的木崎，不知為何居然用泡紅茶時使用的熱水開始洗起了杯子。

等整個杯子都被淋過熱水後，木崎換用拇指摸了一下握把上方。

她像是理解了什麼似的點了一下頭，接著便走向咖啡機，按照訂單將卡布奇諾用的咖啡豆設置在咖啡機上萃取濃縮咖啡。加入用蒸氣奶泡機打出來的奶泡後，真奧也曾按照標準程序做過好幾次的卡布奇諾就完成了。

「嗯。」

木崎滿意地點頭，她親自走向客席拿起號碼牌，將杯子放在桌上。

真奧緊盯著客人的樣子不放。

看起來一副就只是想來休息的熱咖啡先生從口袋裡拿出手機，看也不看杯子一眼地注視著手機畫面。

「……？」

然而才喝了一口，他原本打算把杯子放回桌上的動作就停住了。

他的視線離開手機，將原本打算放回桌上的杯子再次湊近嘴巴。

看見熱咖啡先生在喝了比第一口還要大口的咖啡後，才肯放下杯子的景象，真奧隱約理解到那杯卡布奇諾跟自己泡的咖啡味道果然不同。

「到底是差在哪裡呢……」

等參加過麥丹勞．咖啡師的講習後，不曉得是否能稍微解開這道謎題。

看著木崎一臉滿意地走回來，真奧實在無法消弭心中的不安。

※

晚上十點，打從早上一直上班到現在的真奧，開始跟千穗一起進行回家的準備。

兩人在看起來似乎有些高興的木崎目送之下走出店門。

「那我們回去吧。」

「好的！」

千穗與真奧的回家路線到半路為止都一樣。

事先並不知道真奧今天的班比較早的千穗心想，這下子或許不用等到咖啡師講習日，今天就能先找時間跟真奧好好談談了。

「……」

然而真奧在從停車場牽杜拉罕二號出來後，便突然露出原本想喝麥茶，結果不小心搞錯喝到蕎麥麵醬汁般的表情。

「哎呀，你們兩位都已經下班啦？」

「……別誤會了，我們可不是在等你喔。」

鈴乃與惠美厚著臉皮光明正大地說道。

無論怎麼想，兩人都是在等真奧他們出來。

千穗從兩人直到這時間都還待在附近這點，便推測出沙利葉果然沒那麼快復活。

鈴乃與惠美應該是為了避免真奧落入安特．伊蘇拉的魔掌，才特地留在這裡監視吧。

不過站在真奧的立場，他並不記得自己有做什麼必須突然被惠美等人纏上的事情，因此放

棄似的嘆了口氣說道：

「有什麼事？」

「我應該說過不是在等你了吧。」

「……遊佐小姐？」

千穗突然察覺到似乎有什麼跟平常不太一樣。

儘管惠美平常對真奧的口氣本來就不怎麼好，但今天感覺卻有點不同。

「艾米莉亞說的沒錯，我們要找的人其實是在肯特基。雖然事情很早就辦完了，但我們後來一直在聊女孩子的話題。」

「妳就那麼喜歡『女孩子的話題』這個詞嗎？」

真奧厭煩地對惠美投以確認的視線。

「你自己有做過什麼讓我們必須找你的事嗎？」

被身為勇者的惠美這麼一說，真奧這位魔王——

「唉，多到數不清呢。」

也只能如此回答。

「……這樣啊。」

「啊？」

照理說若是以前的惠美，就算當場對真奧大罵「那你去死吧」之類的話也不奇怪，然而她卻只是一臉無趣地偏過頭說道：

「那你覺得我們找你有什麼事？」

「啊？」

真奧因為對方反擊的方向實在太過出乎意料而驚訝地睜大了雙眼。

跟著真奧的眼睛和視線看過去後，千穗總算發現了。

今天的惠美完全沒在看真奧的眼睛。

平常無論是視線、敵意還是手指都肆無忌憚地直接往真奧身上招呼的惠美，這次居然完全避開了真奧。

「呃……這個嘛，該怎麼說。」

不曉得是否發現惠美態度有異，真奧困擾地搔了搔頭說道：

「因為我跟小千一起回家，所以擔心我會在路上對她不軌之類的。」

「在千穗媽媽面前連頭都抬不起來的你，有辦法做出那種事嗎？」

「……或是擔心我在肯特基跟對面書店都無法監視的二樓幹壞事之類的。」

「明明就對那位店長欽佩不已，虧你還有臉說這種話。」

「那就是跟平常一樣來找麻煩？」

「什麼叫找麻煩啊。」
惠美毫不掩飾自己煩躁的態度，低著頭以微弱的聲音憤恨地說道：
「為什麼勇者來找魔王還非得想理由不可啊？」
「明明沒事卻還跑來找人也有點奇怪吧。」
「我不是說過找沙利葉有事嗎？」
「怎樣啦。妳最近有點奇怪耶？」
愈來愈不耐煩的真奧，口氣也跟著兇了起來。
「……唔！」
因為真奧嚴厲的語氣而抬起頭的惠美——
「遊、遊佐小姐？」
「怎、怎樣啦……」
「……」
眼眶裡泛著淚水。
上次看見惠美的眼淚是什麼時候呢。
真奧其實也隱約知道惠美最近變奇怪的理由。
惠美的父親似乎尚在人世，大概是加百列道出的這項事實，深深地動搖了年輕勇者的內心吧。

真奧能理解因為至親之死所燃起的復仇心，會成為行動的原動力。

身為勇者，惠美也理所當然地擁有正義之心，但看來替被捲入真奧侵略的父親報仇，在她的心裡也同樣占了極大的分量。

思及此處，真奧總算想起來了。

勇者曾讓魔王看過的眼淚。

那是什麼時候的事了呢。

話說回來，當時惠美也——

『為什麼要對我、對人類還有對這個世界這麼溫柔！為什麼你有辦法這麼溫柔呢！』

一樣哭了。

『為什麼要殺掉我爸爸！』

勇者悲痛的吶喊以及難掩絕望的聲音，在真奧的腦中回響。

「喂，惠美。」

「……什麼啦。」

惠美拚命壓抑著某種快從心裡滿溢而出的感情，但真奧的語氣卻意外地溫柔。

「果然還是征服世界比較符合我的個性。」

「……咦？」
「真奧哥？」
「魔王……？」
現場頓時充滿了危險的氣氛，就連靜觀狀況的千穗與鈴乃都忍不住感到動搖。
「或許人類世界真的不合我的個性，而且也還有不少傢伙正在等著我呢。畢竟只要我有心，就算要聯絡卡米歐來接我也不是什麼難事。」
「真、真奧哥？你、你不是認真的吧？」
真奧平靜地說道，反而是站在旁邊的千穗因為太過動搖，連帶語氣也跟著顫抖了起來。
「小千，基本上這本來就很奇怪啊。統治上百魔界部族、立於五十萬惡魔頂點統率魔王軍的本大爺，居然想學習人類世界。」
「……」
真奧的語氣完全沒有變化，讓鈴乃的眼神流露出警戒的色彩。千穗也一樣，難以解讀真奧的真意。
「勇者跟魔王果然是無法相容的存在。我會為了征服世界而幹盡壞事，所以妳也重新再來殺我吧。這麼做應該比較自然吧。」
「真奧哥……」

「抱歉啦，小千。」

拍了一下千穗的肩膀後，真奧便穿過三位女性，開始推著杜拉罕二號準備離開。

「蘆屋應該會很高興吧。趁著那邊還沒復興完畢，這次或許能輕而易舉地侵略呢。」

「……明明就……」

「還是叫卡米歐多派點人來迎接好了。就當作前菜，稍微讓日本陷入混亂好像也不錯。」

「……明明就做不出……」

惠美對著自說自話的真奧背影小聲地說道。

「……遊佐小姐？」

「艾米莉亞？」

無視千穗與鈴乃的呼喚，惠美抬起頭來以銳利的視線瞪向真奧，對他那穿著UNI×LOT恤的背影放聲喊道：

「你明明就做不出那種事！」

「……」

真奧停下腳步，僅以目光回視惠美。

「而且……也根本不打算做……！」

「如果叫得太大聲，木崎小姐可是會跑出來喔。」

「連區區店長都不敢招惹的傢伙，有辦法征服世界嗎？」
「每個人都有那種抬不起頭的對象吧。」
「你到底想怎麼樣？」
「我不是說了，就征服世界啊。」
「我不是那個意思。我是問你征服世界後想怎麼樣！」
「……」
鈴乃與千穗都被惠美這個問題嚇了一跳。
「魔界的惡魔只要有魔力，根本就不需要食物。雖然這不代表你們能因此融入人類社會，不過對你們而言，人類世界的土地與財寶究竟有什麼意義？支配那種除了殺害人類以外根本沒有其他魅力的世界，你到底打算幹什麼？」
如同鈴乃的考察，魔界與安特．伊蘇拉之間的價值觀有極大的差異。
「對人類趕盡殺絕，讓絕望蔓延整個世界如何？」
「從你說出這種話的瞬間，就很明顯不是真心話了。」
惠美以無法接受的表情繼續說道：
「馬納果達侵略的南大陸，只能用腥風血雨來形容，路西菲爾軍在西大陸的猛攻也十分激烈。不過跟馬納果達相比……北大陸的亞多拉瑪雷克軍完全不會對騎士團以外的對象出手，且照理說是被支配最久的東大陸，至今也依然是由統一蒼帝與他的族人統治。」

「……不愧是曾經巡迴世界的勇者，果然見多識廣呢。」

惠美完全不隱藏自己的眼淚，瞪向露出諷刺笑容的魔王。

「如果……如果你真的是打從心底飢渴鮮血的殘虐魔王，那我也……那我也不用這麼煩惱了！」

「遊佐小姐……」

「從你在我面前說出『要在這個世界成為正式職員』開始，我就應該要覺得奇怪了！你根本就不想征服世界！你只是……」

此時，惠美不知為何先回頭朝千穗看了一眼，才接著繼續說道：

「只是想做點什麼了不起的事情，然後讓別人認同自己吧？」

這句話立即見效。

真奧臉上的表情瞬間消失，惠美、千穗與鈴乃都看得出來，這是某種異於憤怒與羞恥的激烈感情即將爆發的前兆。

然而下一個瞬間——

「……咦？」

「真、真奧哥？」

牽著自行車的真奧就這樣在毫無預兆的情況下，從三人眼前消失了。

「什、什麼……？」

最感到動搖的人，正是與真奧爭吵的惠美。

剛才的真奧，無疑正打算對惠美抗議某件事。

從他先深深地吸了一口氣來看，一定是準備要反駁惠美的言論吧。

現場並沒有殘留真奧發動魔力的痕跡。然而無論抬頭往上看還是環視周圍，都只能讓人懷疑是真奧使用某種超越常理的方法逃跑了，不過惠美馬上就領悟到實際上並非那麼一回事。

「真、真奧哥？」

千穗搖搖晃晃地走向真奧原本站的位置。

然而真奧剛才腳踩的人行道石磚上，卻完全沒留下半點痕跡。就算千穗重新站在真奧剛才所在的位置，也沒發生任何事情。

「到、到底發生什麼事了？」

夜晚的城鎮，正如同往常般運轉。

甲州街道發出不絕於耳的車聲，同時也有新客人無視狼狽的三人，逕自走進了麥丹勞。

就只有真奧與杜拉罕二號的身影宛如幻影般消失在現場。

「真奧哥……」

千穗不自覺地將手放在真奧消失前曾經摸過的肩膀上。

「艾、艾米莉亞，這該不會是……」

「雖然我一瞬間也這麼想過……不過這種事有可能嗎？」

鈴乃跟惠美原本推測應該是巴巴力提亞勢力綁架了真奧。

然而無論是剛才還是現在，兩人別說是魔力了，就連聖法氣都沒感覺到。

「……魔王城沒問題吧？」

鈴乃的這句話讓惠美倒抽了一口氣。

沒錯，或許蘆屋跟漆原身上也發生了什麼異常狀況也不一定。

雖說是異常，但如果真的發生了惠美等人所想像的事態，那對真奧他們來說應該算是正常才對，總之現在的狀況實在是複雜得不得了。

「我知道路西菲爾的Skyphone號碼，只要那個尼特族跟平常一樣正在玩電腦……」

惠美拿出自己的薄型手機，叫出漆原的Skyphone號碼。

然而不知為何，手機居然完全沒傳出撥號聲，察覺到不對的惠美重新看向畫面，這才驚訝得發現上面顯示「目前收不到訊號」。

「咦？收、收不到訊號？」

「借我看號碼！用我的手機來……」

鈴乃從惠美手上搶過電話，掀開自己的手機。

「收不到訊號……」

千穗見狀也跟著掀開自己的手機，並因為上面果然也顯示收不到訊號而驚訝不已。

「怎、怎麼可能。我平常走出店面要回家時，都會先打電話通知家人一聲啊！」

即使千穗凝視了畫面一段時間，訊號還是沒有恢復的徵兆。

不僅如此——

「咦？喂、喂……啊！」

一位經過惠美等人旁邊的年輕女子皺起眉頭看向手機。

「哎呀，居然斷訊了。」

女子邊走邊拿著手機在空中晃了幾下，等離開惠美等人一段距離後，才重新將手機抵到耳邊。

「那裡有訊號嗎？」

中間這段距離大約是五十公尺。

惠美與鈴乃跟在女子後面跑了過去，並在女子重新將手機拿到耳邊的地方，發現手機突然恢復了訊號。

「雖、雖然搞不太懂，但這麼一來就能打電話了。」

鬆了口氣的惠美再次打給漆原，至於鈴乃——

「……？」

則是不知為何將注意力移向了腳邊。

鈴乃以像是踩到了什麼東西似的動作，從原本站的地方往後退了一步。

「真奇怪。」

「咦？」

雖然有撥號聲，但惠美還是因為漆原遲遲不接電話而感到焦躁不已，接著她低頭一看，便發現鈴乃正蹲在地上聚精會神地凝視著地面。

「貝爾，妳在幹什麼？」

鈴乃沒回答惠美的問題，逕自將路邊的一顆小石頭放到自己的掌心。

「嘿！」

鈴乃輕喊了一聲提振氣勢，小石子便開始發出淡淡的光芒。看來她在石頭裡面灌注了聖法氣。

只見鈴乃用指尖一彈，小石子就低空飛了出去。

「咦？」

惠美驚訝地睜大了眼睛。

帶有鈴乃聖法氣的小石子不但被憑空彈了回來，同時還有一道類似藍色火焰的東西在鈴乃面前搖曳了一下。

「……是結界。」

「結、結界？」

相較於驚訝的惠美，鈴乃以更加嚴肅的表情地倒抽一口氣說道：

「而且還不是魔力。這個……是法術結界！魔王被法術結界關起來了！」

「可是，照妳這麼說來，界線應該是在這裡吧？為什麼我們有辦法自由地出入邊界呢？」

惠美掛斷還是一樣沒人回應的電話，向鈴乃問道，然而在那之前——

「……………啊啊啊！」

「貝爾，妳有說什麼嗎？」

「沒有，那不是艾米莉亞的聲音嗎？」

「……等……唔喔喔！」

「「咦？」」

那個聲音是從兩人背後的上空傳來。

「我的女神啊啊啊啊啊！」

一道不討喜的聲音越過惠美與鈴乃的頭頂。

「咿！」

不用特別確認也聽得出來，那個從天而降的人正是沙利葉。他不但雙眼布滿血絲，還用力繃緊了那彷彿幽魂般消瘦的臉龐，表情看起來十分誇張。

「我現在就來救，噗啊！」

鈴乃不自覺地朝沙利葉的臉揮下武身鐵光。

「噗……唔……啊嗚！」

沙利葉在被巨槌毫不留情地打飛出去之後又反彈回來。

「噗嗚！」

然後就這麼撞上了人行道旁邊的水泥邊界。

「……………他、他還活著吧？」

像是在示範利用放大器的法術般，鈴乃漂亮地使出了武身鐵光，然後氣喘吁吁地向惠美確認狀況。

「嗯哈！」

「起來了！」

不過沙利葉本人看起來倒是沒什麼大礙，還精神抖擻地從地上跳了起來。

「這、這是怎麼回事！」

沙利葉揮了一下手臂，向惠美與鈴乃問道。

光是這樣一個動作，從沙利葉手臂揮出的聖法氣波動便席捲了這一帶。

那道聖法氣似乎擁有跟鈴乃剛才使出的法術相同的效果，讓結界的界線清楚地浮現了出來。那是一個在道路上持續延伸，呈圓頂形的聖法氣力場。

「呃，我們才想問你到底是怎麼回事……」

「我的女神，女神沒事吧？」

「姑、姑且不論木崎店長，那間店根本就沒事……」

說著說著，惠美跟鈴乃便看向真奧剛才消失的地方，發現那裡不但跟剛才一樣毫無異狀，而且還不見任何人影……

「咦、咦？」

「千穗……小姐？」

千穗不見了。

照理說在提到手機收不到訊號時，千穗應該還在惠美等人旁邊才對。

「喔唔！」

惠美連忙跑回千穗原本的所在位置，就連側肩包因此撞上了想從地面起身的沙利葉後腦杓也毫不在意。

不知為何，惠美與鈴乃並不像沙利葉那樣受限，能夠自由進出結界的邊界。

千穗剛才所在的場所果然沒有留下任何痕跡。就算打開手機，也一樣只有這個地方收不到訊號，不過往麥丹勞裡一看，便能發現裡面的員工還是照常工作，客人們也正常地在用餐。

「這是怎麼回事？明明只是結界，為什麼人會消失呢？」

「我、我也不知道！若只是單純的結界，那魔王跟千穗小姐應該不會消失不見，而是留在原地才對啊……不、不對，基本上如果這是結界，那我們應該無法自由進出才對啊！」

「這不是普通的結界！」

沙利葉維持趴在地上的姿勢大喊，讓前往幡之谷站準備回家的上班族們因此露出懷疑的眼神，刻意繞路迴避他。

「這是次元移相結界！我不是有在東京都廳上用過嗎？」

「次元移相？」

在沙利葉綁架惠美跟千穗時，鈴乃就曾看過他佈下了包圍整個東京都廳的結界。

不過跟真奧的結界相比，沙利葉的結界並沒有明確的界線，看起來就像是只讓都廳周邊的所有人都突然消失一樣。

「我、我還以為這是天界為了讓我回去，而想加害可能構成阻礙的女神所設下的陰謀，害我連忙跑來拯救女神……」

惠美與鈴乃無視沙利葉才說到一半的夢話，背靠背警戒著周圍的狀況。

雖然看不見，但對方確實在這裡沒錯。

「我們的……敵人。」

※

無論是麥丹勞、幡之谷的街景，還是靠在自己身上的杜拉罕二號都維持著原貌。

不過聲音跟人的氣息卻消失了。

至於哭著赤腳踏進自己內心的惠美，也一樣不見了人影。

雖然真奧的心臟還是跳得很厲害，但他之所以如此震撼，並非是對眼前的奇特狀況感到驚訝，而是沒想到自己的內心居然沒用到只因為惠美的一句話就產生了動搖。

真奧用手擦掉並非因為天氣炎熱所流出的汗，並有種衝上腦袋的血會就這麼直接變成角的錯覺——現場就是充滿了如此龐大的負面力量。

「我現在有點煩惱該怎麼判斷。」

「……」

「我剛才正在跟別人談重要的事情。不過因為我當時有點過於激動，所以也可能不小心把一些多餘的事情說溜嘴。」

真奧放下杜拉罕二號的腳架，放開把手。

「雖然我或許因此避免失言，但也失去了回嘴的機會，就結果而言，我現在的心情非常地消化不良。」

真奧用T恤的袖子擦掉額頭的冷汗，並轉身面向站在車道中央看著這裡的人。

「你們是誰？先簡單地自我介紹跟說明來意，等滿意之後就滾吧。不然我可要把消化不良的份發洩在你們身上喔。」

那裡有兩道人影。

而且兩者都是真奧沒見過的「人類」。

其中一位青年穿著看起來很熱的西裝，並將油亮的頭髮弄成三七分，看來應該是塗了現在的年輕人根本不會想用的髮油吧。此外雖然他還戴著不像是年輕人會戴的銀框大眼鏡，但就算從真奧那邊望過去，也能看出是沒有度數的裝飾眼鏡。

顏色莫名明亮的深藍色西裝不但看起來一點都不洗練，配上設計簡樸的黑色公事包後，更是給人一種搞錯了時代、像是四十年前典型日本上班族的印象。

不過這還算好，因為另一個人可錯了不只四十年。

那是一名看起來時代錯誤到隨便就超過兩百年，全身甲冑的鎧甲武士——還是個小孩子。

並不是像漆原或鈴乃那種個子嬌小的大人。

從對方肩膀跟腳的骨骼以及頭部跟身體的比例來看，那完全就是一個小孩子。

即使如此，那孩子依然全身包著紅色的甲冑，甚至還細心地戴上了模仿惡鬼造型的面具。

不但感覺又熱又重，而且似乎還看不見前面。

「居然兩個人都打扮成一副看起來很熱的樣子。你們是天使，還是惡魔，是來自東西南北大陸的哪一邊啊？」

「看來您好像不怎麼驚訝呢。」

昭和（註：日本於1926年至1989年使用的年號）西裝男開口說道。

「我很驚訝你們居然變裝成這副德性。你們當初有及格嗎？就連參加變裝節目的那些人，都能得到比你們好的評價呢。」

在電視臺的暑假特別企劃中，有一個專門讓外行人變裝取樂的傳統節目，真奧就是利用那個節目在諷刺兩人。

「我很自負自己從來沒被人懷疑過。」

「那是你啊。不過，那邊的小鬼應該就沒辦法了吧？」

「我等並非總是一起行動。」

打從剛才開始，西裝男就一直殷勤地對真奧使用敬語。

明明是初次見面卻使用如此誇張的說話方式，讓真奧因此瞪向西裝男說道：

「你是惡魔吧。」

「這是我第一次直接拜見您的尊容，魔王大人。我叫法爾法雷洛，目前位居馬勒布朗契的頭目末席。」

「果然啊。」

對方是與襲擊銚子海邊的西里亞特同為頭目等級的強大惡魔。照理說只要是隸屬於馬納果達的馬勒布朗契頭目，真奧應該都認識才對，然而他卻對這個名字完全沒有印象。

「法爾法雷洛……不好意思，我沒聽過這個名字。」

穿著西裝，自稱法爾法雷洛的惡魔看起來並未特別在意地回答：

「這是當然。因為我是在魔王大人率軍親征安特．伊蘇拉後，才升為頭目的。」

「原來如此，那站在那邊的五月人偶（註：日本在五月過端午節時，都會替家裡的男孩裝飾武士人偶），你又是誰？」

「請不用在意這個人。他只不過是安特．伊蘇拉的引路人，並非值得魔王大人注意的角色……」

「我在問他是誰。而且不是問你，是問那個小鬼！」

讓法爾法雷洛閉嘴後，真奧瞪向那個穿著鎧甲的小孩。

「……伊洛恩。」

少年意外乾脆地從紅色甲冑的隙縫中回答了真奧的問題。

「伊洛恩。你是人類、惡魔，還是天使？」

「……人類。」

「為什麼會跟惡魔一起行動？」

「……命令。」

「這樣啊。」

總之真奧暫時放棄繼續追問自稱伊洛恩的甲冑少年。

就算替初次見面的少年擔心他的未來也沒什麼用，畢竟無論這位名喚伊洛恩的少年對命令抱持著什麼樣的想法，或是那道命令背後究竟隱藏了什麼效果，都不是現在的真奧有辦法得知的事情。

「那麼變裝的惡魔跟小鬼，你們找我有什麼事嗎？你叫法爾法雷洛吧。我從你身上感覺不到魔力，難道跟我們一樣淪落為人類之身了嗎？」

「您所言正是。因為我判斷西里亞特侵入這個國家的行動之所以會失敗，其中一個原因就是維持無法適應這裡的惡魔形態。而且——」

法爾法雷洛透過眼鏡環視幡之谷的街景。

「聽說您對西里亞特下令，禁止對這個國家帶來不必要的危害。」
「喔，我還以為馬勒布朗契裡面盡是一群血氣方剛的傢伙呢。」
「您說的沒錯。雖然其他頭目都懷疑是否有這個必要，但在有人向巴巴力提亞進言後，大家便決定遵從這個命令。魔王大人對這個國家似乎有特別的執著，應該不會原諒隨便破壞這裡的人吧。」
真奧不悅地啐道：
「是奧爾巴嗎？」
「沒錯。」
說到曾透過行動了解真奧內心的想法並回到安特．伊蘇拉的人，就只有艾美拉達、艾伯特以及奧爾巴了。而當然艾美拉達跟艾伯特，絕對不可能加入背叛惠美的勢力。
「你還真老實呢。」
「我被下令只要是魔王大人詢問的事情，都必須據實以對。」
「誠實是一件好事。那麼，開始進入正題吧。」
真奧瞇起眼睛瞪向法爾法雷洛。
「你找我有什麼事？」
法爾法雷洛的出現並未讓真奧感到意外，因為打從卡米歐出現在銚子並報告巴巴力提亞脫

離魔界時，他就預料到遲早有一天會發生這種事情。

悶熱的西裝發出窸窣的摩擦聲，法爾法雷洛當場下跪回答：

「在替魔王撒旦大人平安無事感到高興的同時，我等馬勒布朗契也已經賭上性命，成功確保了重新侵略安特．伊蘇拉的橋頭堡。因此想請魔王大人……」

「我才不要。」

「再度領導我等，並隨我一同移駕魔界，咦？」

儘管有聽見真奧插話，但法爾法雷洛的嘴巴還是沒停下來，繼續流利地說道，直到他的腦袋中途總算理解真奧的回答時，才發出少根筋的聲音抬起頭來。

「你咦個什麼勁啊。我說不要。拒絕，駁回，滾回去。」

「是、是我會的日文詞彙還不夠嗎……魔王大人，難不成，您剛才的意思是拒絕……」

「我就是這個意思。快帶著那個詭異的小鬼滾回去吧。」

「…………」

看來只要沒被命令，那個詭異的小鬼就不會主動說話。少年沉默不語，就算觀察他的表情，也看不出來他究竟在想些什麼。

「為、為什麼？東大陸的統一蒼帝已經發誓要歸順我等。而且我也聽說魔王大人尚未放棄稱霸世界的宏願。不只如此，您不是還打算總有一天要支配這個國家嗎？」

「是這樣沒錯。」

「那麼，就請您跟我一起回去，盡情地使喚我等吧！我等馬勒布朗契，絕對會全力輔佐魔王大人的宏願！」

「這樣啊。」

「……啊，難不成，您是擔心聖劍的勇者就在附近嗎……」

「與其說在附近，不如說她人目前就在這一帶。雖然……也不是完全跟她沒關係，但這並沒什麼好在意的。」

「可、可是……」

「可是什麼。這國家有句話是這麼說的，就算是佛祖，被人摸了三次臉還是會生氣（註：日本諺語，意思是無論再怎麼和善的人，其忍耐都有限度）。我可沒有第三次，我拒絕，快滾回去。」

「為、為什麼？魔王大人，請您告訴我理由！」

法爾法雷洛臉色蒼白地仰望真奧。

真奧板起臉，露出一副「你連這種事也不知道嗎」的表情說道：

「你啊……我可是魔王撒旦耶，難道我像是那種穿別人的兜襠布當上橫綱就會感到高興，器量狹小的傢伙嗎？」

「…………」

雖然外表看起來只是二十出頭的青年，但法爾法雷洛還是因為真奧散發出來的懾人氣勢而嚥了一下口水，然後——

「不、不好意思，魔王大人。」

「啊？」

「請問……『別人的兜襠布』是什麼意思……？」

問了一個偏離重點的問題。

「喂！」

這出乎意料的反應，讓真奧不禁感到一陣無力。

「你、你應該有學過日語吧！」

「說來慚愧，我還來不及學習譬喻跟諺語這兩個部分……」

「那你為什麼會使用敬語啊！算了，反正兜襠布是一種內衣，在比賽名叫相撲的日本傳統格鬥技時，規定選手身上只能穿一條兜襠布。」

「只要破壞那個叫兜襠布的東西就算贏了嗎？」

「不准破壞！如果做出那種事，以後可就再也沒相撲的實況轉播了！反正就是要穿著那個……說穿好像有點奇怪，總之就是要用那個參加比賽啦！意思是我無法穿別人的鎧甲戰鬥！」

「原來如此。既然會用穿上名叫『兜襠布』的防具迎戰這種方式來表現，就表示要在比賽中搶奪彼此那個叫『相撲』的東西囉？」

「雖然聽起來好像沒錯得很離譜，不過感覺你的腦袋裡好像誤會得很嚴重呢……話說為什麼我得做這種像是搞笑失敗，然後不得不向別人說明自己笑點的搞笑藝人的事情啊！」

「真奧哥！相撲選手身上穿的不是兜襠布，而是『MAWASI（註：一種相撲力士專用的兜襠布，不但材質較硬，綁法也較為繁瑣）』啦！」

「咦？喔，原來如此，是『MAWASI』啊！咦？那為什麼會說是別人的『兜襠布』呢？」

「妳、妳是誰？」

「以前好像也是穿普通的兜襠布喔？我是真奧哥的……呃……該怎麼說，我、我是他的後輩！」

「沒錯，這女孩是我職場的後……咦咦咦咦咦？」

就在真奧因為講解兜襠布，而讓難得的帥氣臺詞跟嚴肅氣氛全都白費時——

「小、小千？為、為什麼妳會在這裡？」

千穗已經在連真奧都沒注意到的情況下，彷彿理所當然似的突然出現在這裡。

儘管法爾法雷洛跟伊洛恩都因為這位新出現的人物而提高警戒，但真奧本人卻是感到十分

混亂。

為了切斷真奧與日本之間的連繫，法爾法雷洛無疑使用了某種結界法術，而真奧也在一開始就確認過惠美等人——當然包括千穗在內——都在結界的範圍外。

然而千穗卻毫無預警地出現了。

若是惠美與鈴乃打破了結界，那所有人應該會同時一擁而上才對，但令人難以置信的是，居然只有千穗一個人運用某種手段突破了結界。

讓在場的每個人都大吃一驚的千穗瀟灑地出現在戰場上，儘管聲音有些顫抖，但她還是向眼前來路不明的二人組說道：

「你、你們不能把真奧哥帶回安特．伊蘇拉喔！因為真奧哥在日本還有非做不可的事情，哇！」

「小、小千，夠了啦！妳先退後一下！」

眼看千穗彷彿就要直接衝上前理論，真奧忍不住將她護在背後。

即使法爾法雷洛現在是人類之身，但既然是馬勒布朗契，難保背後沒隱藏什麼其他內幕。

而伊洛恩除了打扮不太正常之外，既然能被馬勒布朗契的頭目稱為「引路人」，想必也擁有不可忽視的實力，並非普通的小孩。

「為什麼您要保護那個人類呢？」

法爾法雷洛的眼裡燃起黑暗的火焰，讓真奧感覺到了危險。

「這有什麼好奇怪的。你自己還不是跟那個叫伊洛恩的小鬼一起行動。」

「沒想到您會這麼想。我等不過是在使喚伊洛恩罷了，怎麼可能跟他是對等的關係。」

面對法爾法雷洛的說法，伊洛恩完全沒有任何的反應。

「魔王大人，那個人說的都是真的嗎？」

「什麼意思。」

「那女孩說您『在日本還有非做不可的事情』。請問魔王大人究竟打算在這個名叫日本的國家做什麼呢？明明我等在聽說您曾經一度取回強大的魔力時，還曾暗自期待魔王大人要將這個國家一同納入版圖。」

法爾法雷洛將真奧從頭到腳打量了一下。

「魔王大人，請問讓您寧願打扮成那副毫無威嚴的樣子，甚至保護人類少女也『非做不可的事情』到底是什麼？」

「……」

雖然真奧很想全力大喊「給我向UNI×LO道歉」，但現場氣氛果然還是不容許他這麼做。

「恕我直言，在馬勒布朗契裡私底下也有不少人懷疑魔王大人是否已經喪失了征服世界的意志。特別是從魔王大人既不讓西里亞特返回東大陸，也不讓他在這個國家替您盡棉薄之力來

看，應該是正在進行某項遠遠超乎我想像的遠大計畫吧……還是說……」

法爾法雷洛將視線從真奧身上移開，轉而看向被真奧護在身後的千穗。

「魔王大人打算捨棄我等惡魔……捨棄整個魔界呢……」

這就在這一瞬間，真奧散發的氣勢出現了戲劇性的變化。

「別開玩笑了！」

真奧打從心底發出的怒吼，讓躲在他背後的千穗嚇得打了一個寒顫。

「我……我從來沒有一刻忘記魔界那些將我當成王在仰慕的部下！」

「既然如此！」

「沒什麼好說的了！既然你們依然效忠於我，那為什麼不留在卡米歐底下等我回去！」

「……唔！」

這次換法爾法雷洛啞口無言了。

「巴巴力提亞是受到奧爾巴那傢伙的煽動才離開魔界的吧？我在進軍安特．伊蘇拉時，應該已經將政務全權委託給卡米歐管理了。換句話說，他就是代理魔王！你要我如何相信你們這些連代理魔王的命令都不聽的傢伙！」

「話雖如此！就算有大批的魔王軍官兵從魔界前往安特．伊蘇拉，也不代表就能解決魔界的困境！若魔王大人真的戰死沙場，那麼當務之急必定是派遣第二波或第三波的軍隊！卡米歐大人根本就沒有那樣的氣概！」

「你說氣概？即使是遇見像勇者那樣的特例，但就連最強的四天王大元帥所率領的精兵軍團也撐不了三年！難道你們有什麼能顛覆這種狀況的計策嗎？」

「就算沒有也必須一戰！」

法爾法雷洛激動地反駁。

「正因為有他們的犧牲……魔界才能延續得下去。」

「……咦？」

真奧並未漏聽千穗在背後發出的驚訝聲。

然而當務之急是先解決眼前的法爾法雷洛。

「所以我才說你們太膚淺了！就算像那樣一點一點地派戰士去安特．伊蘇拉又能怎樣？若讓他們像這樣不斷陣亡，結果也只是讓魔界緩緩地邁向終結而已！」

「就是因為擔心會變成那樣，所以才要讓魔王軍發動第二次的侵略啊！我等馬勒布朗契即使背叛魔界，關切魔界的心情依舊沒變！那個叫奧爾巴的人類雖然是害魔王軍初次遠征失利的勇者夥伴之一，但並非毫不講理之人。即便有什麼萬一，等取得他所擁有的必要知識與情報之後，要殺他也是易如反掌！無論如何，還請您回去克盡身為王的職責！」

「你那種思考方式基本上就是錯的！」

真奧以更勝法爾法雷洛的語氣駁斥了他的意見。

「光靠這種做法，根本就無法拯救那個被血與暴力支配的世界！這一切都是為了讓我們這些惡魔能以惡魔的身分活下去！就是因為不曉得這點，所以無論是路西菲爾、馬納果達、亞多拉瑪雷克還是艾謝爾，都無法繼續維持支配，最後甚至連我也敗下陣了！」

「這次不一樣。我等只要控制安特．伊蘇拉東大陸讓人類互相爭鬥，便能再次替安特．伊蘇拉全土帶來血與混亂，創造屬於我等的樂土……」

「愚蠢之徒！」

真奧的聲音裡充滿了力量。

「唔！」

「呀！」

「…………！」

法爾法雷洛像是被真奧的氣勢壓倒般閉上了嘴巴，真奧背後的千穗發出慘叫，就連至今一直站著不動的伊洛恩都首次擺出了架式。

真奧光靠聲音的魄力，便讓馬勒布朗契的頭目閉上了嘴。

那正是即使身穿UNI×LO，依然無法抹滅的王者風範。

「這就是那麼做之後的結果！」

真奧攤開自己的身體。

「這就是連『征服世界』的意義都不曉得，徒然散播鮮血與悲劇，腦袋裡只想著擴大魔界版圖的王之末路！你們所準備的道路不過是跟以前一樣的毀滅之道，若就這樣跟你回去，只會讓我再度成為殘害子民的差勁魔王，若再被新的勇者討伐，魔界就真的只剩毀滅一途了！這樣只會讓魔界再次回到過去那種居民之間彼此鬥爭，無論天空、大地還是海洋都被自己鮮血染紅的世界！」

「……為什麼……為什麼您就是不能理解呢，我等絕對不會重蹈覆轍！」

「要我說幾次都可以，你們不過是迴避了之前失敗的經驗，便以為自己踏上了不同的道路！無論改寫地圖幾次，現實的道路都不會改變！若沒有改變道路本身的覺悟，根本就不可能改變世界！」

「真奧哥……」

「……改變，道路本身……？」

千穗與伊洛恩都對真奧的話有所反應。

然而即使仍舊跪在地上，法爾法雷洛的眼神中還是隱約露出失望的光芒，看來真奧的話語明顯並未傳達到他的內心深處。

「我再說一次。無論奧爾巴說什麼，都別聽他的話。從東大陸撤退，回魔界去吧。西里亞

特能幫你們從中斡旋，卡米歐也不會對你們問罪。」

「……看來只能到此為止了。」

法爾法雷洛緩緩起身。

「奧爾巴說魔王大人因為被這國家束縛而變軟弱了，我剛聽見時原本還不願意相信……沒想到卻得在您面前親眼確認這件事實，您能了解屬下有多麼痛苦嗎？」

「你說什麼……」

法爾法雷洛身上緩緩散發出殺氣，讓真奧不禁挺身將千穗推得更後面。

「這不可能是真的，若無法讓魔王大人恢復征服世界的意志……」

「……怎樣？難道你打算殺了我，另立巴巴力提亞為新的魔王嗎？」

「不，我推測魔王大人只是因為變成了人類，才導致內心想法也跟著產生變化。因此只要用魔界之力讓您的身體恢復，應該就能讓您的內心找回昔日威猛。」

說著說著，法爾法雷洛便抓住了身旁伊洛恩頭上的頭盔。

「？」

緊接著頭盔與面具便彷彿將黑暗凝結般，化為黑色的球體。

「請您收下這個吧。希望這能讓您取回魔王撒旦過去高傲的姿態與內心。」

法爾法雷洛將黑色球體扔給真奧，但真奧卻將它擊落到地面。

橡皮球大小的球體就這樣滾到行道樹旁停了下來。

「……」

在頭盔與面具消失之後，伊洛恩首次露出了臉龐。

伊洛恩果然是個少年，而且看起來應該未滿十歲。然而儘管擁有能以天真無邪來形容的外表，他的臉上卻完全看不見任何表情。

明明他正以紅色的瞳孔看向真奧，兩人的視線卻完全沒有交集。

「……？」

看見伊洛恩的臉後，真奧突然有種似曾相識的感覺。

「感覺……他好像跟某人有點像呢……」

千穗似乎也有同感。她正從真奧背後探出頭來，窺視伊洛恩的臉龐。

充滿光澤的黑色頭髮裡，只有一部分是與眼睛相同的紅色。

「喂，這是什麼？」

真奧用眼神指向那個滾落地面、原本是伊洛恩的頭盔的某物。

「這是擬態過的魔力。據說這個國家有將主食稻米捏成球狀來吃的習慣。我想只要讓魔力擬態成鎧甲跟頭盔，應該就能稍微蒙混過去。」

「要、要把這東西當成飯糰嗎……話說回來，惡魔的主食，是魔力？」

儘管千穗的嘟囔都被真奧聽在耳裡，但他的視線還是完全沒離開法爾法雷洛。

「你打算叫王吃掉在地上的東西嗎？」

「畢竟現在是緊急狀況。而且單就恢復魔力這點，魔王大人應該也不反對吧。」

「……」

看來伊洛恩身上穿的所有鎧甲，應該都是擬態的魔力吧。

法爾法雷洛之所以會變成人類的樣子，應該就是因為將自己的魔力抽出到極限，並將魔力擬態成伊洛恩的衣服吧。

這麼說來若遇到緊急狀況，法爾法雷洛應該能馬上解放寄存在伊洛恩那裡的魔力，恢復成惡魔吧。

雖然西里亞特也是如此，但法爾法雷洛也同樣有辦法在日本維持魔力。

而那名叫伊洛恩的少年，應該也跟這件事情有所關聯吧。

「……好吧，那這東西就先寄放在我這兒。不過我的心意還是沒有改變。」

「寄放？別這麼說。請您當場享用吧。您應該很久沒接觸過魔界的純粹魔力了吧？」

「……我想等回家洗過後再吃。」

「難道就不能在這裡用餐嗎？若您對味道不滿意，我願意接受任何處罰，無論要殺要剮都悉聽尊便。」

「為什麼，有必要那麼著急嗎？」

「……」

「我生死不明的狀況已經持續有一年以上。事到如今就算多等個一兩天，也沒什麼好困擾的吧。」

「那是因為……」

法爾法雷洛露骨地皺起眉頭，就在他緩緩張開嘴巴試圖說些什麼時——

「？」

伊洛恩突然仰望天空。

「要破了。」

「嗯？」

法爾法雷洛因為伊洛恩的話而產生警戒，真奧與千穗也不自覺地望向天空。

「怎、怎麼了？」

天空，出現了裂痕。

原本空無一物的天空出現了一道直線的裂痕，就連在四人抬頭仰望的這段期間內也不斷地擴大。

「天衝光牙！」

一道金色閃電伴隨著清厲的聲音與氣勢，降臨在真奧與法爾法雷洛之間。

「惠、惠美？」

「遊佐小姐？」

來人睜開紅色的眼睛，任銀色的髮絲隨風飄揚，那人正是帶著閃耀聖劍的惠美，勇者艾米莉亞。

「進化聖劍．單翼」散發出銳利的聖法氣，雖然千穗至今都只把聖劍當成是「很厲害會發光的劍」，但再怎麼說她好歹也已經學會了操作聖法氣的方法，因此首次感覺到聖劍以及惠美本身包含的力量，真的是遠遠超乎她過去的想像。

這就是惠美跟鈴乃在傍晚時所說的「感受到存在的壓力」吧。

緊接著，鈴乃也拿著巨槌從結界空中的大洞衝了進來，像是為了保護真奧與千穗般，與法爾法雷洛和伊洛恩相對而立。

「惠、惠美，鈴乃！」

「……你們兩個都沒事吧？」

雖然艾米莉亞還是一樣不看真奧的臉，但從那道透過背影傳過來的聲音，還是感覺得出來她稍微鬆了口氣。

「艾米莉亞！貝爾！這結界是那小鬼做出來的！」

聽見這從天而降的聲音，真奧一臉難以置信地抬起頭往上看。

沒想到居然連沙利葉也來了。

沙利葉展開翅膀，讓瞳孔發出紫色的光芒，就這樣在結界上開了一個洞。

「你、你們居然直接在街上動手……」

真奧毫不客氣地對散發出來的光芒怎麼看都超出常理的艾米莉亞跟沙利葉，以及揮著偏離常軌武器的鈴乃說道。

「今天晚上有月光，是沙利葉大人最能發揮實力的日子。他在結界上面另外設了一層次元移相結界。就算現在破壞這個結界，頂多也只會讓外面的人類手機恢復訊號吧。」

鈴乃轉身瞄了一眼空中的大洞。

「……居然在我找你吵架吵到一半時突然消失，這也太讓人消化不良了吧。」

艾米莉亞的語氣還是一樣不滿。

話說回來，真奧因為跟法爾法雷洛吵得太過激烈，所以完全忘了自己在被抓進結界前還在跟惠美吵架這件事。

「算了啦，別想太多。反正我為了破壞結界而大鬧了一場，感覺爽快多了。」

「那是怎樣啊。」

儘管艾米莉亞任性地自說自話，但真奧還是因為這反而更符合她至今的風格而笑了起來。

「那麼……如果我們的預測正確，你們就是馬勒布朗契派來帶魔王回東大陸的使者吧。」

「你們是誰？為什麼會知道這件事？」

穿西裝戴眼鏡的法爾法雷洛將手抵在伊洛恩的甲冑上，擺出架式盤問艾米莉亞的身分。

「哎呀，你沒見過我嗎？你應該是惡魔吧？」

艾米莉亞充滿挑釁意味的自我介紹，讓法爾法雷洛板起臉說道：

「難、難不成妳是！」

「我可沒寬宏大量到放惡魔在人類世界放肆地走來走去。你就好好記住勇者艾米莉亞・尤斯提納這個名字，然後乖乖受死吧！」

「唔！怎、怎麼會這樣！」

法爾法雷洛試圖將伊洛恩的鎧甲魔力化，但動作神速的艾米莉亞不可能漏看這個舉動。

才剛響起微弱的腳步聲，下一瞬間艾米莉亞已經重重地一拳打在法爾法雷洛的太陽穴上。

喪失魔力變成人類的法爾法雷洛才剛被打得趴倒在地，緊接著艾米莉亞的鞋跟就已經踩在他的背上。

「唔喔喔！」

「如果你願意忘記所有在日本看見的事，乖乖回魔界度過餘生，那我也不是不能放過你。不過若你敢做些多餘的事，那我現在就讓你身首異處。」

「這傢伙講起話來依然一點都不像是勇者呢……」

真奧戰戰兢兢地嘟囔道，但被艾米莉亞紅色的視線一瞪就閉上了嘴巴。

另一方面，法爾法雷洛只簡短地回了一句：

「伊洛恩！」

「？」

伊洛恩立即對法爾法雷洛的呼喚產生反應。

少年看似漫不經心地準備撞向艾米莉亞。

「站、站住！」

然而試圖從旁阻止的鈴乃——

「？」

卻整個人被彈飛了出去。

「鈴乃小姐！」

闖進看起來未滿十歲的少年與艾米莉亞之間的鈴乃，完全無法絆住伊洛恩的腳步，像被車子撞到般彈飛了出去。

「嗚……唔喔！」

鈴乃勉強在空中恢復姿勢，但還是因為無法忍受著地的衝擊而蹲了下來。

「什、什麼？」

伊洛恩就這樣筆直朝艾米莉亞衝去。

儘管有些大意，但鈴乃畢竟是連天兵大隊都能打倒的一流戰士，看見她如此輕易被人撞飛出去，就連艾米莉亞也開始感到動搖。

話雖如此，艾米莉亞也不能就這樣放開壓住法爾法雷洛的腳，因此她發動破邪之衣的盾牌，準備迎接足以將鈴乃撞飛的衝擊。

伊洛恩的眉頭動也不動，一直線地朝艾米莉亞的盾牌衝了過去。

「呃啊！」

不過就連艾米莉亞也被從法爾法雷洛身上撞飛，整個人踩空了腳步。

身為勇者的艾米莉亞現在不但已經變身，還使出了「進化聖劍．單翼」與破邪之衣的全力。由於之前已經看見鈴乃被人撞飛，因此她也沒有絲毫大意。

衝擊的力道傳遍全身，讓不自覺產生防禦反應的艾米莉亞朝伊洛恩揮下聖劍。

然而接下來發生的事情卻出乎了所有人的預料。

「什麼！」

伊洛恩居然用手臂擋下了聖劍。

而且擋下這一擊的還不是法爾法雷洛擬態出來的鎧甲，聖劍的劍刃輕而易舉地劈開了手甲以及穿在底下的布質衣袖。

不過即使直接碰到聖劍的劍刃，伊洛恩最底下的皮膚依然毫髮無傷。

『伊洛恩？』

此時艾米莉亞的腦中，響起了並非艾米莉亞本人的聲音。

『媽媽！伊洛恩！不行！不能跟他戰鬥！不要欺負伊洛恩！』

「咦？咦？」

阿拉斯．拉瑪斯以出乎意料的方式表達了抗議。

「等、等一下？妳幹什麼？」

聖劍無視艾米莉亞的意思，就這樣擅自消失了。

『拜託妳！別欺負伊洛恩！』

「這、這是怎麼回事？」

除了與沙利葉的那一戰之外，這還是聖劍頭一次無視艾米莉亞的意志自行消失。

「唔！阿拉斯．拉瑪斯？」

伊洛恩彷彿聽得見艾米莉亞腦中的聲音般，刻意大幅拉開了與艾米莉亞之間的距離。

不只如此，他居然還喊出了寄宿在艾米莉亞聖劍中的女孩姓名。

「你到底……？」

「喂，妳在磨蹭個什麼勁啊！」

此時沙利葉的聲音從天而降。

「『墮天邪眼光』！」

或許是懶得再等下去了，沙利葉對準伊洛恩發射能夠讓聖法氣消失的墮天邪眼光。

「唔！」

正面被邪眼光擊中的伊洛恩當場跪下。

然而或許是因為他穿著魔力鎧甲，所以效果看起來並不像艾米莉亞當時那麼顯著。

即使如此，伊洛恩仍以與真奧、鈴乃跟艾米莉亞對峙時從未露出的憤怒表情瞪向沙利葉。

「伊、伊洛恩……撤、撤退了……」

「！」

不過倒在地上的法爾法雷洛的這句話，馬上就讓伊洛恩臉上的憤怒消失了。

伊洛恩為了拉開與艾米莉亞之間的距離而往後跳，並同時揮了一下手。

先前被艾米莉亞突破的那道結界氣息頓時消失，周圍的感覺轉而被沙利葉更為巨大的結界取代。

「魔、魔王大人……我遲早會再來迎接您的。」

「在小鬼的背上講這種話，實在有點沒說服力。」

被伊洛恩扛在肩上的法爾法雷洛，再怎麼恭維也稱不上是有魄力。

看著伊洛恩與法爾法雷洛逐步撤退，沙利葉傲然地說道：

「你們該不會以為能逃得出我的結界，咦咦咦咦咦？」

雖然不知道沙利葉到底設下了規模多大的結界，但看來伊洛恩輕而易舉地便離開了結界的範圍。

伊洛恩瞬間便從真奧等人面前消失了蹤影，少年跳躍的方式，讓人難以想像他肩膀上還扛了個大人。

「……真是個派不上用場的傢伙。」

「你、你說什麼？」

真奧忍不住發起牢騷，從沙利葉在反駁前遲疑了一下來看，他本人應該也沒想到結界會如此輕易地被對方突破吧。

「話雖如此，好歹還是被你救了一次，先跟你說聲謝啦。鈴乃，妳沒事吧？」

「嗯……雖、雖然骨頭沒有異常……不過還滿痛的。」

「虧妳有辦法跟那孩子正面衝突還沒事呢。」

艾米莉亞輕輕摩擦了一下持盾的手臂。

從這樣的動作，就能看出她之前與伊洛恩的衝突有多麼激烈。

「不過話說回來，阿拉斯．拉瑪斯，妳怎麼可以那樣擅自把劍……咦？」

「怎、怎麼了嗎？」

艾米莉亞在向腦中的阿拉斯．拉瑪斯搭話後，突然停止說話並倒抽了一口氣，發現事有蹊翹的千穗也因此出聲關切。

「那個叫伊洛恩的孩子……是『嚴峻』？」

「怎麼了？」

就連回答真奧的問題時，艾米莉亞也難掩自己驚訝的表情。

「伊洛恩……或許是跟阿拉斯．拉瑪斯相同的存在。」

「咦？」

不只是真奧。

鈴乃、千穗，甚至是沙利葉，在聽了之後都感到十分震驚。

「雖然因為阿拉斯．拉瑪斯表達的方式不是很清楚，所以還不太能確定……」

沙利葉的結界裡完全不會有路人經過，儘管現在還是夏天，但在場所有人還是感受到一股奇妙的寒意。

「那孩子，伊洛恩……好像是從其中一個質點，『嚴峻』誕生出來的。」

魔王與勇者，為新的夢想踏出一步

「喂，給我等一下。小千不是說她累了嗎？而且都已經持續練習兩個小時了，就讓她休息一下啦！」
「嗯、嗯……真、真的沒問題嗎……」
「妳在說什麼啊！時間可是不等人的！喂，貝爾！電話，拿電話過來！」
「那、那個，沙利葉先生，對不起，我真的有點累了……」
「好了！再來一次！」
「閉嘴，軟弱魔王！極限這種東西不是由自己決定的！」
「如果沒辦法自己看清極限在哪裡也沒用吧。」
「我倒是因為你的極限太低，而一直在鍛鍊忍耐的極限呢。」
「艾謝爾，別欺負路西菲爾啦。」
「阿拉斯·拉瑪斯，不可以太寵路西菲爾。」
「喂，你不覺得有點奇怪嗎？正常來說應該是反過來吧？是我被阿拉斯·拉瑪斯寵嗎？」
「好了，佐佐木千穗！再用力發聲一次！開始囉！」
「在、在那之前，至少先讓我喝點水……」

「笨蛋天使，你給我適可而止！你想害死小千啊！」

「如果無法學會這個法術，才真的有可能被人殺死吧！今天的辛勞是明日的食糧，而且也跟我女神的再臨息息相關啊！好了，打起精神繼續練習吧！」

「根本就沒人說會有生命危險吧！」

「那、那個，沙利葉大人，果然還是稍微休息一下比較好……」

千穗正在寬廣的體育館接受沙利葉的斯巴達教育。

此處距離麥丹勞幡之谷站前店步行約十五分鐘。在沙利葉住的公寓附近，有一間名叫幡之谷運動中心的設施。

這座設施除了有各種寬廣的田徑跑道、地下溫水游泳池，以及武術練習場等種種設備之外，偶爾也會舉辦地區活動跟開設運動教室，因此平常也開放市民付費使用。

真奧等人目前就在其中最大的一間建築物，而且他們還包下了這間足足有兩個籃球場大的寬廣體育館六個小時。

他們的目的只有一個，那就是讓千穗完全學會概念收發。

「哇啊啊啊啊啊啊……咳、咳……」

「沒辦法了！休息十分鐘！」

看見硬是配合自己無理要求的千穗因此嗆到，沙利葉也只好不悅地讓她休息。

「好短！至少讓她休息三十分鐘吧！」
「閉嘴，魔王！你是這女孩的監護人還是什麼人嗎？啊？」
「至少現在這個場合是！我有義務要保護小千的安全！」
「我說你們兩個，這裡已經夠熱了，要吵麻煩去旁邊吵啦。千穗，沒事吧？」
「啊……呼嗚……咳！」
千穗堅強地想以笑容回應，但果然還是又嗆到了。
「佐佐木小姐，辛苦妳了。請用水跟毛巾……」
蘆屋從惠美旁邊探出身來，遞上毛巾與寶特瓶，而千穗也一面發出呻吟，一面收下。
「糟糕，好像快沒電了。艾米莉亞，充電器借一下。」
「呼……我……我也要充電……咳！」
稍微喘口氣後，鈴乃跟千穗開始替手機充電。
「喂！十分鐘應該充不完電吧！」
「那在充電完畢之前，先進行集中精神的基礎訓練吧……」
「你這傢伙！」
令人意外的是，一開始居然是沙利葉提議要在體育館進行概念收發的訓練。
在得知千穗基礎訓練的內容後，沙利葉認為在體育館無論是大聲喊叫還是進行有些亂來的訓練，都不會讓人起疑，是最適合讓施術者拉開距離進行訓練的場所。

雖然真奧一開始並不相信，但在鈴乃表示這個訓練合乎道理後，他也只能勉強接受。

話雖如此，現在依然是夏天。光是站在像蒸汽浴一般的體育館裡，真奧等人就已經開始流汗了。

更不用說聖法氣鍛鍊得還不夠完全、每當要集中精神時就必須大聲喊叫的千穗。即使參加的是運動社團，身為普通人的千穗還是累積了超乎想像的疲勞。

沙利葉提議使用手機來進行概念收發的想像訓練。

如同字面上所示，概念收發的基礎想像正是概念的收發訊。而這項法術最重要的關鍵，就是「讓身心理解即使不用開口，還是能將自己的想法傳達給對方」。

雖然這也是理所當然的，不過一般人都知道若不靠講話或特定的動作，很難將自己的意思正確地傳達給對方，而且還是打從靈魂了解這點。

而想破壞這層理解的障礙更是格外地困難。因為刻劃在靈魂裡的固定觀念並非想排除就能排除的東西。

因此一般的訓練會讓施術者從額頭碰額頭開始，植入雙方腦袋裡的思考能夠互通的印象，然而沙利葉卻選擇了用手機代替。

在看不見對方表情的狀況下透過電話交談，其實意外地難以傳達情報的真意。

不過另一方面，雖然概念收發的基礎在於「能夠從看不見對方的遠距離」、「與特定對象連接」、「並傳達情報」這幾項違反固定觀念的特性，但卻有一樣稀有的道具能讓人們理所當然地接受這些概念——那就是手機。

因此，首先必須讓千穗跟鈴乃用手機進行通話。

接著讓兩人退到一般對話聲無法傳達的距離，並將手機抵在耳朵上實際體會連結的感覺後，再讓法術乘著電波傳送過去。

實際上惠美就曾透過手機使用概念收發與艾美拉達互相聯絡。

也因為千穗有自主訓練的緣故，就連沙利葉也對她居然能如此輕易地讓聖法氣活性化感到驚訝。

然而說到提升法術的境界，那又是另一回事了。

雖然只是單純的心靈感應，但用法術傳送聲音並不像字面上看起來那麼容易。

就像現在這樣，即使千穗能順利地讓體內的聖法氣活性化，一旦打算轉而使用法術時，就算利用了原本維持通訊的手機，而且只隔了像體育館兩端這樣短短的距離，她還是無法施展法術。

「真、真奧哥，沒關係啦。我、我會加油的……」

「你看吧！連她本人都這麼說了！魔王，不可以妨礙別人的上進心喔。好了，接下來就交給我，你還是去找個角落正座懺悔自己過去的所作所為吧。」

「為什麼我非得被你說到這個份上不可啊，咳噗？」

「好好好，只有這次沙利葉是對的，你別亂插嘴啦。」

「爸爸，小千姊姊很努力。你不可以罵她啦。」

「不、不對，我不是在對小千生氣……喂、喂，別抓衣領，這樣會鬆掉啦！」

千穗一邊目送真奧被惠美與阿拉斯．拉瑪斯拉走，一邊用力地吸了口氣。

然後——

「嶄～新～的～早～晨～來～臨！希～望～的～早～晨！」

便突然唱起歌來了。

「喔？」

「欸～原來如此。」

沙利葉與漆原佩服地看向千穗。

「只要能解放內心，用什麼方法都行啊。」

「看來是這樣沒錯。真的是讓人嚇了一跳呢。」

千穗唱歌時的身體，正散發出不遜於大聲喊叫時的聖法氣。

雖然不怎麼明顯，但倒不如說現在的聖法氣還讓人覺得比吶喊時更加洗練。

「我以前也曾藉由教會的讚美歌訓練……不過妳應該還沒教過她吧？」

至今仍抓著真奧衣領不放的惠美出聲問道，鈴乃也點頭回應。

「不過……」

儘管鈴乃也很佩服千穗能自己想到用唱歌來訓練，但她還是困擾地皺起了眉頭。

「為什麼……是唱收音機體操的歌呢？」

「啊，鈴乃小姐也知道這首歌嗎？」

唱到一個段落的千穗，一臉意外地看向鈴乃。

「我起床的時間ＭＨＫ有在播。好像是什麼暑假特輯的樣子。」

「我還滿喜歡這首歌的呢。這種歌詞不用想太多就能讓人變得有精神，而且感覺收音機也跟這個訓練滿搭的。」

「是這樣嗎？我是從來沒仔細聽過啦。」

「嶄新的早晨啊……」

聽見依然被人拉著的真奧這麼嘟囔道，惠美也跟著偷瞄了一眼他的側臉。

「那首歌到這裡就結束了嗎？」

「還有第二段喔？我想一下……」

千穗稍微回想了一會兒後，便再次開始放聲高歌。

巧合的是由於千穗已經事先做了兩小時的發聲練習，因此她的歌聲漂亮地響徹了整座體育館。

在嶄新的早晨下，閃耀的綠地。清爽地伸展手腳，用力踏上這塊土地吧。跟著收音機一起，在這塊土地上，伸展你健康的手腳吧，預備，一、二、三。

千穗以快活的歌聲唱出收音機體操的第二段。

「原來如此，還不錯呢。」

「對啊！雖然我的朋友們都說很遜或是唱起來很難為情……」

千穗因為獲得真奧的贊同而顯得十分開心。

看見她那樣的表情，惠美、鈴乃、真奧以及蘆屋的心情都略微沉重了起來。

千穗純粹對獲得新的力量感到高興。

不想讓千穗被捲進安特．伊蘇拉的麻煩事，這點可說是真奧方與惠美方唯一的共識，然而這條不成文的規定現在卻面臨了挑戰。

更何況是讓沙利葉來幫忙千穗訓練，這對他們而言根本是不應該發生的狀況。

不過事情會變成這樣，也是真奧跟惠美所選擇的道路，對希望成為自己力量的千穗所抱持的謝意以及後悔的心情，在兩人心裡不斷對立，動搖著他們的內心。

在邂逅法爾法雷洛與伊洛恩的那天晚上，就連沙利葉也跟著來到魔王城加入討論的行列。

即使是蘆屋，面對這群在深夜大舉來襲的不速之客也還是嚇了一跳，不過他依然在真奧的命令下板起臉替所有人準備了茶水。

雖然幫真奧與千穗準備了冷泡茶，但蘆屋替包括漆原在內的其他人泡的都是熱茶，從這遠遠超過惹人厭的行為中，甚至能讓人感覺到大元帥的美學。

「啊，真好喝。」

儘管千穗因為喝到涼爽的冷茶而感到高興，但現場卻因為炎熱與人口密度的問題而瀰漫著一股沉悶的氣氛。畢竟這三坪大的房間裡除了兩個惡魔、一個大天使以及一個墮天使之外，還多塞了一個勇者、聖職者加高中女生的三人組合。

光從這副陣容跟頭銜來看，就算要在這裡決定宇宙的歷史也不奇怪。

長手長腳的蘆屋甚至只能站在廚房，而無法坐在榻榻米上。

一部分也是為了整理狀況，真奧向蘆屋與漆原簡潔地說明了在幡之谷站前發生的事情。

在那當中最令人驚訝的，果然還是那位名叫伊洛恩的少年，居然是從跟阿拉斯．拉瑪斯不同的「質點」當中誕生出來的存在。

而那樣的伊洛恩不但跟身為惡魔的法爾法雷洛同行，甚至還幾乎被對方當成部下在使喚這點，更是加深了眾人的疑惑。

至今除了「基礎」碎片以外，並沒有其他質點與圍繞著安特．伊蘇拉的事件扯上關係。硬要說的話，其實海之家大黑屋的店長大黑天禰也曾提過「理解」這個詞，然而儘管天禰確實是位神祕人物，依然並非那種會在真奧等人周圍暗中行動的存在。

因此在場也有人提出或許是阿拉斯．拉瑪斯搞錯的意見。

「不過阿拉斯．拉瑪斯不可能連這麼重要的事情都搞錯吧。她甚至還憑自己的意志讓聖劍消失囉？」

一方面現在時間也不早了，惠美抱著已經進入夢鄉的阿拉斯．拉瑪斯說道。

「聖劍可是連杜蘭朵之劍都斬得斷喔，無論砍得多淺，若不是那樣的存在根本就不可能空手擋下那一劍。」

「說的也是。雖然不想相信，但如果伊洛恩就是『嚴峻』質點，那麼先前那場戰鬥就有許多事情說得通了……好痛痛痛……」

鈴乃按著被伊洛恩撞飛時扭傷的手肘，開始說明：

「『嚴峻』質點對應的數字是『5』，寶石是『紅寶石』，礦石是『鐵』，顏色是紅色，行星則是戰火王之星。掌管神力，守護天使是卡邁爾。而且雖然他的頭髮大致上跟掌管的礦石一樣是黑色，當中卻摻雜了一撮紅色的頭髮，這方面的特徵也跟阿拉斯．拉瑪斯的頭髮一模一

樣。」

從掌管銀與紫色的「基礎」當中誕生出來的阿拉斯．拉瑪斯，也同樣有著銀髮跟一撮紫色的頭髮。

「既然有阿拉斯．拉瑪斯這個先例，那麼就算其他『質點』同樣具備人格也沒什麼好奇怪的。這麼說來，伊洛恩應該算是首次出現的另一種樣本吧。問題在於……」

「在於他居然聽從惡魔的使喚對吧？」

「您說的沒錯。」

還是一樣對沙利葉使用敬語的鈴乃一臉凝重地點頭，接著便像是發現了某項重大事實般變得臉色蒼白。

「請、請等一下……沙利葉大人知道阿拉斯．拉瑪斯的事嗎……」

「「「！」」」

雖然因為加入得太過自然而讓在場所有人一時都忘記了，但基本上沙利葉可是盯上惠美聖劍的敵人。

儘管沙利葉曾經因為目睹木崎抱著小女孩而倍受衝擊，但照理說他當時應該還不知道那個小女孩就是從「基礎」質點誕生出來的阿拉斯．拉瑪斯才對。

真奧與惠美凶狠地瞪向沙利葉的臉，不過沙利葉卻只是鼓起凹陷的臉頰輕嘆道：

「我知道啦。前陣子加百列有來店裡向我抱怨回收艾米莉亞的聖劍失敗。聽說被我誤認為是女神之子的那個小女孩，現在已經跟艾米莉亞的聖劍融合了？」

無論是當時接受沙利葉告解的鈴乃還是在場的其他人，都沒有告訴沙利葉關於阿拉斯・拉瑪斯的事情。

「坦白講，只要她不是女神的小孩，那隨便怎樣都沒差啦。我只要有女神就好……好燙！這、這茶是怎麼回事！明明是這種季節，泡茶的到底在想什麼啊！」

沙利葉無精打采地說著難以想像是盯上惠美聖劍的天界一員會說的話，未做多想就喝下了蘆屋端出來的茶，接著才因為茶的溫度而嚇了一跳。

「除了木崎小姐以外，你真的什麼都不在乎呢。」

看見沙利葉那副連手上杯子的熱度都沒發覺、清爽到讓人覺得慘不忍睹的樣子，千穗不自覺地陳述了這樣的感想。

雖然不曉得沙利葉到底認真到什麼程度，但或許是判斷既然要討論伊洛恩的話題，就不可能一直對沙利葉瞞著阿拉斯・拉瑪斯的事，於是真奧、惠美以及鈴乃都放鬆了警戒重新坐下。

為了重整態勢，鈴乃開始說道：

「假設阿拉斯・拉瑪斯跟伊洛恩是相同性質的存在，那麼伊洛恩應該也是從『嚴峻』質點或其碎片中誕生出來的吧。不過……」

「……至少在我從天界前往這裡時，並沒聽說『嚴峻』有什麼異常狀況。」

沙利葉低著頭接續了鈴乃想說的話。

雖說阿拉斯・拉瑪斯是因為「基礎」碎片分裂而產生出來的特例，但也不能因此就貿然判斷伊洛恩也是相同的狀況。

「不過若這件事其實天界也有份，那事情就簡單多了。」

真奧若無其事地說道。

「的確，說到那些天使……」

千穗不自覺地依序看向漆原與沙利葉——

「怎樣。」

「怎樣啦。」

「啊，那、那個，沒什麼，對不起。」

然後慌張地移開了視線。

「蘆屋非常能理解佐佐木小姐想表達什麼。因為至今那些自稱天使的傢伙，百分之百都不是什麼好東西。」

即使正面對著漆原跟沙利葉，蘆屋還是毫不留情地做出批判。

「唉，我想不管我們怎麼反駁，應該都沒什麼說服力。」

「喂，路西菲爾！」

「你先閉嘴啦。總之，雖然我對現在的天界也不怎麼了解，但針對卡邁爾這個天使，我很難想像他會跟這件事情扯上關係。」

「那是什麼意思？」

在回答惠美的問題之前，漆原先看了鈴乃一眼。

「卡邁爾……是指『神的絕對正義』吧？」

「沒錯。」

漆原點頭，而沙利葉也沒否定。

「『嚴峻』的守護天使是卡邁爾。那傢伙不像加百列或拉貴爾那樣，是個既保守又耿直的人。如同他所標榜的絕對正義，只要事情沒牽涉到天界的危機，別說是使用『嚴峻』了，就連他本人是否會行動都讓人懷疑。雖然相對地只要他一行動，就一定會產生別人無法比擬的影響，不過他本人應該也很清楚這點才對。」

「我也贊同路西菲爾的意見。基本上守護天使們，本來就不會那麼輕易地離開天界。」

「那為什麼那個叫伊洛恩的少年，會跟法爾法雷洛一起行動呢？」

蘆屋的問題，代表了現場所有人的疑問。而無論是墮天使還是大天使，面對這個問題都只能沉默以對。總而言之，就是他們也不知道吧。

「那個，蘆屋先生。」

「怎麼了嗎？」

千穗一出聲，蘆屋便露出與面對漆原等人時天差地遠的溫柔表情轉頭回應。

「那個，雖然這好像不是現在該提出來的問題……不過蘆屋先生難道都不會想回魔界或安特·伊蘇拉嗎？」

視狀況而定，千穗的問題很有可能會踩到不得了的地雷。

實際上，惠美與鈴乃已經因為千穗突然的提問而產生了動搖，但千穗本人卻抱持著某種確信——

蘆屋並不認為跟安特·伊蘇拉的那些馬勒布朗契會合是件好事。

「坦白講，我當然是很想回去。不過……」

蘆屋擺出與平常不同的嚴厲表情，憤慨地雙手抱胸說道：

「那些傢伙不但違背了魔王大人的命令，替魔界居民製造混亂，還擅自旁若無人地跑出來占據我在東大陸打下的基礎，光是想到要跟那些骯髒的蒼蠅（馬勒布朗契）一起自稱為魔王軍，就讓我感到很不愉快。雖然或許這並非該告訴佐佐木小姐的事情，但就算不論他們是受到人類煽動這點，魔王大人跟我還是對此感到坐立不安。更不用說……」

蘆屋從冰箱拿出法爾法雷洛交給真奧的魔力塊，並不悅地看向那個物體。考慮到現在還是夏天，因此他事前就有先好好地用保鮮膜包起來冷藏。

「像這種卑劣之徒的魔力，就算拜託我，我也不想用。」

「這、這樣啊。」

雖然跟預想的理由有點不一樣，但蘆屋果然也跟真奧一樣對馬勒布朗契的行動感到不滿。

這麼一來，就能確定真奧與蘆屋不會回應法爾法雷洛的邀約了。

「……害我捏了一把冷汗呢。」

「嗯，真是的。」

惠美與鈴乃互望一眼並嘆了口氣，然後轉而看向眼前的茶杯。

「……哼。」

「啊，喂！那是我喝過的……」

儘管鈴乃老實地喝下了冒著白煙的熱茶，但惠美在用手帕擦了一下額頭的汗後，便直接搶走隔壁真奧的冷茶並喝得一乾二淨。

「如果害我中暑，或許連阿拉斯．拉瑪斯也會有危險喔？」

一口氣喝完杯子裡的茶後，惠美粗魯地把杯子推還給真奧。

「呃，我不是那個意思……」

「蘆屋先生！」

「是、是？」

坐在真奧另一側的千穗對站在廚房的蘆屋露出僵硬的微笑，而蘆屋不知為何端正了站姿。

「麻煩你也幫遊佐小姐端一杯冷茶過來吧，拜託你了。」

「我、我知道了。」

這次換蘆屋與真奧流出了冷汗。

「怎、怎麼了……？」

看著三人的對話，身為事件元凶的惠美不解地歪著頭問道。

「我想除了艾米莉亞之外，在場的所有人應該都知道原因吧。」

漆原看似厭煩的回答，又讓惠美的眉頭皺得更深了。

就在這段期間內，蘆屋不知為何一面偷瞄千穗的狀況，一面替惠美跟真奧準備了新的茶杯，並將惠美喝過的杯子給收了起來。

「到、到底是怎麼回事？」

「妳還是別知道會比較好。」

雖然千穗依舊維持著笑臉，不過惠美覺得自己似乎在千穗的那張笑臉背後，看見了深不可測的氣魄。

「總、總而言之，既然能知道你們不打算答應巴巴力提亞的邀約，那也算是有收穫吧。」

「說的也是呢。」

雖然還搞不懂狀況的惠美試圖將話題拉回來，但感覺千穗的語氣似乎變得愈來愈僵硬。

總之關於千穗的事，惠美確實算是說對了，不過即使真奧等人沒那個意思，法爾法雷洛是否願意放棄又是另一個問題了。

「……唉，不過，或許當時我有點太著急了也不一定。」

由於感覺若繼續拖延下去會讓千穗變得非常恐怖，真奧喝了一口新杯子裡的冷茶，接著惠美的話繼續說道。

「剛才我不自覺地保護了小千。只要法爾法雷洛不是笨蛋，應該就會知道小千是跟我們有關的人。而且她跟惠美與鈴乃不一樣……」

「也就是說，對方或許已經發現我沒有戰鬥能力了嗎？」

「應該會把妳抓去當人質吧，是我就會這麼做。」

在千穗補充了真奧的發言後，沙利葉完全不顧自己過去的所作所為接著說道，讓除了漆原以外的所有人都一口氣緊張了起來。

沙利葉若無其事地承受著眾人非難的視線。

「不過確實很有效吧？實際上我以前也是因為這麼想才動手的。」

沙利葉曾經連同無力的千穗一起綁架，企圖奪取惠美的聖劍。儘管可恨，但從他的嘴巴裡

說出來還是特別地有說服力。

「不過仔細想想，為什麼千穗明明沒做什麼事，卻還能闖入法爾法雷洛的結界呢？」

惠美向千穗問道，而千穗也搖頭回答：

「我也不知道。等我回過神來時，就發現真奧哥他們在我眼前了。」

「雖然這只是我的推測……不過這或許跟伊洛恩能輕易脫離沙利葉大人的結界有關。無論是伊洛恩還是千穗小姐的戒指，來源都跟生命之樹的質點有關吧？」

「「居然做出這種麻煩事……」」

一聽見鈴乃這個可說是合情合理的推測，真奧與惠美便同時嘟囔了相同的話。

「……什麼啦。」

「怎樣啦。」

儘管真奧與惠美忍不住互瞪了彼此一眼，但似乎也都知道現在不是吵架的時候，就在這次也同樣無法抒發悶氣的兩人移開視線準備喝茶時——

「「……」」

沒想到兩人的杯子都已經空了，而在同樣的時機打算用同樣的方式蒙混過去這點，又讓兩人覺得更加尷尬。

「魔王大人，請把杯子給我吧。」

蘆屋見狀，便幫真奧重新倒了一杯茶，然後將裝了冷茶的茶壺放在被爐上，似乎是在暗示惠美「想喝就給我自己倒」。

「不過既然如此，那我們到底該怎麼辦呢？」

「什麼意思？」

「那還用說，當然是千穗小姐的事情啊。」

鈴乃將視線移向千穗，但千穗不知為何正一臉不悅地同時看著真奧與惠美。

「現在事態非常嚴重。既然法爾法雷洛已經將千穗小姐視為我們的『關係人士』，那我們到底該拿千穗小姐怎麼辦才好呢？」

「只要讓我和妳輪流保護她就行了吧？」

儘管不悅地瞪著蘆屋，但惠美還是毫不客氣地拿起茶壺倒了一杯冷茶，並簡單地回答了鈴乃的問題，然而鈴乃卻搖頭說道：

「就是因為辦不到這點，所以我才會發問啊。」

「咦，為什麼呢？」

這次輪到千穗提問了。站在千穗的立場，事到如今也不會不明理到拒絕兩人的護衛。

真奧等人並未取回惡魔原本的力量。既然如此，那麼由惠美與鈴乃負責護衛千穗也算是很自然的發展……

「艾米莉亞，妳的工作能請假多久。若打算徹底保護千穗小姐的安全，那至少要同時有兩人以上迎戰才行，否則輸的或許會是我們這邊也不一定。」

「因為有那個叫伊洛恩的傢伙在吧。」

鈴乃點頭肯定沙利葉的說法。

「沒錯。照現狀來看，伊洛恩應該擁有與法爾法雷洛同等或甚至更強的力量。即使如此，他還是乖乖地遵從法爾法雷洛的命令。而且那個結界並非依靠魔力，是利用法術張開的次元移相結界。面對伊洛恩這個敵人，光靠艾米莉亞或我根本就沒辦法對付他。而且阿拉斯・拉瑪斯又是那樣的狀態……」

單論力量而言，伊洛恩擁有超乎常理的強悍。

仔細想想，阿拉斯・拉瑪斯只要認真起來，也同樣能發揮出輕易凌駕加百列的力量。

即使不依靠聖劍的力量，惠美也還有艾伯特教的格鬥技以及豐富的法術戰經驗，然而若問她能否在保護非戰鬥員的同時，與質點的化身跟馬勒布朗契的頭目戰鬥，應該也不能說是萬無一失。

「最糟糕的狀況是，如果屆時正面與伊洛恩交鋒，或許阿拉斯・拉瑪斯反而會妨礙妳也不一定。」

之前阿拉斯・拉瑪斯曾違反身為持有者的惠美意志，而選擇讓聖劍消失。

即使講妨礙有點太過，但至少這次還是無法依賴聖劍。

既然已經跟阿拉斯．拉瑪斯融合了，那麼「進化聖劍．單翼」便不再是惠美的持有物，而是一個具備人格的存在。

「不過照這樣看來，在最糟糕的情況下，我們有可能會完全束手無策吧？」

真奧低聲說道。

「從外部進去那個結界會很困難嗎？」

沙利葉雙手抱胸回答真奧的問題：

「坦白講，這完全要看施術者的心情。我在都廳設置結界時，比起防禦從外部進行的攻擊，更將重點擺在擴大移向空間與讓人無法察覺結界內發生的事情，因此相對地邊界的部分就會比較薄弱。你當時不也輕鬆地就跑進來了嗎？」

「嗯……的確如此。」

真奧在為了救被沙利葉與鈴乃綁走的千穗而前往都廳時，是在明確知道那裡有敵人的情況下闖進去的。

很明顯地，相較於惠美等人之前碰到的結界，突破沙利葉結界的關鍵應該就在於是否發現那裡有什麼東西吧。

重點在於是否能將那樣的現象當成一種概念來理解，儘管法術本身的性能驚人，但還是並

未脫離其本身的原則。

「不過你們在我消失之後，似乎還花了不少時間才突破那個結界吧？萬一只有小千被拉進結界裡，那到時候不就完了嗎？」

「……」

魔王城籠罩在一片沉重的氣氛中。

「哎呀～你戳到問題的重點了……………………抱、抱歉。」

就連漆原輕佻的語氣，也無法緩和現場的氣氛。倒不如說，反而讓氣氛變得更加沉重了。

「那麼，像這種時候……」

此時蘆屋像是為了緩和氣氛般的指向千穗。

「應該就只好按照當初的預定，讓千穗小姐學會能自衛的法術了吧。」

「請問你的意思是？」

沒料到蘆屋居然會提出這樣的意見，千穗驚訝地反問。

「那個叫伊洛恩的人只要沒有命令，就算法爾法雷洛正被艾米莉亞的聖劍抵住脖子也不會主動行動吧？」

「是這樣沒錯……」

徵得惠美的同意後，蘆屋繼續說道：

「伊洛恩本身並沒有積極與我們為敵的意思。換句話說，若把伊洛恩當成是法爾法雷洛的一樣武器，那事情就簡單多了。」

「把伊洛恩當成武器？」

「喂，你這樣說不就表示阿拉斯．拉瑪斯也一樣……」

雖然惠美生氣地想反駁蘆屋的論點，但真奧卻制止了她。

「妳閉嘴啦。蘆屋想說的不是那個意思。」

「……」

確認惠美停止發難，蘆屋便繼續說明下去：

「首先，伊洛恩並不會單獨行動。根據我的推測，即使能夠遠距離命令他，法爾法雷洛也不會讓他離開自己的視線範圍。」

「為什麼？伊洛恩本人也有意志。只要嚴密地命令他，應該也能讓他獨自完成任務吧。法爾法雷洛就算不用特地在一旁監視……」

面對鈴乃的疑問，蘆屋不屑地笑道：

「你們應該無法理解吧，對我等而言，變成凡人就像你們這些人類裸體走在街上那麼難受。雖然這麼說對佐佐木小姐有點不好意思。」

「……不過那又怎樣？」

雖然鈴乃對蘆屋明明是在侮辱人類，卻偏偏只討好千穗的說話方式感到不悅，但蘆屋還是繼續說道：

「法爾法雷洛即使淪落為人類之身，還是持續遵從魔王大人『不能傷害無辜日本民眾』的命令。難以想像一個對任務如此忠實的男人，會放任『質點』這種強力的武器在沒有任何監視的狀況下行動。」

「雖然你舉的例子讓人火大，但我也不是不能理解。」

惠美點頭贊同。

「反過來說，就連命令者遇到生命危險時都必須等收到指令才行動，這已經不是應變能力低就能說明的問題了。若讓那樣的伊洛恩單獨行動，一旦遇到了突發狀況，難保他不會做出超乎法爾法雷洛預期的舉動。從這點就能更加確定伊洛恩不會離開法爾法雷洛的行動範圍。」

「原、原來如此。」

不愧是以司令官的身分支配了安特．伊蘇拉最久的惡魔。

「還有一個重點我希望各位能特別注意，法爾法雷洛是在我等侵略安特．伊蘇拉後才升為頭目。換句話說，在馬勒布朗契的頭目當中，他算是比較缺乏實戰經驗的類型。如果正面交戰，我想他應該不會是艾米莉亞的對手。無論是再怎麼高性能的自動兵器，只要沒有使用者就無法自行做出判斷。」

「重點就是無視伊洛恩，只要打倒法爾法雷洛就可以了吧？」

「不，那這樣讓佐佐木小姐學會法術就沒意義了。」

蘆屋搖頭否定惠美的問題。

「啊，說的也是。畢竟蘆屋先生剛才有提到還是讓我先學會法術比較好。」

蘆屋有條不紊的說明讓千穗差點忘了他一開始提到的論點。

「如果只是殺掉法爾法雷洛，那敵人百分之百會發動第二波攻勢。這樣只會讓事情變得更沒完沒了，無法根本地解決問題。」

「那是什麼意思？若光是死了一個新頭目就會讓敵人發動第二波攻勢，那在西里亞特跟千名以上的馬勒布朗契戰敗時，對方應該早就殺過來了吧？」

「愚蠢之徒。」

「什麼？」

蘆屋一口否定了惠美反射性做出的回答。

「倘若殺了法爾法雷洛，就等於是讓伊洛恩單獨被留在這裡。即使來路不明，但他再怎麼說都還是質點的化身。若讓光是得到一塊碎片，就能讓勇者壓倒性地擊敗大天使的質點留在日本，那麼巴巴力提亞絕對不會坐視不管。換句話說……」

蘆屋環視集合在房間裡的所有成員說道：

「為了避免後顧之憂，最好還是能理性地勸伊洛恩以及法爾法雷洛回去才是上策。」
「要是辦得到我們就不用那麼辛苦了。首先若讓法爾法雷洛回去，就等於是讓他帶著千穗小姐的情報離開。這樣才真的會讓他帶第二批的軍隊過來吧。」
鈴乃指出蘆屋結論裡顯而易見的缺點，但蘆屋依然不為所動。
「所以才必須請千穗小姐儘早學會法術啊。克莉絲提亞·貝爾，妳到現在還聽不懂嗎？」
「什麼？」
「……原來如此，你是這麼打算的啊。」
看來真奧似乎比鈴乃早一步理解了蘆屋想表達的意思。
「不過這算是一場豪賭吧？你覺得他會就這麼接受嗎？」
「非得讓他接受不可。不過比起直接挑戰最壞的處理方式，倒不如先試過最佳的處理方式後再決定也不遲。重點就是……」
為了讓提早理解的真奧以外的人也能聽懂，蘆屋看著千穗說道：
「只要能讓他們了解魔王大人正在日本順利地實現野心，而佐佐木小姐對那個計畫而言是不可或缺的存在就行了。因為東大陸的馬勒布朗契至今仍對魔王大人效忠，所以只要能讓法爾法雷洛心甘情願地回去，就能降低巴巴力提亞妨礙我等的機率。」
「換句話說，你們打算讓千穗……加入惡魔勢力嗎？」

惠美語氣險惡地問道。

若千穗被公認為魔王的同伴，就真的無法保證事情能夠結束了。

一旦這件事實被洩漏到安特．伊蘇拉的人類社會，下次或許會換安特．伊蘇拉的人類世界將千穗當成敵人看待。

「要是事情因此變得一發不可收拾，那你們打算怎麼處理？你們明明就連還剩下多少時間都不知道！」

惠美的話讓千穗忍不住抬起頭來，但在那之前，蘆屋已經毅然地宣言：

「很不巧，我從來沒選擇過那種只因為不曉得未來會發生什麼事，就停滯不前的生活方式，反正船到橋頭自然直。而且……」

蘆屋依序看向惠美與鈴乃說道：

「妳們覺得安特．伊蘇拉的人類，會比較相信侵略東大陸的馬勒布朗契，還是勇者與訂教審議官說的話呢。只要妳們能好好地保護佐佐木小姐，那想防止人類勢力敵視千穗小姐應該是輕而易舉吧？」

蘆屋的這句話，讓惠美與鈴乃頓時啞口無言。

鈴乃的最終目標，就是整頓教會的綱紀以及讓勇者艾米莉亞的功績獲得正當的評價，並透過艾米莉亞主導魔王軍撤退後的世界。

只要能達成這個目的，那想從安特．伊蘇拉手中保護身為異世界人的千穗根本輕而易舉。

漆原一看見惠美與鈴乃那副不由得接受蘆屋說法的樣子——

「那兩個傢伙，或許意外地是容易被詐欺的類型呢。」

便以其他人聽不見的音量小聲嘟囔道。

總之蘆屋說的沒錯，就算因為不曉得接下來會發生什麼事而反覆地繼續討論下去也沒什麼意義。

眼前該做的事情，就是無論可能性看起來多麼微乎其微，也要一步一步地採取能夠突破現狀的行動。

「船到橋頭自然直嗎……被惡魔說，真的就完蛋了呢。」

惠美的這句低喃，決定了一切。

「好吧。既然如此，那就從明天開始正式替千穗小姐進行法術的訓練吧。不過若最後讓千穗小姐面臨危險，那我可不會放過你們。」

而鈴乃也勉強地點頭同意了。

「我是不知道你們打算幹什麼啦，不過加油吧。我要回去了。」

至今一直觀望著事態發展的沙利葉站起身來說道。

「雖然事情好像變得很麻煩，不過只要我的女神沒有危險，那就跟我無關。我不打算妨礙你們，你們就好好加油吧。」

由於真奧等人一開始就不指望沙利葉，因此也沒打算攔下他。

「那個！」

然而某人卻叫住了在玄關穿鞋子的沙利葉。

「嗯？」

「那個……沙利葉先生，拜託你。能請你助我們一臂之力嗎？」

那人正是千穗。

「等等，千穗？」

「……妳是認真的嗎？」

面對千穗出乎意料的要求，不只惠美因此臉色大變，就連沙利葉也驚訝地回視千穗。

「為什麼我非得幫你們不可啊？我們原本就是敵人，而且這件事又跟我無關。」

「不過沙利葉先生眼睛發出的光芒，曾經阻止了伊洛恩的行動吧。」

「那又怎樣？因為質點體內包含了聖法氣，所以『墮天邪眼光』的確是對他們有效，不過就算我有這個能力，也沒義務要幫你們吧。」

「我知道。我並不打算麻煩你戰鬥，只要能在我學習法術的這段期間內幫忙就好了。」

「千穗，妳在說什麼啊。那種事只要交給我跟貝爾……」

「雖然近期內就有可能會發生狀況，但視惡魔們的行動而定，也或許還要很久也不一定。既然不曉得整件事要耗上多久的時間才能落幕，那總不能讓遊佐小姐一直請假吧。」

惠美因為千穗突然重視起日常生活而感到驚訝。

「妳在說什麼啊。現在不是說那種話的時候……」

「現在就是說這種話的時候。就算能夠順利度過這次的難關，若遊佐小姐因此領不到下個月的薪水，或是因為請太多假而被開除，那才真的是太對不起妳了。」

「千穗小姐，妳想太多了。以我的積蓄，就算多一兩位同居人也沒什麼問題，就算艾米莉亞真的被開除了，憑她的能力一定能馬上找到下一份工作……」

「若連下個工作場所的朋友也一起被捲入安特．伊蘇拉的騷動，那才真的會變成一發不可收拾吧。」

「！」

鈴乃想起真奧在買電視時曾經對她說過的話，因此沉默不語。

超乎必要地隨便擴展人際關係，對現在的惠美等人而言並非良策。現在的真奧與惠美的人際關係都集中在同一個場所，並在一個相對狹小的區域維持著穩定的關係。

如果他們擴展了自己的行動範圍跟留下的痕跡，或許會讓「敵人」有更多能趁隙而入的機會。

「不、不過即使如此……」

惠美不悅地看向沙利葉。雖然現在才想起來，但惠美曾經被沙利葉非禮地對待，讓她的自尊心受到非常嚴重的傷害。

就這方面而言，惠美完全不想考慮將千穗託付給沙利葉這個選擇。

當然那時候人也在現場的千穗，非常能夠理解惠美對沙利葉有多麼不信任。

「畢竟沙利葉先生也有工作在身，所以不可能一直麻煩你照顧我。不過只要你能幫忙填補遊佐小姐跟鈴乃小姐的空缺……」

正因為如此，所以千穗決定搬出珍藏的祕密武器。

「雖然我無法保證馬上辦到。不過如果沙利葉先生願意協助我們，那我會想辦法幫你尋找跟木崎小姐和好的機會。」

「喂，應該充好電了吧！要開始囉，貝爾！快過去對面，動作快一點。」

「好的！」

「唉……」

結果事情就變成了這樣。

姑且不論和好，沙利葉與木崎就連原本是否有交情都值得商榷，然而當時的沙利葉還是全力放出了彷彿太陽般明亮的聖法氣，甚至讓難得像個智將般演說的蘆屋都差點瞬間昏倒。

「然後呢，你們從早上開始就在這熱死人的體育館裡進行修練嗎？」

剛下班來到這裡的惠美在看見訓練的狀況後，便一臉厭煩地看向真奧說道，然而因為訓練方法本身合情合理，所以她也無法加以抱怨。

「如果我不像剛才那樣偶爾要他們休息，小千就會跟著一直努力下去。」

「不過……照這個狀況來看，或許今天就有機會成功施展法術吧？畢竟千穗讓聖法氣活性化的能力可不是蓋的呢。」

「沙利葉也說過不能誇獎她了吧，不然小千有可能會自己嘗試研究法術。」

「這是個正確的判斷。唉，雖然我不覺得事情有那麼容易啦。」

「小千姊姊好厲害！」

阿拉斯．拉瑪斯應該是憑本能理解的吧，只見她目不轉睛地看著訓練中的千穗。

「然後呢？」

「嗯？」

「……有讓他們和好的頭緒嗎？」

「……誰知道。」

某方面而言，這可是比法爾法雷洛與伊洛恩還要令眾人感到不安的問題。

雖說是要讓木崎與沙利葉和好，但兩人原本的關係就只是戀慕木崎的沙利葉在完全不掩飾自己意圖的情況下，每餐都為了木崎跑去麥丹勞花費大筆的金錢而已。

「不過木崎小姐也都沒忘記要將沙利葉當成客人對待呢。」

真奧認為所謂的讓兩人和好，應該是指讓沙利葉能再次自由進出麥丹勞吧。

若只是這種程度的和好，那的確是有可能辦得到，但就不曉得沙利葉肯不肯就此罷休了。

儘管現在表面上認真地擔任教練，但若千穗無法提供沙利葉所想像的「和好」，還真不曉得他會做出什麼事情來。

「偏偏像這種時候，梨香看起來又不太可靠。」

「為什麼要突然提到鈴木梨香啊。」

「雖然不到破鏡重圓的地步，但作為參考，我本來想問她讓男女和好有什麼重點。她還滿喜歡這種八卦的事情呢。不過你看，都怪那傢伙。」

惠美以眼神指向正在觀望千穗訓練的蘆屋背影。

儘管不曉得惠美等人的真面目，但惠美的同事鈴木梨香還是跟真奧、蘆屋、千穗以及鈴乃有所交流，而她現在正對蘆屋陷入了熱烈的單戀。

「她好像『變得有點搞不懂自己』了，所以現在都對戀愛這種女孩子的話題敬而遠之。」

惠美的另一位同事清水真季只要一找到機會，就想打探讓梨香「搞不懂自己」的原因，而梨香也反覆地岔開話題，這已經變成惠美職場的日常風景了。

「……妳覺得這樣沒關係嗎？」

「什麼意思？」

「咦？」

真奧同樣用眼神指向蘆屋的背影，惠美聳聳肩回答：

「我聽貝爾說了。你好像很囂張地對我們建立的人際關係發表了意見呢。」

惠美抬頭瞪向真奧。

「我並沒有很囂張。不過我或許有提到妳們明明將自己的事情束之高閣，卻打算拆散蘆屋與鈴木梨香這點很傲慢也不一定。」

「這樣已經夠囂張了吧。明明就不曉得我們這邊的感受。」

「因為我從來沒選擇過對勇者體貼的生活方式啊。」

真奧像是為了躲避惠美嚴厲的視線而聳了聳肩。

惠美抬頭看向真奧片刻後，便突然移開了視線。

「……我也一樣。」

「啊？」

惠美將下巴靠在膝蓋上，一面看著因為沙利葉的指導而氣喘吁吁的千穗，一面低聲說道：

「我也『變得有點搞不懂自己』了，所以沒有對別人的感情說長道短的權利。」

「……」

今天的惠美看起來特別老實，讓真奧不曉得該如何回應。

「變得搞不懂自己啊……」

因此他只好複誦惠美的話試圖蒙混過去，並為了轉移注意力而看向千穗等人的狀況。

「嗯～既然有辦法活性化到這種程度，那照理說應該只差一步了……」

此時，似乎正在思考某件事的沙利葉對著鈴乃大聲喊道：

「換個方法好了。貝爾，這次換妳那邊發訊！若能掌握到收訊的感覺，或許能用體感逆推回去也不一定。」

「我知道了。」

千穗一看見位於體育館另一側的鈴乃舉起手來，便試著集中意識。

「話雖如此，到底該傳送什麼才好呢。」

收到指示的鈴乃稍微思考了一下。

「用體感將收訊逆推回去啊……既然如此，比起單純收聽聲音，還是確實地對話會比較好吧。」

鈴乃自言自語著，這次輪到鈴乃打電話給千穗的手機了。

「除了必須是能讓千穗小姐了解流入的內容之外，還得讓她產生既具體又足以傳達意志的感情，而且那個感情還必須強烈到能在逆流過來時開啟通往這邊的回路……」

為了讓鈴乃也能順暢地收到千穗送出來的訊號，還是挑能敞開心扉詢問的內容比較好。

「……啊。」

「怎麼了，快打啊，貝爾！收音機體操的歌都快結束了！」

鈴乃做出的結論內容，就是令人困擾到讓她無法馬上回答沙利葉的程度。

「啊……咳嗯。」

鈴乃將手機移到耳邊，明明沒必要，但她還是改不了每當要提出麻煩的問題時先清一下嗓的習慣。

鈴乃將注意力移向視線範圍內的千穗與千穗的手機，在連自己也搞不清楚到底有什麼好害羞的狀況下進行了概念收發。總之，幸好真奧等人並非站在鈴乃這邊的牆壁。

『（千穗小姐會想跟魔王結婚……不對，會想嫁給魔王嗎……）』

羞恥心讓鈴乃迴避了直接的說法，但結果反倒讓意思變得更加直接，接著她送出的訊息便產生了相當明顯的效果。

『（哇嗚嗚嗚嗚嗚嗚嗚嗚嗚!!!）』

「嘎喔唔！」

下一個瞬間，強烈的感情與彷彿狼嚎般的意志透過手機電波，一股作氣地闖進了鈴乃的腦內。

電波內包含的感情與爆發出來的音量，產生了足以令人以為發生腦震盪的衝擊，讓鈴乃眼前一黑並頭昏眼花地弄掉了手機。

「喂，貝爾？」

惠美發現鈴乃狀況有異，忍不住起身上前關切。

至於千穗則是不知為何變得滿臉通紅，臉頰也脹得像是氣球一般，不過這邊似乎只是有些喘不過氣，還有呼吸變得急促而已。

「喂、喂，惠美，鈴乃沒事吧？」

鈴乃的反應就是異常到連真奧都感到擔心的程度。

只見她抱頭蹲在地上用力敲著體育館的地板，偶爾甚至還會敲起自己的身體跟手機，並單手扶著頭部發出呻吟。

「我、我知道了，是、是是是是、是是是是是我錯了！請、請妳冷靜一點……」

「小千？」

「啊嗚嗚嗚嗚……」

才剛發現鈴乃痛苦地掙扎，這次就換千穗弄掉了手機，當場癱倒在地。

真奧連忙衝上前去，抓著千穗的肩膀用力呼喚：

「喂、喂，小千妳不要緊吧……」

一跟真奧對上了視線，千穗原本睜得大大的眼睛又更加睜開到了極限。

「真真真真真奧真奧真奧真真真真奧奧奧奧奧奧奧真真真真真真真奧哥……」

完全陷入混亂的千穗不斷連呼「真」字。

「唔哇啊啊啊啊啊啊啊啊啊啊啊啊啊!!!!」

至於鈴乃則是像遭到那些「真」字連續射擊般，配合千穗的聲音在地上痛苦地打滾。

「這、這是怎麼回事？到底發生什麼事了？」

「貝爾！貝爾，振作一點！」

千穗與鈴乃遲遲無法恢復冷靜。

「唉……嘿咻！」

此時沙利葉從真奧旁邊探出身來，並將手貼在千穗的額頭上——

「真真真真真……呼……」

接著千穗便彷彿失去意識似的癱倒在真奧懷裡。

就在這個瞬間，被惠美扶著的鈴乃似乎也獲得了解放，深深吐了口氣站起身來。

「看來貝爾似乎敲到了非比尋常的心扉呢。」

沙利葉驚訝地俯視千穗。

原本以為失去意識的千穗，馬上就微微地睜開了眼睛。雖然她的神色看起來還有些茫然，不過一注意到真奧的臉就馬上偏過頭，從其他人看不見的角度憤恨地看向鈴乃。

「看來她已經突破最大的障礙。貝爾剛才應該確實地收到佐佐木千穗的概念收發了吧。」

「！」

對於這句話，千穗比任何人都要感到驚訝。

而像是為了印證這句話般——

「非常大聲呢。」

鈴乃一臉疲累地補充道。

晚上七點以後，由於已經過了體育館的開放時間，因此今天的訓練也到此為止。

話雖如此，既然不曉得法爾法雷洛跟伊洛恩會在何時何地來襲，一行人當然還是希望能盡量保持團體行動，於是便從住得離運動公園較近的人開始依序回家。

「沒事吧，小千。」

「我、我沒事！」

儘管是出於偶然，但千穗還是首次成功地使出法術並變得精疲力盡，而且她不知為何還莫名地與真奧保持距離，打從走出運動公園開始就一直躲在惠美背後。

鈴乃一開始也同樣腳步不穩，不過現在已經能用自己的腳走路了。

「那麼，明天同樣是在這個時間訓練沒問題吧？」

沙利葉站在自己公寓面前跟千穗確認明天的預定行程。

「啊，好的，不過我明天從傍晚開始要打工，所以沒辦法練習太久。」

「那魔王你們呢？」

「嗯……我也是從中午就要開始工作，所以會讓蘆屋跟漆原過來。」

「我也一樣想拜託貝爾……可以嗎？」

由於惠美也有工作，因此在下班之前只能拜託鈴乃幫忙。

被千穗毫不留情的尖叫直接攻擊腦部的鈴乃雖然還有點頭暈，但還是點頭表示沒問題。

「那麼，我就登記明天下午一點到四點的場次好了，所有人都沒問題……」

就在夕陽西沉，繁星也開始在天空中閃耀時，不知何時開始當起主導者的沙利葉不曉得為什麼，居然倏地僵住不動了。

「嗯？喂，沙利葉，怎麼了……」

真奧未做多想地跟著沙利葉的視線看去——

「……咦？」

「……啊？」

跟真奧一樣轉過頭的千穗與惠美，也因為看見站在那裡的某人而倒抽了一口氣。

「哎呀，是你們啊。大家集合在這裡幹什麼？」

那個人身穿西裝，背著裝滿了檔案與工作用具、塞得滿滿的側肩包。因為穿著高跟鞋，所以身材看起來甚至比真奧還高。

有著宛如夜色般的美麗長髮並任之隨風飄揚的麥丹勞幡之谷店店長，木崎真弓正一臉驚訝地站在那裡。

「木、木崎小姐才是為什麼會在這裡……」

真奧與千穗都因為沒預料到會在這裡遇見木崎而難掩動搖。

另一方面，惠美與鈴乃也因為確信之前在這裡目擊木崎並非偶然而互望了一眼。

「有幾位沒見過的人呢，是你朋友嗎？」

木崎看著漆原與蘆屋的臉，向真奧問道。

由於漆原幾乎從不外出，蘆屋也只有在真奧剛開始工作時去過麥丹勞幾次，因此也難怪木崎會不記得他們，不過一看見站在蘆屋與漆原中間的男人，木崎原本親切的表情瞬間變得險惡了起來。

「……為什麼你會在這裡？猿江三月。」

「啊、啊……呃，那個……」

「這這這、這是因為，那個……」

千穗與真奧因為想不出好藉口而當場口吃了起來。

「你該不會又想找麥丹勞的客人或我們店裡的員工麻煩……」

木崎看著惠美、鈴乃以及千穗，同時闖進真奧等人之間詰問沙利葉。真奧與千穗完全想不到有什麼方法能阻止她。

畢竟兩人曾親眼目睹沙利葉被木崎禁止出入麥丹勞的瞬間。

這下子別說是讓兩人和好了，甚至反倒讓沙利葉惹上了不必要的嫌疑，而有可能讓木崎對他的態度變得更加強硬。

若事情發展成那樣，不曉得沙利葉將採取什麼樣的態度……

「我、我就住在這棟公寓裡。」

「……什麼？」

沒想到沙利葉戰戰兢兢說出的一句話，居然讓狀況產生了變化。

「你住這兒？」

「嗯，那個……」

沙利葉在訓練時興奮與傲慢的態度瞬間消失得無影無蹤。從過去那個每天抱著玫瑰花束大吃麥丹勞餐點的沙利葉來看，實在難以想像他會變得像現在這樣懦弱。

「從什麼時候開始的？」

木崎突然將話題轉向出乎意料的方向。儘管感到驚訝，但沙利葉還是老實地回答：

「從肯特基在幡之谷開店開始……」

「居然從一開始就住在這麼好的公寓。」

真奧不悅地自言自語，但這句話並未傳入其他人的耳中。

「猿江三月。」

「是、是！」

突然被木崎叫到名字，讓沙利葉馬上語氣大變。

「我問你一件事。當時那間店面就已經是空的了嗎？」

「咦？」

木崎再次提出了一個出乎意料的問題。雖然沙利葉試圖解讀木崎的真意——

「到底是怎樣？」

但馬上就因為木崎又一次的提問而端正了姿勢。

「印、印象中我搬來這裡時，那裡好像有間餐廳。雖然看起來沒那麼舊，不過在我來這裡後不到一個月就倒閉了……」

木崎的眉毛先是因為這個回答而抽動了一下——

「唉……」

接著便嘆了一口氣。她語氣當中蘊含的情緒既非憤怒，亦非驚訝，而是看開了某件事。

「我就知道大概會是那樣。」

「那個……請、請問這到底是怎麼回事？」

這個問題並非沙利葉，而是由真奧提出來的。

「打從MdCafé改裝完後，與其說木崎小姐變得跟以前不太一樣，不如說是變得比以前更有幹勁……」

過去從未展現出任何疲態的木崎不但說了「真是累人」，還用並非標準程序的做法替常客的熱咖啡先生泡了咖啡，還有——

『我的目標，就是要成為那個酒保！』

那句訴說想成為服務業專家，酒保的夢想。

而那樣的木崎居然在調查原本是餐廳的空店鋪。

從這些線索導出結論並非難事。

「我之前曾經說過類似在麥丹勞想成為酒保，會很困難之類的話吧。」

「……嗯。」

木崎不但是真奧在麥丹勞出人頭地的目標，同時也是他十分尊敬的人物，因此在看見木崎那副可疑的樣子後，真奧忍不住大聲問道：

「難不成……木崎小姐打算辭掉麥丹勞，哇啊！」

真奧煩惱到最後提出來的問題，才問到一半就因為被木崎用檔案夾拍了一下頭而中斷。

「笨蛋，你想太多了啦。」

「嗚，就算只是檔案夾，被邊角打到還是很痛……」

連勇者的聖劍都無所畏懼的魔王，居然因為店長檔案夾的邊角而變得淚眼盈眶。

看見真奧那副德性，木崎訝異地嘆了口氣。

「唉……你說的對。我這幾天的確是有點反常，對員工們也很抱歉。因為在麥丹勞勉強能辦到的事情變多了，結果就讓過去的夢想以奇怪的方式浮現出來了。」

「過去的……夢想？」

真奧摸著疼痛的頭頂仰望木崎。

「沒錯。特別是小千，還是知道一下比較好喔。即使是大人，一樣會描繪將來的夢想。」

木崎微笑地說道。

「我在東京被錄取的同期職員中，成績可說是出類拔萃的好。」

木崎突然說出這種就算不用特別強調也眾所皆知的事情。她的視線既非對著沙利葉，亦非對著真奧，而是掛在感覺有些寂寞的店面上的「店面出租」告示。

「不過，我最近偶爾會這麼想——我想嘗試光靠自己一個人的力量，究竟能戰鬥到什麼程度。」

「意思是雖然不是現在，但有在考慮將來獨立的事情嗎？」

「嗯，大概就是那樣。」

木崎乾脆地回答惠美有些委婉的提問，但由於真的回答得太過乾脆，反而讓真奧因此嚇了一跳。

「當然，只不過是含糊地想著『若能那樣子就好了』的程度而已。並沒有在實行什麼具體的行動。」

「我倒是覺得光是來看店面，就已經算是非常具體了……」

「這種程度不過就像瀏覽打工雜誌，然後還沒工作就開始夢想第一份薪水要拿來做什麼一樣，只能算是遊戲而已。」

「唔！」

「嗯……」

「呃……」

真奧、惠美以及千穗，像是被說中了什麼似的發出呻吟。看見這群年輕人如此坦率的樣子，木崎露出微笑說道：

「不過這也算是一種了不起的動機。沒什麼好難為情的。」

木崎走近店面的窗戶，看著籠罩在夕陽底下的店內。

「我持續地締造業績，並獲得同期同事的大力讚揚，但我並不覺得自己做了什麼跟他們相差甚遠的事情。至少幡之谷站前店的營業額能經常維持在去年的百分之百以上，並非我一個人的功勞。」

「才、才沒有那種事！儘管我經常聽說其他店長的壞話，或是哪間店有缺乏幹勁的打工人員等等，不過這些話題不都跟我們無緣嗎？而且店裡也幾乎沒有令人困擾的客人，這些明明都是木崎小姐的功勞！」

千穗激動地說著，但木崎只是頭也不回地搖頭回答：

「雖然妳這麼說讓我很高興，不過很可惜這真的並非我一個人的力量。我在那間店工作了一年半，雖然以一個店長而言，我待在同一間店的期間確實是異常的久，但我之所以能在那間店建構出現在的體制，不過是因為有某個存在事先花了比我更長的期間，替我打造了適當的基礎罷了。你知道那是什麼嗎？」

木崎看向沙利葉映在窗戶上的眼睛，動也不動地問道。

「……是前任店長嗎？」

沙利葉的回答讓木崎皺起眉頭說道：

「虧你總是女神女神地用這種令人害羞的名稱叫我，並反覆做出類似跟蹤狂的行為，但你根本一點都不了解我呢。」

沙利葉因為木崎嚴厲的回答而感到沮喪。

「阿真，都說到這種程度了，你應該知道吧。模範解答呢？」

「是名叫麥丹勞的公司……也就是所謂的品牌吧。」

真奧毫不猶豫地回答，木崎也點頭同意：

「我是麥丹勞的一員，這是我的驕傲，而麥丹勞讓我學到的東西以及帶給我的恩惠更是無可計量。正因為如此，即使我有一天真的爬上了麥丹勞的頂點，也只是模仿許多人在這條路上事先留下來的痕跡罷了。而我在那間店創造出來的其中幾項成果，也是因為打從一開始就有這個名叫麥丹勞的系統存在的緣故。」

「是那樣嗎？」

面對惠美的小問題，木崎既不肯定也不否定，只是露出更深的微笑。

「妳……是遊佐小姐吧。當遊佐小姐下班回家後，會用黏塵滾輪整理自己洋裝的肩膀部分

嗎？」

「咦？不、不會，再怎麼樣也不會做到那個地步……」

惠美不自覺地看向自己的肩膀，搖頭回答。

「那麼在洗手時，會用肥皂洗到手肘，並用刷子把所有的指甲都刷乾淨消毒嗎？」

「我、我是會用肥皂啦……」

「對吧？一般光是用肥皂洗手就夠了。畢竟日本的肥皂很優良呢。」

說完後，木崎將自己有著美麗肌膚、就算去當手部模特兒也沒問題的手，緩緩地攤在夕陽底下。

「我剛才說的是麥丹勞長年來一一推廣到各分店的傳統作法。若想在麥丹勞以外的地方讓所有工作人員都培養出這種衛生習慣，光靠普通的教育可是辦不到的。就這方面而言，我在那間店根本就沒光靠自己一個人達成任何事。」

木崎直到這時候才首次將視線從空店面上移開，回頭看向真奧等人。

「當然我想做的事情，還有很多是只有在麥丹勞才能實現。之前我一時得意忘形，打算配合知道喜好的常客口味來泡咖啡，雖然勉強應付過去了，但那真的非常累人呢。而這次又差點跟奇怪的店面扯上關係，讓我清楚地了解到自己的實力有多麼不足。看來下次想談論夢想，還得再等上一段時間呢。」

「妳、妳之前曾做過這種事嗎？」

難以想像木崎首次說出喪氣話的那天，居然在二樓做出那種超人的舉動。一部分也是因為新開幕沒多久，照理說那天的來客數應該還滿多的才對。即使只針對常客，人數應該也不少，沒想到她居然記下了所有人的喜好，並配合他們的口味泡咖啡……

「那、那該不會木崎小姐泡給我們喝的咖啡……」

「啊，不好意思，我也覺得那有點狡猾。因為我想至少替自己增添一點店長的威嚴。」

木崎惡作劇似的眨了一下眼睛。

「我之所以會泡『今天請的一杯』給你們喝，也不是為了好玩喔。阿真比較喜歡不會太燙、苦味較強的咖啡，小千則是加了大量牛奶的無糖派對吧？」

只要達到了當日目標的營業額，木崎一定會請所有員工喝一杯白金烘焙咖啡，但總之她似乎耗費了一段很長的時間，利用作法較為樸素的麥丹勞咖啡把握了所有員工的喜好。

「「……」」

這下真奧與千穗也只能啞口無言。

「不過即使如此，也別認為『麥丹勞．咖啡師』的講習毫無意義喔？光是能更加了解自己處理的商品，就能以之為基礎邁向新知識與技術的世界。無論是什麼樣的夢想，都必須從累積這些小小的一步開始才能抵達呢。」

說完後，木崎像是在玩味自己的言論般繼續說道：

「我現在在麥丹勞過著安定的生活。只要能有你們這些優秀的部下並持續締造業績，或許我有一天能夠出人頭地吧。不過……」

木崎用力握緊掛在肩膀上的側肩包。

「身為一個人類，總是會想替專屬於自己的歷史……踏出一小步，這樣的夢想一直都棲息在內心的某處。並非在別人畫的地圖上補充一些細微末節的小事，只要能有機會，我也想試著自己描繪一張全新的地圖。」

木崎暢快地說著，並展現出宛如少女般純粹的眼神。

真奧與千穗憧憬的麥丹勞能幹店長，正在訴說連千穗這年紀的少年少女們都很少會掛在嘴邊的未來夢想。

想成為精通各種服務的專家，酒保。

那就是木崎的夢想。

透過意外地負責了幡之谷站前店的MdCafé業務，讓她的夢想重新燃起了新的火種。

正因為能幹，所以木崎才會不安於現狀，夢想著更長遠的未來。木崎就是透過這些特質，才得到了替未來夢想努力的資格與生活方式。

「雖然對夢想的看法或許會改變，不過視當事人的氣概與首要的東西而定，還是有可能找到新的夢想。不過能不能進展順利又是另一回事了。」

木崎聳聳肩，指向沙利葉公寓的空店面。

「這間店的外觀以前看起來還滿時髦的對吧？」

「好像……是那樣沒錯。」

沙利葉邊搜索記憶邊回答，木崎也點頭回應。

「我就覺得從設備來看這租金未免也太便宜了，看來果然有什麼內幕呢。」

木崎不滿地說道，從她說的話來推斷，除了觀察店面以外，木崎事前應該也實際拜訪過仲介業者了吧。

「不過這是為什麼呢？既然是開在公寓底下，那住戶應該也能過來光顧，再加上這附近又沒有其他餐廳跟它競爭……如果有配合公寓打造出時髦的外觀，那應該也能吸引顧客吧……」

至今一直保持沉默的蘆屋，針對真奧的疑問提出反駁：

「……雖然說好聽一點是那樣，不過仔細想想，這些不全都是缺點嗎？」

「為什麼您會那麼認為呢？」

木崎因為跟蘆屋不熟而使用敬語問道，蘆屋戰戰兢兢地仰望沙利葉的公寓說道：

「從外表看來，這間公寓的世代數應該不多。無論開得再怎麼近，居民也不可能每天都去同一間餐廳消費。一旦膩了之後，客人就不會再來。何況既然位於幡之谷，那麼從平均的角

度來看租金應該也不便宜吧。這麼一來，這部分的成本勢必會反映到價格上面。假設一杯咖啡要價五百圓，在這個年頭想賣到這個價錢，除了商品的品質以外，一定還需要有其他的附加價值。不過……」

蘆屋環視周圍繼續說道：

「明明我們這一大群人從剛才開始就一直站在這裡，卻完全沒擋到路人。既然前面沒有十字路口，只有一條筆直的單線道，那麼經過這裡的車應該也只會專心通過，就算交通量大也無法期待對來客數有什麼正面的影響吧。更何況只要再往前開，就能開到有許多商店街跟各式各樣店舖的行政道路。」

蘆屋這次換抬頭看向公寓的住宅部分。

「這裡離車站跟商店街都有一段距離，附近也沒有其他商店。講好聽一點是沒有競爭對手，但既然沒有其他商店，就表示大家都沒什麼必要來這附近，連帶也不會有客人來這間咖啡廳。就算想賺通勤族的錢，這附近又都是住宅區，因此只有這附近的居民會注意到這間店，集客範圍實在太狹小了。而致命一擊，應該就是隔壁開了間便利商店吧。」

木崎佩服地聽著蘆屋的解說。

「這附近的家庭式公寓不多，基本上都是出租給單身人士，離聚集了透天房屋的住宅區也有點距離。若附近只有咖啡廳跟便利商店能夠消費，那麼不用想也知道住公寓的單身人士會選擇哪一邊了。這年頭怒濤流或月巴克之類的商品出現在便利商店，已經是一件理所當然的事情了。考慮到住在公寓裡的單身人士生活型態，他們平常應該也沒什麼訪客，就算有，大部分的活動也都是在家裡進行吧。就這點而言，咖啡廳也絕對贏不了隔壁的便利商店……大概就是這樣吧。」

蘆屋饒舌地分析了起來，但一想起說話的對象是木崎，還是戰戰兢兢地徵求對方的意見。

木崎聽到一半便閉起眼睛，將手抵在形狀姣好的下巴上，接著她並未轉向蘆屋，而是看著真奧說道：

「你有位出色的軍師呢。」

「不、不敢當。」

儘管是被間接地稱讚，蘆屋還是彎下修長的身軀行了一禮。

「我的意見跟你完全一樣，這間店舖就只有外觀跟設備好而已。不過作為飲食業的店舖，這裡完全沒有任何集客的必要條件。考慮到位置特性，最適合的應該是理髮店或美容院吧。光是能知道這點，就已經算是有收穫了。」

木崎笑著點頭說道。

「那麼，不好意思居然為了這種無聊的事攔住你們。我接下來要去店裡，你們已經要回去了嗎？」

「啊，是的，我們今天也到這裡就結束了。」
真奧點頭回答後，木崎轉身面向惠美等人。
「這樣啊。不好意思讓遊佐小姐跟各位陪我討論夢想了。做為回禮，下次我請大家喝MdCafé的特製咖啡歐蕾好了。要是最近有來到附近，還請務必光臨本店。」
說完後，木崎瀟灑地準備離開。
「……啊……」
然而她的背後卻傳出了一道欲言又止的微弱聲音。
木崎精準地聽見了那道差點被高跟鞋的聲音掩蓋過去的聲響。
「……我還在想你最近怎麼看起來沒什麼精神，看來原因應該不是出自店裡的營業狀況不佳吧？」
木崎並沒有回頭，不過她這句話——
「不、不是……呃……那個……」
確實是對目前正發出微弱哀求聲的沙利葉說的。沙利葉大概也知道就算告訴木崎真正的理由，也只會讓木崎對他感到更加失望，所以便開始吞吞吐吐了起來，可是這當然瞞不過木崎的眼睛。
「根據我聽來的狀況，似乎是因為我禁止你出入麥丹勞的緣故。」

「唔！」

就連跟麥丹勞以及肯特基沒有直接關係的惠美跟鈴乃，都能從千穗那邊聽來的間接消息了解狀況。那麼木崎應該也打從一開始就知道了吧。

「沒想到你的心理狀況也跟正常人一樣呢。我本來以為如果是你，隔天應該會照樣帶著紅色玫瑰配上看起來熱死人的非洲菊展開突擊呢。」

「如、如果做到那種地步，不就變成跟蹤狂了嗎……」

沙利葉戰戰兢兢地進言，木崎不屑地聳聳肩說道：

「要不是我這邊有一笑置之的度量，你至今所做的那些行為早就已經稱得上是跟蹤狂了。雖然我不曉得你是從哪裡打聽到我的年齡，不過這年頭光是配合歲數送玫瑰花就已經能算是性騷擾囉。」

「你、你曾經做過那種事嗎？」

「太誇張了，哪有人這樣的啊。」

「唔哇，真難為情。就是因為有你這種人，我們的評價才會下滑。」

面對千穗、真奧以及漆原接連的非難，沙利葉只能啞口無言。

「直到現在，我依然確信禁止你出入麥丹勞是正確的判斷。這完全都得怪你一見到女性就擺出莫名其妙的態度，不過……」

木崎板起臉稍微回頭看向沙利葉。

「這段期間內，感覺我好像在利用你的戀慕之情貶低肯特基似的，讓人覺得很不是滋味。若不能靠生意擊敗生意上的對手，對酒保而言可是一種恥辱。」

「……那、那麼……」

木崎誇張地嘆了口氣，再次背對沙利葉說道：

「與其看你一臉沮喪地被狗小便，不如讓你到我們店裡胡鬧還比較好，至少這樣看起來還比較有精神。從明天開始，如果你想來麥丹勞就來吧。」

此時沙利葉表情的變化，實在是難以言喻。

在場的所有人彷佛能直接看見沙利葉內心的景象，那就像一隻忍受嚴寒極地的企鵝雛鳥，在照射到穿過雲間的陽光後睜開眼睛體會生命的喜悅一般，他的表情看起來似乎連靈魂的顏色都變了。

「不過！」

木崎不忘嚴厲地叮嚀。

「別再送玫瑰了。如果想在店裡裝飾盆栽，必須先向主管機關提出申請，這點你那邊應該也一樣吧。每次都要一一申請可是很麻煩的。還有我不會說第二次，要是你敢再替店裡的員工或客人添麻煩，到時候我真的就要永遠禁止你出入店裡了。到時候就算必須提起訴訟，我也在所不惜。」

一口氣說完後，木崎沒等沙利葉回答便快步走向夜晚的幡之谷。

「……這、這就是所謂的只要結果沒問題就好了？」

「大、大概吧。」

沒想到居然能以如此出乎意料的方式解決一宗懸案，讓惠美與真奧都因此看傻了眼。

「嗯……？沙、沙利葉大人？」

「沙利葉先生，沙利葉先生，請你振作一點！浮、浮起來了！」

沙利葉臉上浮現出宛如陶俑般的笑臉，茫然地目送木崎離開，或許是因為心裡洋溢著喜悅，他的身體甚至還不自覺地發光，開始從地面浮了起來。

幸好這條路的行人不多，不過看來想等沙利葉恢復意識跟矯正他這無論精神上還是物理上都飄飄然的狀態，還需要花上好一段時間。

※

週末的星期六。

麥丹勞・咖啡師的講座當日，天氣晴朗到令人討厭的程度。

在木崎允許沙利葉自由出入麥丹勞的這幾天內，至少看在真奧的眼裡，千穗的技術並沒有顯著的進步。

雖然真奧跟惠美並非每次都有出席訓練，但至少就蘆屋跟鈴乃的報告來看，事情也的確是那樣沒錯。

打從那天晚上開始，法爾法雷洛跟伊洛恩都沒再出現，目前正呈現出一種長期戰的狀況。

上午九點，尚未完全升起的太陽彷彿正全力照射出夏季最後的光芒，而讓跟千穗約好在笹塚站會合的真奧對氣溫感到十分不耐，他正在等待似乎對今天的講習莫名期待的千穗。

雖說是暑假，但勤勉的學生依然意外地忙碌。除了要處理學校的社團跟打工以外，剩下的時間還得忙著接受訓練。

儘管在七月中便將與課業有關的作業悉數完成這點很有千穗的風格，但真奧還是因為將她捲入這種脫離日本常識的狀況感到內疚，並打算等今天的講習結束後慰勞一下她平日的辛勞。

此時真奧口袋裡的手機開始震動了起來。

「怎麼了？真難得，該不會是遲到了？」

為了參加講習，真奧難得帶了個裝了筆記用具的手提包。就在真奧拿出放在手提包口袋裡面的手機，準備接電話時——

「（真奧哥，我在你後面。）」

「唔哇啊啊？」

真奧因為腦中突然出現聲音而嚇得跳了起來。

「啊，對、對不起，嚇到你了。」

只見身穿藍綠色連身裙、背著大型側肩包的千穗，正以講電話的模樣站在真奧後面。

「你還好吧？我本來只是想讓你驚訝一下……對不起。」

即使認出了千穗，真奧的心跳依然難以平復，而千穗也一臉非常抱歉似的低頭道歉。

「不、不會，沒關係啦，雖然沒關係，但剛才那是怎麼回事？」

真奧因為發現千穗手上其實並沒拿著手機而眨了眨眼睛。

「嗯，是概念收發。」

「妳、妳已經學會了嗎？」

從千穗身上，完全感覺不到因為讓聖法氣活性化所產生的呼吸紊亂或疲勞的氣息。且讓真奧嚇一跳的聲音，也的確是直接傳送到他的腦內。

「其實還沒有呢。我想剛才真奧哥的手機應該有響一下對吧。」

「嗯，有響。」

真奧凝視至今依然開著的手機，並翻閱了一下來電記錄。

「未顯示來電？印象中我應該有設定拒接無來電顯示的電話啊……」

原本打算搜尋千穗來電記錄的真奧雖然撲了一個空，但還是發現記錄裡留下了「未顯示來電」的文字。

「光靠我的力量，還無法在不借助放大器的情況下使用法術。雖然我自己是不用特別拿什麼東西，但對手若沒帶手機，就無法對我的法術收訊。」

「對能夠正常使用法術的我們來說，反倒是妳的那種做法比較困難呢……」

「鈴乃小姐跟沙利葉先生也是這麼說的。」

千穗苦笑道。

「就像是用聖法氣打電話那樣吧？這可不是通話費免費那種等級的狀況喔？」

「我無論如何就是無法理解跟對方的腦部直接連結在一起的概念。不過因為我知道只要對手機傳送特定的號碼跟頻率就能通話，所以就試著背下了鈴乃小姐的手機號碼……然後好像就成功了。」

「然後就成功了啊。」

雖然千穗說得一副若無其事的樣子，但就連直接跟艾美拉達用手機進行概念收發的惠美，都沒想到有這種使用方法。

基本上放大器這種東西，應該是要放在施術者手邊才對。居然可以自己不用準備，直接利用對方的放大器，這到底是怎麼回事呢。

「……就算想試著模仿妳，我們的魔力上限也還是太低了呢。」

直到現在，真奧都還不曉得惠美跟鈴乃是用什麼方式補充聖法氣。

雖然漆原似乎因為某個契機而發現了——

「就算知道，我們也沒辦法拿她們怎麼樣。」

但他只回答了這句話，而沒告訴真奧真相。

既然千穗與惠美等人都是用相同方法補充，那麼她今天應該有在某處看過吧。

「總、總之無論如何，小千變得有辦法向我們求救終究是件好事。妳能夠收發訊息的範圍大概是多少啊？」

「從昨天的訓練來看，半徑約一百公尺的範圍內都能勉強做到。」

「半徑一百公尺啊。雖然以初學者來說算是很厲害了，但我也不曉得那樣到底算寬還是窄，畢竟伊洛恩的結界似乎能隔絕手機訊號呢。法術本身其實並不太會受到電波的狀況影響，所以還是別考慮理論上的最大距離會比較好吧。」

真奧以有些嚴肅的表情說道。

「唉，反正我們今天都會一直在一起，應該也不用那麼在意吧。」

「……唔。」

真奧自然地說出「一直在一起」，讓千穗輕輕地倒抽了一口氣。

「好、好久沒這樣了呢。跟、跟真奧哥兩個人長時間在一起……」

被千穗這麼認真地一說，真奧也稍微擺出回想的樣子。

「啊……這麼說來，新宿的地下道事件……距離現在也才不到三個月，真是令人有點難以置信呢。」

兩人的對話就這麼結束了。

「…………………唉。」

雖然能夠理解，但千穗還是不得不嘆了口氣。

「那我們走吧。」

說完後，真奧拿出事先買好的車票走向驗票口。

「……好的。啊，請稍等一下，我還沒買票。」

等有些遺憾地嘟起了嘴的千穗慌慌張張地走到售票機，並買好了一站分的票後，兩人便穿過了驗票口。

在某根柱子的背後，有三對眼睛正看著那樣的魔王與高中女生。

「為什麼我非得做出這種像在跟蹤別人約會的偷窺行為不可啊。」

「這也沒辦法。即使千穗小姐大致學會了概念收發，但魔王本人幾乎沒有戰鬥能力啊。」

「若是為了我女神的員工安全，那我早就做好了犧牲一切的覺悟。」

「你的態度也未免轉變得太快了吧。難道你今天都不用工作嗎？」

「隨便妳怎麼說。女神也說過了吧，人無論活到幾歲，都必須為了新的夢想向前邁進！當然為了不在女神面前感到難堪，我絕對不會做出翹班這種蠢事！所以我可是有好好地請了特休喔！」

那三對眼睛的主人，正是惠美、鈴乃以及沙利葉。

當然，他們打從一開始就決定好要在後面跟蹤，以保護真奧與千穗的安全。

令人意外的是，沙利葉似乎是真心掛念千穗的安全。

惠美等人原本以為沙利葉在獲得木崎的原諒後，便不會再遵守陪千穗訓練的約定，沒想到他卻反而比之前更充滿了幹勁。

沙利葉現在對真奧跟惠美的態度也是和善到令人覺得噁心的地步，就連千穗在學會利用放大器安定地發動法術之前，所有租借練習場的費用也都是由他負責買單。

就連今天也一樣，沙利葉一知道真奧要跟千穗去參加麥丹勞的講習，明明沒人拜託他，他還是像現在這樣一大早就跟過來了。

「唉，反正只要你別礙事就好……走吧，小心別跟丟囉。」

三人追著真奧等人穿過驗票口，一面偷看站在月臺最前方等候前往新宿方向電車的真奧與千穗，一面小聲地討論。

「居然會說『人無論活到幾歲』這種話……表示你們是『人類』囉？」

為了確認之前從加百列那裡得來的情報是真是假，惠美趁機開門見山地向沙利葉問道。

明明前陣子就算是奇蹟發生，沙利葉也不可能和善地對待惠美，沒想到這個狀況居然因為麥丹勞的店長而實現了，看來事實果然比小說還要離奇。

「加百列那傢伙說溜嘴了嗎？」

沙利葉乾脆地肯定了。不僅如此，他甚至還看穿惠美會這麼想的原因是出在加百列身上。

「那你們果然……」

「嗯，沒錯。至少我並不認為自己是什麼超越常理的存在。雖說是天使，但也不過是擁有勝過安特・伊蘇拉人的壽命、智力、體力、聖法氣容量、外表以及神聖的領導氣質，單純具備超越常人能力的人類罷了。」

「啊啊……我的信仰心發出崩壞的聲音……」

鈴乃在兩人後面呻吟道。

「雖然你那種說法還滿討人厭的……那我問你一個問題。」

「什麼事？喜歡的女性嗎？我的女神。」

「我知道。不過對方不是都叫你別那樣叫她了嗎？這樣會讓人很累，拜託別鬧了啦。」

惠美邊用毛巾擦掉額頭的汗水邊問道：

算短。

「天界的社會構造到底是怎麼樣啊？」

「還真是個隨便的問題呢。如果要說明，那可是夠我們搭到京王八王子站再搭回來喔。」

沙利葉歪著頭講出了與新宿相反方向的終點站。不過實在很難判斷這個時間到底算長還是

「那……請告訴我天兵大隊的事情吧。」

「嗯？」

鈴乃接替惠美小聲地詢問。

「他們用的武器十分粗糙，遠遠不及沙利葉大人的巨鐮或加百列的杜蘭朵之劍。請問沒被嚴密區分為天使或大天使的天兵大隊到底都是些什麼樣的人？」

鈴乃在代代木docodemo塔的戰鬥中，曾經破壞天兵大隊的武器，而其碎片至今仍被保管在她的房間裡。

天兵大隊們的武器十分粗糙，明顯是以精練技術低劣的金屬鍛造而成，甚至鈴乃只要一腳就能破壞，實在不像是自稱天使者所使用的武器。

「啊，因為天兵大隊的成員以前只是普通的安特・伊蘇拉人。所以那大概是他們自己擅自打造，或是原本就帶在身上的吧？」

「啊？」

面對這出人意料的答案，惠美也同樣發出了驚嘆。

「天兵大隊的成員，是安特・伊蘇拉的人類？」

「沒錯。」

沙利葉乾脆的回答，讓兩人大吃一驚。

「在聖典或神話中，應該也有不少人類被天使召喚的例子吧。那些有滿多都是真的喔。」

「可、可是在教會歷代著名的聖職者中，雖然有人被教會列為聖人，卻從來沒人受到上天的召喚……」

此時正好開往新宿的電車到站，三人便將討論的場所移至有冷氣的車廂內。

「我們這邊也有選擇的權利吧。選那種在教會裡持續進行權力鬥爭，徒增不必要的智慧跟只有對名譽的慾望高人一等的老頭子和老太婆有什麼用？讓那種人加入只會徒增禍害，所以我們都是從民間挑人啦。」

「民間……」

「像是戰爭孤兒，或是被大國虐待的奴隸之類的，從那些人當中被挑選出來的就是天兵大隊。他們是會替天界處理各式各樣的雜務，非常方便的重要人才。那些人原本就非常的虔誠，又被天界的人從地獄深處解救出來，所以絕對不會背叛我們。妳們如果想升天，還是還俗會比較有機會喔。」

沙利葉的說明只能以露骨來形容，而且甚至還幾乎否定了教會的一切。

「當然我們並非完全不需要教會。畢竟提到讓人養成信仰的習慣這點，再也沒什麼組織比教會還要優秀了。」

儘管鈴乃能用理論與理性來區分教會身為信仰依據的機能，以及政治方面的機能，但聽了這些話後還是不由得懊惱了起來。

「當然還不只這樣，只要是對天界有用的人才，就算有點問題也還是會被召喚。雖然具體的例子不多，但奧爾巴．梅亞的目標應該就是這個吧。」

「別說蠢話了，奧爾巴做的事情等於是在助紂為虐，替安特．伊蘇拉帶來新的慘劇。如果連那種人都能被認同並被召喚到天界，那才真的是有必要連天界一起毀滅呢。」

看見惠美板起了臉，沙利葉聳聳肩地回答：

「真是的，妳還真恐怖……」

離開笹塚走在高架橋上的電車，終於又緩緩回到了地底。一進入隧道後，新宿馬上就在眼前了。

「不過……像加百列那樣的『第一世代』跟我和拉貴爾這種『第二世代』之間，在情報量上有著巨大的隔閡。真要說的話，我也對那群第一世代不願公開這些資訊而感到有些不滿。」

「第一世代跟第二世代是什麼意思？」

「咦？你們沒發現嗎？至今出現在你們面前的天使，應該有兩種對吧。」

「……啊。」

鈴乃像是發現到什麼似的拍了一下手，看向站在自己身邊的沙利葉的眼睛。

「眼睛是紫色的天使跟紅色的天使……」

「沒錯。紅色是第一世代，紫色是第二世代。姑且不論天兵大隊那些人，天使大致上可以被分成這兩種。」

「換句話說，路西菲爾是第二世代囉？不過他的地位卻跟加百列一樣？」

「嗯……關於路西菲爾，其實我所知道的事也不多。雖然他好像從以前開始生活態度就很不好。」

沙利葉搖頭說道。

「打從我有印象時開始，路西菲爾就已經不在天界了。不過我自己在第二世代中也算是老資格了，所以也不是很清楚在那之前的第二世代到底發生了什麼事情。」

「那麼具體來說，第一世代跟第二世代之間到底有什麼不同？是擁有第一世代的父母之類的嗎？」

沙利葉用力點頭回答了鈴乃問題。

「嗯，看來這點有說明的必要呢。說到第一世代跟第二世代的分界線……」

此時電車剛好通過新宿站地下鐵路的切換點，讓車身大大地搖晃了一下。

「到了呢。」

雖然很在意沙利葉後續要說的話，但也不能因此跟丟真奧與千穗。

三人在乘客不多的車廂內往門的方向移動。

在這個時間點，無論是惠美還是鈴乃，都還無法判斷到底該如何解讀沙利葉與抵達終點站新宿的廣播同時宣告出來的真實。

「在『大魔王撒旦的災厄』前出生的是第一世代，之後的則是第二世代，至少我是這麼聽說的。」

寬廣的會議室中，設置了整整十臺的全新咖啡機。

包括真奧與千穗在內，今天約有一百名左右的員工與職員為了參加「麥丹勞・咖啡師」的講習，而聚集在位於新宿西口方向的麥丹勞總公司大樓。

沒想到除了自己以外，居然還有那麼多的員工為了磨練MdCafé的技術而齊聚一堂，讓真奧覺得有點感動。

「感謝各位在百忙之中特地前來參加麥丹勞・咖啡師的講習會。關於講習，首先麻煩大家

確認一下報名表上的號碼與桌上號碼是否相同。然後確認分發的資料是否有所缺漏……」
由麥丹勞商品管理部門的職員負責擔任的司儀，正仔細地叮嚀大家確認講習需要用到的東西。
「那麼首先請各位看一片長度約二十分鐘，介紹MdCafé是何種營業型態的ＤＶＤ。在那之後，希望能直接進入具體的講習。」
會議室內開始變暗，被編輯成教材的影片正投射在會場中間的大螢幕上。
「像這種平淡的進行方式還真不錯呢，而且也很淺顯易懂。」
真奧一邊思考著教材影片與電視節目編輯方式的不同，一邊認真地看著ＤＶＤ抄寫筆記。
「……這是什麼啊？」
然而一旁卻突然有人出聲搭話，讓他嚇得將頭轉向旁邊。
等回過神來，真奧才發現會議室裡只剩自己一個人。因為報名順序的關係而坐在稍遠處的千穗也不見了。不知從何時開始，身穿甲冑的伊洛恩已經坐在自己的隔壁。
「……法爾法雷洛不在這裡喔。雖然他在附近的建築物監視，但這裡只有我一個人。」
像是為了安撫慌張的真奧般，伊洛恩面無表情地說明。
「那、那傢伙正躲在結界裡的某處徘徊嗎？」
「他叫我找機會把你抓走。不過這附近的人實在太多了，所以我也無機可趁。」

少年坦率但隨性地回答。

即使是現在，螢幕上依然持續在播放教材用影片。

這種超現實的狀況，讓真奧不禁想要笑出聲來。

「法爾法雷洛還叫我確認你為了征服世界，正在進行什麼樣的準備。這是什麼影像？跟征服世界有關嗎？」

螢幕上顯示出一位國外的麥丹勞員工，正在利用比幡之谷站前店還要巨大的設備製作MdCafé的餐點。

基本上MdCafé最早似乎是從澳洲開始，之後才流傳到美國的總公司，而日本則是直到最近才開始導入這種營業型態的樣子。

一位讓人難以想像是麥丹勞員工的魁梧盎格魯撒克遜男性，正在用卡布奇諾的奶泡拉出心型符號與葉子的圖案，雖然這畫面看起來極富喜感，但依舊令人欽佩。

「當然有關。我現在做的每一件事情，對征服世界而言都是有所必要的呢。」

「喔，這樣啊。」

「……你還真是個老實的傢伙呢。」

伊洛恩佩服地回答，讓真奧有些難以進入狀況。

「法爾法雷洛他們說用武力跟恐怖來征服世界才是正確的。這個影像是在教人怎麼製作增強武力的藥嗎？」

除此之外，伊洛恩也比想像中要來得饒舌。看來法爾法雷洛現在真的不在附近吧。

「嗯，這個嘛。間接來說，應該也能這樣解釋吧。你知道什麼叫產業嗎？所謂的產業，就是將各式各樣的地方相互、多樣並緊密地連結在一起。只要能泡出好喝的咖啡，就能間接提升生產性與鼓舞士氣，因此也不能說跟生產優質兵器與武力完全無關。」

伊洛恩看起來一副真的很疑惑的樣子。

「產業啊……我不是很懂呢。」

「我也不是很懂，所以才會在這裡學習啊。」

「學習？」

伊洛恩困惑地反問。看來少年雖然知道什麼叫征服世界，卻不曉得「學習」這個字眼的意思。真奧原本打算解釋——

「……因為太過簡單，所以反而讓人不曉得該怎麼說明呢。」

但在嘟囔了一下後，便發現影片裡正在放映自己從未見過的南美咖啡田的景象。

「啊，對了。所謂的學習，就是為了得知自己以前不知道的事情而展開的行動。」

「所以你正在學習……那個叫產業的東西囉？這跟征服世界有關嗎？」

儘管看起來還是搞不太懂，但伊洛恩依然勉強像阿拉斯．拉瑪斯那樣，用剛學會的字彙來

發問。

「沒錯，我們魔王軍完全不懂由『國家』支配『人民』到底是怎麼回事。我就是為了學習那個，才會留在這個國家進行征服世界的準備。而這也是其中的一環。」

此時畫面上正在說明日本麥丹勞針對MdCafé未來展開的企業願景。

「這都是為了我的下一步……以全新形式征服世界的夢想。」

「新的，夢想。」

伊洛恩像是在咀嚼真奧話中的涵義般，緩緩地複誦了一次。

「好像很有趣呢。」

在留下這句話後，伊洛恩便突然從真奧眼前消失了。

真奧面前又恢復成大批學員正注視著螢幕，參加講習的景象。

真奧觀察了一下千穗，看來她並未發現這裡剛才發生的異常狀況，而且千穗本人也沒有被傳送到伊洛恩結界裡的氣息。

「喂、喂。」

「嗯？有什麼事嗎？」

真奧因為有人突然從背後輕聲拍了一下自己的肩膀而回頭一看，接著便發現一位坐在後面的其他分店男性員工，正臉色蒼白地往這邊看。

「你、你剛才一直都坐在那裡嗎？」

原來如此，雖然千穗沒發現，但對一直坐在後面的男子而言，被抓進伊洛恩結界裡的真奧看起來應該像是幽靈般忽然消失，然後又忽然出現吧。

稍微思索了一下後，真奧小聲地回答：

「啊，那個，我剛才把筆弄掉，然後找了很久。」

「……啊，這、這樣啊，說的也是。嗯，抱歉問了你這麼奇怪的問題。」

儘管那位男性員工看起來還有些無法釋懷，不過並未繼續追問下去。

「唉，就算被人懷疑，也頂多是這樣吧。」

真奧以別人聽不見的音量小聲嘟囔道，然後再次將精神集中在講習的ＤＶＤ上。

「啊！是不是那些人啊？」

「總算結束了，我都快等到不耐煩了。」

「又要出去外面啦……唉。」

勇者、聖職者以及大天使三人，於鄰近麥丹勞東京總公司大樓附近的月巴克咖啡內尷尬地開了三個小時的茶會，等待真奧與千穗。在這個夏日陽光最活躍的時段中，突然有一大群人同

時走出了麥丹勞的大樓。

從那些人幾乎都穿著輕鬆的便服來看，幾乎能夠確定他們並非正式職員，而是參加講習的員工們。

「魔王跟千穗小姐在哪裡啊？」

「從這裡實在是找不太到呢……」

由於現場有將近數百名的人潮，因此想找出真奧與千穗並非易事。

就在那群人三五成群地散開之後——

「應該是那個人吧？」

沙利葉發現有某個男人單獨留在正面玄關前面。雖然那個人看起來就是真奧，但他正頻頻地四處張望，將手機抵在耳邊。

惠美與鈴乃見狀，頓時膽顫心驚了起來。

真奧的表情，明顯並非單純在找失散同伴的樣子。

難不成——

「魔王！」

惠美下定決心衝了出去，趕到驚慌失措的真奧身邊。

「啊，惠、惠美！」

儘管真奧因為惠美突然出現而大吃一驚，但還是搶在惠美發問之前脫口問道：

「妳有看見小千嗎？」

果然。

惠美心中感到十分懊悔。

「千穗小姐不見了嗎？」

「真是的，你到底在幹什麼啊。」

「你、你們也在啊？」

看見沙利葉與鈴乃接連出現，就連真奧也嚇了一跳。

「你們什麼時候分開的？」

「不到十分鐘前。剛走出會議室時，我們確實還在一起！」

「應該不會是去洗手間之類的狀況吧？」

「啊啊……可惡！太大意了！這完全是我的失誤！要是當時有好好逼問那傢伙……」

雖然真奧看起來打從心底感到後悔，但晚點再追究責任也還來得及。

「現在不是說這種話的時候吧！既然你跟我們都沒發現，那千穗很可能是被伊洛恩的結界給綁架了。從千穗沒對我們使用概念收發來看，或許是他們讓她失去了意識。」

儘管認為惠美的分析很有說服力，但真奧還是只能忙著乾著急。

「可惡……怎麼辦……到底該怎麼辦才好！」

「冷靜點！就算你焦急又有什麼用！」

惠美搖晃真奧的肩膀打算讓他振作，但真奧還是完全無法恢復冷靜。

會議室裡到底發生了什麼事。從真奧會說「太大意了」來看，難不成他事先就發現伊洛恩來到附近了嗎？

「他向我搭話了……」

「你說什麼？」

沒想到兩人事先居然已經有所接觸的惠美，忍不住瞪大了眼睛。

「魔王，這是怎麼回事！這也太不像你了吧，那傢伙目前可是敵人喔？」

真奧懊惱地抱著頭。

「……因為看起來很像，所以我才大意了。我跟他聊過之後，他就消失了。」

「很像？他跟誰很像？」

真奧皺起眉頭，看向惠美的眼睛說道：

「跟阿拉斯．拉瑪斯……他擺出了還想更加了解世界的表情……伊洛恩跟我們不一樣，他不應該遭人利用。」

『好像很有趣呢。』

伊洛恩在說出這句話時所露出的表情，就跟阿拉斯・拉瑪斯在遇見新奇事物時所露出的笑臉一模一樣。

儘管沒什麼根據，但真奧在看見那樣的笑臉後，便確信伊洛恩真的跟阿拉斯・拉瑪斯一樣，是從質點裡誕生出來的同類。

最初看見伊洛恩的臉時，真奧就已經覺得他跟阿拉斯・拉瑪斯長得很像了。

「即使如此，現在的伊洛恩還是遭到惡魔的利用。雖然忘記這點的確是你的失誤，不過這樣的想法是否有錯，不是還得由接下來的行動來決定嗎？」

「……惠美……」

惠美以真摯的眼神仰望真奧。

惠美至今從未像這樣直接鼓勵真奧，讓他因此恢復了冷靜。

「沒錯……妳說的對。」

真奧調整呼吸，開始分析現狀。

「正確來說，講習是在九分鐘前結束。即使伊洛恩真的帶走了小千，只要他沒逃進『門』裡，那現在應該還在西新宿的某處才對。」

「原來如此。那我來助你們一臂之力好了。」

令人意外的是，居然是沙利葉肯定了真奧的分析。

「佐佐木千穗的手上應該還戴著鑲有『基礎』碎片的戒指吧。那只要沒離得太遠，就能靠我的力量找到他們。」

「怎、怎麼找？」

「艾米莉亞，妳忘了嗎？」

沙力葉揚起嘴角笑道。

「妳以為我當初發動襲擊時，是如何正確地找到妳的所在位置。雖然我事先的確有從奧爾巴那裡獲得情報，但就讓妳見識一下我足以媲美ＧＰＳ的索敵能力吧。如果對象是聖法氣或質點碎片，那對我來說根本是輕而易舉。」

沙利葉望向天空尋找某物，並因為空中閃耀的太陽而皺起眉頭。

「找到了。」

真奧等人也跟著望向沙利葉注視的方向。在用手遮住陽光凝視之後，一行人便發現有一個白色的圓形物體正懸掛在湛藍的天空中。

「遠距離利用放大器使出法術可不是一件容易的事情。只要經過鍛鍊，佐佐木千穗應該有機會成為一名優秀的法術士吧。不過……」

沙利葉仰望浮在空中的白晝之月，大膽地說道：

「還是比不上我呢。」

沙利葉的眼睛瞬間發出紫色的光芒。

接著不曉得怎麼了，真奧等人眼前的白晝之月，居然倏地變成了跟沙利葉眼睛一樣的顏色，開始閃閃發光。

「喂、喂，你幹什麼啊？別做出那麼顯眼的事情啦……」

別說是新宿了，居然改變全世界都看得見的月亮顏色，真的是要亂來也該有個限度。雖然惠美會著急也是理所當然的，但沙利葉卻若無其事地回答：

「我又不是真的改變了月亮的顏色。而且其實只有新宿周邊的人會覺得看起來有變啦。」

「什、什麼嘛……這樣我就放心了……」

「最好是能放心啦！」

看見惠美居然因為這種莫名其妙的理由而放心，讓真奧忍不住出言吐槽。

雖然平常很少會有人抬頭注意白天的月亮，但還是難保這寬廣的新宿中絕對不會有人這麼做。

真奧擔心若被人拍下照片上傳網路，或許會引起一陣騷動也不一定。

「頂多只會被電視節目做成衝擊映像特輯啦。畢竟這個地球的月亮在白天根本就不可能變成紫色。就算遭人懷疑，也頂多是那種程度而已。」

儘管對沙利葉所說的話感到有些似曾相識，真奧依然無法放心。

「好了，稍微安靜一點。我要搜索這附近了。」

沙利葉用手遮住空中的月亮，開始集中精神。

真奧與惠美等人雖然在意千穗的行蹤，但更擔心會不會有人經過這裡目睹這副場景。

要是真的有人從眼睛發出光芒並用手遮住天空，那麼無論目擊者是否了解狀況，應該都會選擇報警處理吧。

也不曉得究竟有沒有意識到自己可疑的樣子，沙利葉輕聲說出發動法術的關鍵字：

「月天鏡。」

說完法術名稱後，沙利葉先是呆了兩、三秒，之後便中止了法術。

「哎呀，意外地還滿近的呢。」

「真、真的嗎？」

沙利葉神態自若地點頭回答激動的真奧，舉起手指向某棟大樓。

「真是巧合……那裡的屋頂被人張了結界。」

「那裡……欸！」

鈴乃仰望那棟大樓後倒抽了一口氣。

「真令人不悅。真想叫他們別抄襲我的做法。」

那裡是跟在場四人都十分有緣的場所——

東京都第一廳舍大樓的屋頂。

「怎麼辦。看來之前那個惡魔好像也在，若闖進去應該難免一戰吧。就算用次元移向結界讓民眾避難，我也無法保護建築物。雖然只要我們四人使出全力總會有辦法對付那個叫伊洛恩的小鬼，不過相對地也會造成相當的損害吧。」

「你有什麼計畫嗎？」

「隨便怎樣都好，既然小千跟法爾法雷洛都在那裡，那我們當然非去不可。」

就在惠美因為想起真奧曾經進行有勇無謀的突擊而感到不安時，真奧突然說了一句出人意料的話：

「……惠美，鈴乃，不好意思，請妳們助我一臂之力。」

「咦？」

「什、什麼？」

沒想到真奧居然會提出這種建議，不對，請求，讓惠美與鈴乃驚訝不已。

「如同蘆屋所言，若不說服法爾法雷洛讓他回去，只會害千穗再度被暴露在危險之下。為了避免事情變成那樣，我需要妳們的力量。」

說完後，真奧再次做了一個出乎惠美等人意料的行動。

「拜託妳們。」

真奧低頭了。

惡魔之王居然為了守護一名少女，而向勇者與聖職者低頭了。

「……你真的……」

惠美盯著真奧的頭頂，嘆了口氣說道：

「完全都不考慮我們這邊的狀況跟感受呢。」

不過她的語氣意外地溫柔。

「畢竟是魔王，所以應該沒有人比我更任性妄為了吧。」

「別太囂張了。」

鈴乃也因為兩人誇張的言論而忍不住笑了出來。

「你應該有勝算吧。你們所說的『最佳』勝算。」

「有。不過我必須再重申一次，這個方法需要借助妳們的力量。」

真奧低著頭說道。

惠美與鈴乃互望了一眼。

「看來也沒時間考慮了。」

「畢竟是千穗小姐的危機，這也無可奈何。」

「我會記住這份恩情。」

真奧抬頭轉向沙利葉。

「你有辦法像上次那樣，在伊洛恩的結界上面再張一層結界嗎？」

「可以，但你打算怎麼辦？」

「請你盡量張一個大一點的結界，剩下我會負責想辦法。」

真奧說完後，便從手提包中取出一個黑色的球體，然後用力地握住它。

※

「妳到底想怎麼樣？」

法爾法雷洛向眼前的少女提問。

自稱佐佐木千穗的少女不但沒拒絕伊洛恩的要求，反而還順從地跟了過來。

倒不如說，伊洛恩之所以能輕易執行在避開魔王耳目的情況下綁走少女的複雜任務，主要還是因為有身為被害者的佐佐木千穗合作。

「我不想因為抵抗而受傷或失去意識。」

「原來如此，看來跟外表不同，妳還滿有膽識的嘛。」

「畢竟我至今經歷過不少次恐怖的遭遇啊。」

千穗說完後露出苦笑，看來她的確是比普通的人類還要來得大膽。

若非如此，在被伊洛恩纖弱的手臂抱著從麥丹勞總公司大樓，一口氣跳向新宿都廳屋頂時，就應該會慌張地吵鬧了起來才對。

「那麼，這樣如何？」

打扮成過時上班族的法爾法雷洛，用手摸了一下伊洛恩的甲冑。

伊洛恩的甲冑突然化為黑色的煙霧散開，撲向法爾法雷洛的肉體。

「呀！」

千穗忍不住用手遮住眼睛。

身材削瘦的上班族，一瞬間就變成了散發不祥氣息的惡魔。

法爾法雷洛有著蝙蝠的翅膀與從四肢延伸出去的一根巨大利爪。不過他的臉看起來卻比想像中還要接近人類。

雖然千穗不由得地蓋住了臉，但還是偷偷地透過指間窺探。

「啊，原來鎧甲底下有好好穿衣服呢。」

千穗因為發現伊洛恩有穿以粗麻製成的內衣而感到放心，將手從臉上移開輕撫胸口。

「……妳是在意這個啊。看到我這副模樣，妳都沒什麼感覺嗎？」

明明化身為不存在於日本的惡魔姿態，結果對方擔心的卻是伊洛恩底下有沒有穿衣服，讓法爾法雷洛頓時失去了立場。

不過即使千穗親眼目睹了法爾法雷洛的真實姿態，看起來還是一點也不害怕。

「那個，不好意思，我本來還以為會變身得更誇張。」

「……」

看見法爾法雷洛瞬間拉下了臉，千穗有些慌張地說道：

「那、那個，絕對沒有一點都不恐怖喔！不、不如說已經算是很帥很恐怖囉？可、可是，那個，我想應該是因為我曾經看過真……撒旦先生跟艾謝爾先生的真面目，所以才變得有點習慣了。」

千穗不但不感到害怕，還試著幫法爾法雷洛說話，讓這位惡魔變得更加沒有立場。

「……算了，坦白講，這還是我第一次有想殺妳的衝動。」

「啊，對、對不起。」

也不曉得千穗到底搞不搞得清楚狀況，但總之她先坦率地道歉。

「不過……妳說妳曾經拜見過魔王撒旦大人的英姿？是在哪裡，又是在什麼樣的情形下見到？」

「咦？啊，就是這裡，還有之前見面的地點再往前走二十分鐘左右的地方。」

「妳是在近距離下拜見魔王大人的尊容嗎？」

「呃……大概就像我們現在這樣的距離。」

「……」

儘管表面上依然裝得面無表情，不過法爾法雷洛的心裡其實非常驚訝。

他確實曾耳聞魔王有恢復過原來的姿態，但沒想到這位無論怎麼看都是普通人類的少女，居然曾在近距離親眼目睹過，這讓他感到十分難以置信。

普通人光是靠近魔王撒旦的魔力，通常都會因為接觸到魔王的黑暗力量而昏迷過去。

「該不會……妳就是艾美拉達．愛德華吧？」

「咦？」

被人像這樣唐突地誤會，讓千穗驚訝得睜大了眼睛。

「我聽說輔佐勇者艾米莉亞的人類最強法術士，是一位身材嬌小的女性。妳該不會是用佐佐木千穗這個名字在這裡生活吧。」

「不、不是啦！雖然我認識艾美拉達小姐，但你認錯人了啦。」

雖然搞錯人也該有個限度，但法爾法雷洛並未跟勇者時代的惠美等人直接戰鬥過，因此也難怪他會誤會。

「即使如此，既然妳是因為認識艾米莉亞跟艾美拉達，才能免於暴露在魔王大人的魔力底下，就表示妳不是戰士了。妳果然是魔王大人在這個國家的枷鎖之一嗎？」

看來事到如今，無論怎麼說法爾法雷洛都不會相信了。

明明才剛接受法術訓練，就突然差點被人當成維護地球和平的英雄。

「不過……說到枷鎖，或許的確是這樣沒錯。都是因為有我在，所以撒旦先生跟遊佐……艾米莉亞小姐，才會遇到那麼多的麻煩。」

「……？」

「法爾法雷勞先生。」

「是法爾法雷洛啦！」

「對、對不起！」

弄錯別人的名字是件非常失禮的事情。

「真奧哥……撒旦先生真的沒有放棄征服世界的夢想。撒旦先生只是打算在日本學會某件事，然後活用到征服世界上面……」

「就是學習吧！」

伊洛恩不知為何以開朗的聲音附和道。

「沒、沒錯……總之，他想努力地學習，然後去完成某件事。雖然經常因為沒錢而必須工作，花費額外的時間，不過即使如此，他還是一直掛念著魔界居民的事情。這點請你一定要相信他。」

少女不但一點都不害怕，還以真摯的眼神筆直看向惡魔。

法爾法雷洛原本以為人類會害怕惡魔，也絕對不會認真地與惡魔說話，因此他是第一次看見像千穗這種眼神。

「……我也希望是那樣，不過……」

「所以……請你告訴我。為什麼魔王軍要侵略安特．伊蘇拉呢？」

法爾法雷洛像是瞧不起這個問題似的張大了嘴巴回答：

「愚蠢的問題，除了安特．伊蘇拉以外，還有哪裡能夠征服……」

「所以說，為什麼你們非得征服安特．伊蘇拉不可呢？」

「……」

「法爾法雷勞先生之前曾經說過，只要死的惡魔愈多，魔界就能存續得愈久，請問是跟這件事有關嗎？」

「……我叫法爾法．雷．洛！」

法爾法雷洛沮喪地垂下肩膀。

「就算知道這種事，妳又能怎麼樣呢？」

「那還用說。」

千穗毅然地挺直了身子，高聲宣言：

「我要從那裡找出無法順利向前邁進的原因，幫助撒旦先生實現他的夢想！」

「小千？」

真奧抵達都廳底下時，他的手機突然響起，由於那通電話並未顯示來電，因此真奧確信那是千穗的概念收發。

「看來她平安無事呢！走吧！惠美！鈴乃！去給法爾法雷洛那傢伙好看……」

「等等，魔王！」

「先等一下！」

「……怎樣啦……」

儘管出師不利，但真奧還是跟惠美以及鈴乃一樣，凝視自己手機的畫面。

三支手機螢幕上面，都出現了「未顯示來電」的文字。

三人先是互望彼此，然後各自按下自己手機的通話鍵，將手機移到耳邊。

「（……幫助撒旦先生實現他的夢想！）」

三人的手機內，傳出了千穗毅然的聲音。

「什麼？」

法爾法雷洛因為無法了解千穗想表達的意思而忍不住反問。

「撒旦先生最近經常在說自己過去的做法錯了。不過，他好像還不曉得到底該怎麼做才好……若是在我的能力範圍內，那我想盡可能地幫助他。即使我既弱又不會戰鬥，但一定還是有我能夠幫得上忙的地方！」

「……妳不是人類嗎？」

「我是人類沒錯！」

「那為什麼會想幫助我們這些惡魔……」

這個問題，對無疑將真奧與惠美當成重要存在的千穗而言，真的是打從心底覺得完全無所謂的事情。

「這跟是惡魔還是人類無關！」

「（這跟是惡魔還是人類無關！）」

千穗的意念並非透過聽筒，而是直接在三人腦內響起。

「……喂，小千已經學會一對多的概念收發了嗎……」

「怎麼可能。畢竟那比一對一要來得複雜多了，基本上，她可是昨天才總算勉強成功跟我連結數秒耶。」

鈴乃困惑地搖頭否定真奧的疑問。

「那麼，這是千穗無意識中做出的舉動嗎？」

「看來也只剩下這個可能性了……」

惠美與鈴乃都感到驚愕不已。

而千穗依然繼續傳達她的意念。

「（既然現在可以……那以後一定也能持續下去才對！）」

「既然現在可以……那以後一定也能持續下去才對！讓魔王與勇者能夠融洽相處的征服世界的方式！」

「……是我對日語的理解力還不夠嗎？我完全聽不懂妳到底在講什麼。」

「撒旦先生絕對會成功征服世界。直到現在，他依然每天都在為這個目標努力。不過他現在的目標並非來到日本……來到這個世界之前的『魔王撒旦』所想的那種征服世界。」

「不然是哪種征服世界？」

被這麼一問，千穗在夏天的陽光底下露出快活的微笑。

「當然是魔王與勇者……惡魔與人類，大家為了明天的食糧一起工作的征服世界啊！」

「……無聊透頂。」

法爾法雷洛對千穗異想天開的說法十分錯愕。儘管法爾法雷洛對自己居然耗費這麼多時間在千穗身上感到焦慮，但也不曉得千穗是否理解這點，只見她毫不畏懼地繼續說道：

「現在就已經辦到囉。既然如此，那以後一定也能持續下去！」

「愚蠢。人類跟惡魔，是絕對不可能共存……」

「現在已經有可能了！」

沒想到區區一個高中女生，居然能光憑語氣打斷馬勒布朗契的頭目說話。

沉默下來的法爾法雷洛驚訝地低頭看著她。

「照理說比誰都還要水火不容的魔王跟勇者已經辦到了。他們甚至還能帶著一個小孩，三個人一起出去玩喔。既然如此，那普通的人類跟普通的惡魔怎麼可能辦不到呢。」

千穗當然知道那是僅限於個人才辦得到的事情，但即使如此——

「就算你說辦不到，我也要做給你看。」

千穗乾脆地說道。

「雖然真奧哥跟遊佐小姐好像都因為將我捲入安特．伊蘇拉的事情，而感到不好意思，但他們真的沒必要那麼想。因為……」

千穗露出甚至已經能以無所畏懼來形容的笑容，堂堂地宣言：

「因為我可是充滿了幹勁，打算讓真奧哥他們被捲進我的事情喔！無論是撒旦先生、艾米莉亞小姐、克莉絲提亞小姐、艾謝爾先生還是路西菲爾先生，我希望他們能一直陪我跟阿拉斯．拉瑪斯一起吃飯，一起吵架，然後等到了晚上後還能一起互道再見，我要幫忙能做到這些事情的征服世界！」

千穗以筆直的視線看向法爾法雷洛。

「（……能一起互道再見，我要幫忙能做到這些事情的征服世界！）」

「「「……」」」

三人忍不住將手機從耳朵上拿開。

而他們也無法互望彼此的臉，因為三個人現在都是滿臉通紅。

「千……千穗……」

無法忍受沉默的惠美忍不住說道。

「真、真的是個超乎我們想像的……該怎麼說，厲害的孩子呢……」
「我……我的信仰心，開始以奇怪的形式重新建立起來了。」
「……真是的……真拿她沒辦法……真是的……」
勇者、聖職者以及魔王，各自表現出不同的反應。
「……怎麼啦。到底要動手還是不要動手，照這樣看來，佐佐木千穗似乎平安無事呢。」
「原來你在啊！」
沙利葉一臉複雜地從旁看向三人。
真奧雖然口沫橫飛地吐槽他，但還是有點缺乏氣勢。
「……拜託你，設下結界吧。」
真奧紅著臉仰望都廳。
「若想實現理想，就必須擁有相對應的實力與隨之而來的說服力……惠美，鈴乃。」
「我、我就算現在上去，感覺也無法跟千穗面對面耶。」
「我好像會開始崇拜她。」
「……好了啦，快走吧！拜託妳們了！」
說完後，真奧開始趴在兩人面前。
「真難得看見有人以如此難看的姿勢發號施令呢。」

沙利葉露出苦笑，從白天的月亮開始對東京中心設下結界。

「所以我希望你能告訴我。撒旦先生到底為什麼寧願犧牲大批惡魔與人類，也要急著征服世界呢……只要能知道這點，感覺下次就能從不同的方向進行。」

法爾法雷洛，馬勒布朗契的頭目，居然因為無法承受區區一名少女的魄力與視線而移開了目光。

法爾法雷洛無法理解千穗所表達的概念。或者應該說，他根本就完全無法想像千穗所考慮的世界。

而且他也不覺得區區一名毫無力量的人類少女，有辦法做到那種事。

既然如此，那為什麼自己會被這名少女的氣勢給壓倒呢。

「……那是因為……」

然後，就在他拗不過千穗，準備開口時——

「法爾法雷洛！結界！」

伊洛恩突然看向天空。

千穗與法爾法雷洛也跟著少年的視線望過去，然後發現白晝的天空裡懸掛著一個發出紫光

的月亮。

「來了嗎……不過比想像中還要早呢。到底是怎麼找到這裡……」

為了逃避千穗的視線，法爾法雷洛也跟伊洛恩一樣看向天空，然而映入他眼中的卻是完全超出他想像的物體。

「那、那是……」

「真奧哥！遊佐小姐！鈴乃小姐！」

千穗在看見跟法爾法雷洛一樣的人物後也跟著大喊。

這個地方讓千穗回想起當初那位穿著一件內褲，帶著一根掃把的王子殿下。

而這次那位與其說是王子，不如說是王的男子，正被兩位女性抓著衣領跟褲子的皮帶，以趴在地上的姿勢懸空從天上飛了過來。

儘管幾乎是被拎著脖子吊在空中的狀態，真奧還是剛毅地瞪向法爾法雷洛，而他的手上，正拿著一個黑色的球體。

那是被法爾法雷洛濃縮過的魔力塊。

雖說千穗是為了解決自己的疑問才答應伊洛恩的邀約，但站在真奧的立場，怎麼看都是法爾法雷洛輕率地抓走了千穗。

該不會惡魔們接下來要在這裡互相戰鬥吧。

擔心會發生這種事的千穗，忍不住朝著真奧大喊：

「不是這樣的！是我不好！法洛雷洛先生完全沒對我怎麼樣！」

「算了，隨便妳怎麼叫吧。」

看來千穗無論如何就是無法正確地喊出法爾法雷洛的名字，而本人看起來也已經放棄了。

拎著真奧的惠美與鈴乃一邊警戒法爾法雷洛的迎擊，一邊將真奧放到屋頂上，然後兩人也跟著著地。

「嘿咻……啊……衣領又鬆掉了。這下會被蘆屋罵了。」

被扔出去的真奧靈巧地著地，在難過地看了一下變鬆的T恤衣領後，便轉向千穗與法爾法雷洛。

「……沒事吧。」

「嗯、嗯……那、那個……？」

真奧看向正逃避千穗視線的法爾法雷洛。在看見惡魔龐大的身軀後，真奧總算恢復冷靜。

「雖然小千好像打算幫你辯護，不過你綁架小千這點依然是不變的事實對吧？」

真奧對著高大的馬勒布朗契冷淡地說道。

「你打算怎麼辦？」

「非常抱歉……我無論如何都想從第三者口中打聽魔王大人在這國家發生了什麼事……」

雖然結果反而聽見了人類少女恐怖的野心，但千穗跟法爾法雷洛都不知道真奧等人其實也聽得一清二楚。

「那小千呢？為什麼小千要說自己也有錯？」

「那、那個，因為我想知道為什麼真奧哥非得要征服安特．伊蘇拉不可……感覺就算問真奧哥或蘆屋先生，你們也不會告訴我……」

「唉……這樣啊。」

三人聽見的概念收發中，並沒有出現這個話題。所以應該是在真奧等人因為害羞而掛斷電話之後發生的事情吧。

真奧搔著頭，從正面緊盯著千穗與法爾法雷洛。

「你們啊。」

說著說著，真奧用拇指比了一下自己的胸口。

「像這種事情，來問本人啦！我就在這裡！既不會逃也不會躲！」

「好的……對不起。」

千穗沮喪地道歉。

「小千……唉，雖然我有很多話想對妳說……但總之……」

真奧因為想起剛才的概念收發而有點靜不下來，他走到千穗身邊，用拳頭輕輕敲了一下千穗的頭。

「好痛！」

「說教的部分，就先保留吧。」

「嗚嗚……好的。」

千穗摸著被敲的地方，走向惠美與鈴乃身邊。

真奧側眼確認惠美與鈴乃也都敲了千穗一下後，便重新轉向法爾法雷洛。

「那麼，根據你從千穗那裡聽來的結果，你覺得我怎麼樣？」

「……坦白講，實在是難以判斷。雖然聽見了意想不到的話，但我還是不認為這個國家有足以支持魔王大人霸業的東西。」

「沒這回事。撒旦有在學習產業喔。」

「照你這種說法，好像我的筆記抄得很隨便似的。」

真奧對伊洛恩稚嫩的說話方式露出苦笑，接著不知為何將手放進口袋裡拿出了錢包。

「那我就告訴你吧。這個國家……這個世界充滿了能夠解救魔界困境的東西。而且那東西既不需要血，也不需要用命去換。那就是……這個。」

真奧從百圓商店買來的錢包裡拿出一張紙。

接著他緩緩地將那張皺皺的紙攤開。

「……去買個不用摺鈔票就放得進去的錢包啦。都這麼大的人了，真是難看。」
過去曾經被魔王用這張皺皺的紙解救的惠美不悅地啐道。
「你知道這是什麼嗎？話先說在前頭，在安特・伊蘇拉的人類世界也理所當然地有這種東西。」
看在法爾法雷洛的眼裡，那不過是一張印有人類頭像與複雜繪畫的薄紙而已。
「那是……？」
「只要有了這個，就再也不需要跟人吵這個東西了。」
說完後，真奧將取出錢包時夾在腋下的黑色球體，也就是擬態的魔力球隨手扔了出去。
「您的意思是，那張紙擁有超越魔力的力量嗎？」
「不是『擁有』，而是『能讓大家擁有』。」
真奧高高地舉起印有日本偉人野口英世肖像的千圓鈔。
「我們的意志，能夠改變世界應有的狀態。這是能換成因為和平而逐漸消失的魔力，在魔界流通的有價資產……也就是錢！只要改變自己的看法，那麼就能同時改變世界與現象。這就是我在這世界學到的事情。」
「錢嗎……我知道那是指人類之間在做生意時使用的紙鈔或金屬板。不過那種東西在力量之前，根本一點用也沒有。」

「現在是沒什麼用。不過啊，我接下來才要開始打造。這麼一來，就能創造出即使是打算殺我的勇者，也願意助我一臂之力的世界！就算不用殺害任何人，也能產生負面的力量！」

「喂，可不可以別說得好像我是受到錢的引誘才願意幫你似的？」

即使忍不住出言抗辯，但惠美還是走到真奧背後，將手放在他的肩膀上。

「正因為有報酬，所以才願意行動，雖然這是人類社會的基本原理，但感覺還是有點難以釋懷呢。」

說著說著，鈴乃也將手放在真奧另一側的肩膀。

正當千穗開始納悶起到底將發生什麼事時——

「小千。」

真奧背對千穗叫了她一聲。

「唱歌吧，惠美跟鈴乃都騰不出手掩護妳，好好讓聖法氣活性化保護自己吧。」

光靠這句話，千穗便洞悉了一切。

千穗擦掉因為被斥責而從眼角流出的淚水，調整呼吸讓自己冷靜下來。

「妳可要好好做一千圓份的工作喔。」

「雖然換算起來還不到我一小時的時薪，不過這也無可奈何，我會幫你啦。」

「要上囉。雖然跟預定得有些不同，但可別死啊。」

說著說著，惠美與鈴乃便開始從真奧的兩側肩膀注入大量的聖法氣到他體內。

「妳、妳們在幹什麼！」

法爾法雷洛因此嚇了一跳。

兩名人類正火力全開地將聖法氣注入撒旦體內。這麼一來淪落為脆弱人類的魔王，不是就會被淨化嗎？

「別動！」

然而儘管正浮現出苦悶的表情，但真奧本人還是制止了法爾法雷洛。

「嘿、嘿嘿，沒、沒什麼好怕的……等著瞧吧，你一定會大吃一驚喔。」

「沒、沒問題吧？」

雖然真奧看起來一副自信滿滿的樣子，但其實真奧並未告訴惠美跟鈴乃這麼做的理由。

真奧只向兩人保證絕對沒問題，並拜託她們在法爾法雷洛面前盡可能地將聖法氣注入真奧的體內。

由於認為這個方法並不會危害到千穗，因此兩人便勉強答應了，不過這無論怎麼看都是在傷害真奧。

「嘎啊啊啊啊啊！」

過不久之後，體內持續被注入聖法氣的真奧——

「…………唔。」

「等、等一下？」

「喂、喂？」

居然翻起白眼失去意識了。

雖然惠美、鈴乃以及法爾法雷洛都搞不懂真奧到底想幹什麼——

「嶄新的早晨來臨！希望的早晨！」

但千穗卻突然唱起歌來了。

在唱收音機體操歌曲的同時，千穗開始讓體內的聖法氣活性化。

失神的真奧無力地跪倒在地。

惠美連忙從旁邊撐住他。

「因喜悅而敞開胸襟。」

緊接著，變化就突然開始了。

「仰望天空！」

真奧的身體像是被人揍了一拳般，彎成了「く」字型。

「呀啊！」

「唔哇！」

就連原本為了不讓真奧跌倒而撐住他的惠美與鈴乃，都不禁被彈飛了出去。
真奧的體內開始迸發出黑色的光芒。
「對著收音機的聲音，敞開健康的胸口。」
光芒變得愈來愈大，然後開始染黑真奧貞夫的肉體。
「這、這是……難不成？」
雖然法爾法雷洛也用手護住眼睛，抵擋迸發出來的黑光，但還是不願移開視線。
「迎接柔和的微風吧，預備一！」
最先出現的是野獸般的腳。
「二！」
接著是巨大的身軀。
「三！」
過去被勇者擊碎的右角，以及依然健在的左角。
「哎呀~好險，我一瞬間失去意識了呢。」
不過這聲嘮叨，卻破壞了原本壓倒所有目擊者的氣氛。
「怎、怎、怎麼會這樣？」
現場最驚訝的人是惠美。

畢竟誰想得到持續對惡魔注入聖法氣後，反而會讓魔王誕生呢。

鈴乃也因為這出乎意料的展開而坐倒在地，只能就此仰望魔王撒旦的威容。

「你們別那麼害怕啦……小千應該事前就知道了吧？」

「大、大致上……」

果然就算學會如何讓聖法氣活性化，光憑血肉之軀面對撒旦的魔力還是有點勉強。

即使如此，千穗還是堅強地對撒旦露出微笑，而且她剛才似乎馬上就洞悉了撒旦的想法。

千穗在東京鐵塔的那場騷動發生之前，曾經因為攝取過多的聖法氣導致反動在體內產生魔力，因此陷入了魔力中毒的症狀。

那麼若在「人類．真奧貞夫」身上引發這種現象呢。

那個答案就是眼前這位穿著被撐到極限的UNI×LO的T恤以及丹寧牛仔褲的魔王。

「好緊喔。」

只有一個人似乎很享受眼前狀況的變化——伊洛恩露出淺淺的微笑抬頭仰望撒旦的臉。

「魔、魔王大人……」

法爾法雷洛不自覺地當場單膝跪下。

在魔王軍潰敗後才升為頭目的法爾法雷洛並未直接跟撒旦碰過面。然而一旦魔王像這樣出現在年輕惡魔眼前，法爾法雷洛便開始譴責起自己居然對魔王抱持著如此愚蠢的疑問，心中充

滿了後悔。

魔王撒旦依然健在。而且他現在也同樣隱藏著遠遠超過法爾法雷洛的強大力量，為君臨世界進行準備。

甚至還將原本的仇敵收為同伴。

「如何，這樣你還不服氣嗎？」

從遙遠高處傳來的聲音，讓法爾法雷洛連靈魂都跟著屈服，跪倒在地。

「這全都是我的思慮太短淺了。對於懷疑魔王撒旦大人心思的重罪，我願意接受任何的懲罰。」

現場陷入了一陣沉默。

雖然跪倒在地的法爾法雷洛，已經做好了隨時都會喪命的覺悟。

「又沒有人說要處罰你。」

不過魔王撒旦卻輕鬆地說道：

「我一開始不就說了嗎？我有我的考量，別做蠢事，快點回去。叫巴巴力提亞那些傢伙從東大陸撤退吧。如你所見，我在新的世界獲得了新的力量，正在替征服世界進行準備，只要能讓你知道這點就夠了。」

「……不敢當……」

「話說回來，就算這麼說，巴巴力提亞也不會接受吧。回去的時候記得告訴他，說我在這個國家找到了『真正的』新生魔王軍與四天王大元帥，我來替你介紹一下好了。」

「咦？」

「啊？」

「咦？」

撒旦突然說出千穗、惠美以及鈴乃都沒聽過的存在。

「你還記得艾謝爾跟路西菲爾吧。除了他們以外，還有這位勇者艾米莉亞。她是戰鬥的專家，實力或許還比我強呢。」

「喂！」

「那位則是訂教審議官克莉絲提亞・貝爾。她出身教會的外交・傳教部，是精通安特・伊蘇拉所有情勢的智將。」

「什、什麼！」

「原本是敵人的她們現在已經跟我聯手了，另外還有我掌握人心關鍵的輔佐官，麥丹勞・咖啡師佐佐木千穗。以上這幾位，就是我創立的新魔王軍四天王大元帥。」

「「五人！」」

惠美與鈴乃不禁異口同聲地大喊。

「不對，才不是那樣！為、為什麼我要當大元帥啊，別擅自亂說啦！」

「我還以為你打算說什麼呢！這是名譽毀損！給我訂正、撤回、切腹、道歉啊！」

全力吐槽之後，惠美與鈴乃各自使出渾身解數向真奧抗議。

「基本上什麼叫做麥丹勞．咖啡師啊！你怎麼可以讓千穗再遭遇危險……」

「您說麥丹勞．咖啡師（Mgr on Ald Ballista）……？」

「咦？」

「啊？」

勇者、訂教審議官以及麥丹勞．咖啡師，雖然撒旦說得好像這幾個是同等級的稱號，但沒想到法爾法雷洛居然真的接受了，不只如此——

「Mgr on Ald Ballista……王佐主教弓。那位少女是弓兵嗎？」

「為、為什麼會變成那樣啊？」

明明原本只是單純證明對麥丹勞的商品知識有一定了解的資格，為什麼會被誤會成那種奇怪的稱號，惠美實在搞不懂這其中的理由。

「不過，我是大元帥啊……」

無視周遭的狀況，原本還難掩痛苦的千穗，現在正莫名爽快地進行活性化，並露出彷彿在作夢般的微笑。

「喂！千穗小姐，妳在高興什麼啊！」

雖然鈴乃忍不住吐槽，但她其實比惠美更清楚其中的理由。

「Mgr on Ald……侍奉王的主教啊……真是的，那傢伙的思考回路到底是怎樣啊。」

撒旦滿意地聽著鈴乃的嘟囔，然後傲然地對法爾法雷洛說道：

「總有一天，我將率領新魔王軍再度征服魔界與世界。這些人都不是我們的敵人，你可要銘記在心啊！」

「遵命！」

「快忘記啦！我是你們的敵人沒錯！」

惠美悲痛的吶喊，並未傳到法爾法雷洛的耳裡。

「那麼……」

確認過法爾法雷洛已經心服了之後，真奧點了一下頭說道：

「這個還給你吧。」

真奧撿起掉在地上的魔力球，用指尖抓著灌注意念。

「嘿！」

隨著撒旦發出一道小小的吆喝聲，他的身體瞬間充滿了黑色的火焰。

「魔、魔王大人？」

法爾法雷洛見狀便慌了手腳，但下一個瞬間——

「……拿去吧。」

轉眼之間，擁有巨大的力量、肉體以及威嚴的魔王撒旦，已經變回了一個人類青年，而他身上穿的T恤不只是衣領，而是整件衣服都鬆掉了。

「這樣應該能稍微填補一點吧。看你帶回去之後是要吃掉還是分掉，都隨便你吧。」

真奧貞夫說完後，便將魔力球扔給法爾法雷洛。

儘管這顆魔力球外表看起來只是普通的鐵球，但裡面現在所包含的魔力，幾乎是魔王撒旦透過聖法氣過載產生的所有魔力。

「可、可是這樣魔王大人……」

撒旦恢復成只能勉強維持一點魔力的模樣。雖然法爾法雷洛認為考慮到今後的霸業，放棄魔力並非良策——

「你也看到了吧。我只要有心，隨時都能恢復過去的樣子，而且……」

真奧發出苦笑，臉色蒼白地轉向正怒上心頭的惠美與鈴乃。

「那些傢伙很恐怖呢，我想還是暫時安分一下比較好。」

法爾法雷洛交互看向真奧與後面的女性陣容後，也只能啞口無言。

「魔～王～!!!!」

接著恐怖的那些傢伙，便以比魔王更像魔王的語氣與魄力逼近真奧背後。

「魔王！給我訂正！五個人根本就不能算是四天王吧！」

「有什麼關係，管他四天王還八王子，都沒什麼大不了的差別吧。」

「你還打算再增加成員嗎？什麼八王子啊！話說回來，這又不是人數的問題……」

「新的四天王與魔王大人帶回來的新文化……這下子魔界之民的士氣應該也會跟著大幅提升吧。」

「所以我不是說了不是那樣嗎！」

惠美與鈴乃悲痛的吶喊、法爾法雷洛的感嘆、託聖法氣活性化的福而變得飄飄然的千穗，以及撒旦安撫的聲音，就這樣在新宿的天空裡交錯。

「好厲害，好厲害喔！」

看著真奧等人在各方面來說都亂成一團的狀況，只有伊洛恩一個人佩服地拍著手並感到高興。接著——

「……你們到底在幹什麼啊，如果用不到了，那我就解除結界囉。」

因為一直沒發生戰鬥而過來看看狀況的沙利葉，在看見異世界人們缺乏緊張感的爭吵後，便無力地垂下肩膀。

「所、以、說！要我說幾次都行！為了避免增加敵人，還是讓他以為妳們是夥伴比較簡單吧！」

※

真奧貞夫的慘叫響徹了夕陽西下的新宿。

等真奧恢復人類姿態後，因為被擅自當成大元帥而怒上心頭的惠美與鈴乃，就讓他在大太陽底下的都廳屋頂上正座，持續地對他說教。

真奧向法爾法雷洛表明的事情，對所有人的內心都造成了莫大的影響，甚至就連要對自作主張向法爾法雷洛打探情報的千穗說教的事情，都被眾人給拋到了腦後。

而其中特別讓惠美生氣的一點，就是連千穗都被當成了大元帥。

若透過伊洛恩的「門」回去的法爾法雷洛將這件事情向巴巴力提亞報告，到時候千穗將超越關係人士，變成與安特．伊蘇拉密切相關的存在。

除了或許會出現將千穗視為「敵人」的勢力之外，一行人也幾乎完全沒達成當初的目的，因此惠美在回家的路上一直不悅地找真奧的麻煩。

而真奧所提出的反駁，就是剛才的那聲大喊。

「只要當上了大元帥，那一般人就不太敢對她出手了吧？畢竟人類的騎士團可是連並非大元帥的巴巴力提亞都無法對抗吧？」

「問題又不是出在那裡！這樣千穗或許會被安特．伊蘇拉的人們當成敵人對待也不一定耶！而且若將其他惡魔放著不管，只讓千穗當上大元帥，這樣千穗不是有可能被惡魔當成嫉妒的對象並遭到攻擊嗎？」

「我底下的人才沒那麼陰險！」

「要是有既明朗又快活的惡魔，那還得了！」

「妳的眼睛到底長在哪裡啊！難道妳想說我個性陰險嗎？人類明明一點都不相信我們說的話，如果他們只挑對自己有利的部分而將小千當成壞人，那才叫做陰險吧！」

「如果不是陰險，那你就是什麼都沒想的肌肉腦袋！無論你怎麼辯解，害千穗面臨了跟至今不同的危險這點都無法改變啦！你這個笨蛋惡魔！」

「妳說什麼！」

「怎樣！想打架嗎？」

「真是的……吵死人了！」

在離開都廳走到京王新線初台站的這段路途中，真奧與惠美便不斷地謾罵對方，讓受不了的鈴乃因此大喝道：

「事情都已經過去了，再怎麼吵也沒用。是無法讓法爾法雷洛跟伊洛恩持續留在這裡跟解決這件事的我們輸了！」

「小鈴姊姊，不可以生氣啦！」

被鈴乃抱在懷裡的阿拉斯．拉瑪斯拍了拍鈴乃的額頭，而鈴乃則是幼稚地甩開她。

在伊洛恩與法爾法雷洛一起回去之前，阿拉斯．拉瑪斯又再度無視惠美的意志擅自從惠美背後跳了出來。

「……伊洛恩。」

「阿拉斯．拉瑪斯……好久不見了。」

「嗯。」

從他們的對話來看，伊洛恩果然是與阿拉斯．拉瑪斯極度接近的存在吧。

「伊洛恩，大家都還好嗎？」

「對不起，我不知道。不過我過得很好。」

「嗯。」

光是能知道這點，阿拉斯．拉瑪斯的表情就不自覺地變得開朗。

「下次，再一起玩吧？」

「嗯。」

從質點誕生出來的孩子們短暫的邂逅，就這樣劃下了句點。

直到伊洛恩打開門並和法爾法雷洛一起離開日本為止，阿拉斯．拉瑪斯都一直緊盯著目送他們。

在那之後，惠美便開始與真奧吵架，結果變成由鈴乃負責抱阿拉斯．拉瑪斯。

「基本上連伊洛恩的來歷都沒問清楚就放人家回去……看來只要跟千穗小姐扯上關係，你們真的就會忘了思考呢。」

「……鈴乃小姐，妳叫我嗎？」

千穗正踏著輕飄飄的腳步走在鈴乃旁邊，她從剛才開始就一直是那副如在夢中的樣子。

「我沒叫妳。千穗小姐，話先說在前頭，別忘了回去之後我可要好好地對妳說教一番。」

「……好的……」

「……真是的，怎麼每個傢伙都這樣！」

千穗從離開都廳開始就一副散漫的樣子，真不曉得她到底有沒有把鈴乃的話給聽進去。

「小鈴姊姊，不可以生氣啦！」

「阿拉斯．拉瑪斯，話可不是這麼說！至少得要有我一個人冷靜、理性地看清狀況才行，不然這些傢伙真的什麼都不會想……」

鈴乃一臉認真地對阿拉斯．拉瑪斯抱怨。

「冷靜、理性地看清狀況？」

「……說得也是，就算跟阿拉斯・拉瑪斯講這個也沒用呢。」

儘管聽不懂鈴乃的話，阿拉斯・拉瑪斯還是努力地跟著複誦了一遍，不過果然不知道的東西還是不知道。不只如此——

「哎呀，有什麼關係。反正這次我成功跟女神和好了。這麼一來就萬事太平啦。」

「難道就沒有人能為我的內心帶來平穩嗎——！」

「啊嗯，小鈴姊姊，不要嚇人啦。」

明明站在地面上，卻整個人飄飄然的沙利葉所做出來的結論成了最後一擊，終於突破了鈴乃忍耐的極限，害她就這樣抱著阿拉斯・拉瑪斯誇張地跑了起來。

「那傢伙過得還真辛苦呢。」

「你以為是誰的錯啊！」

目送鈴乃哭著跑走的背影，真奧自顧自地說道。

「不過，雖然這不是我該說的話，但為什麼你把魔力給了法爾法雷洛啊？」

「怎麼。如果我一直留著能隨時恢復成魔王的魔力，妳會放過我嗎？」

「所以我才說這不是我該說的話啊！」

真奧輕浮的回答讓惠美跟他爭辯了起來。

「……唉，的確站在妳的立場，若恢復成魔王的我突然開始跟法爾法雷洛一起征服日本，那妳就能找到殺我的理由了，或許這樣正合妳意吧。」

「我、我怎麼可能期待發生那種事？」

「那種事是指我開始征服日本嗎？還是找到殺我的理由？」

「…………你就這麼想挑我的語病惹我生氣嗎？」

「這是之前單方面被妳說個不停的回禮。」

真奧刻意誇張地露齒一笑。惠美則是勉強咬緊牙關將臉偏了過去。

「唉，說正經的，應該是看在小千的面子上吧。」

兩人回頭看向走在後面，看起來有些飄飄然的千穗。

「在被人堂堂地做出那種宣言之後，我也沒蠢到會留下可能與妳起爭執的要素。啊，還有這個，趁沒忘之前給妳薪水吧。」

在惠美於腦中咀嚼真奧所說的話之前，真奧就在她面前攤開了皺皺的千圓鈔，打消了惠美的興致。

「怎樣啦，妳不要嗎？」

「我不要。」

「什麼？」

惠美乾脆地拒絕那張千圓鈔，讓真奧差點對她感到尊敬了起來。
「若收了你的錢，那我跟你的關係就真的變得像是在做生意了。這次我只是為了救千穗才勉強跟你合作而已。你可別誤會了。」
「我、我倒是沒想那麼多……如、如果真的不要，那我就收回去囉？可以吧？」
真奧以讓人難以想像先前還在堂堂述說魔界未來般的沒志氣模樣，收起了千圓鈔。
「話說回來，剛才我們有聽見千穗概念收發的事情，要對她保密喔。」
「啊？為什麼？」
由於零錢袋塞得太滿，讓真奧無法順利地將千圓鈔放進去，而那張鈔票也因此變得更加淒慘了。
「……我想她本人應該不希望讓我們聽見吧，而且……」
「……而且？」
惠美支支吾吾了起來，她不滿地瞇起了在夕陽映照下閃閃發光的眼睛，只移動視線交互看向真奧與千穗。
「……感覺……好像會就這麼接受，很討厭。」
「啊？妳說什麼？」
惠美幾乎是只在自己嘴裡小聲地嘟囔道，因此馬上就被西新宿往來車輛的雜音蓋過，完全傳不到真奧的耳裡。

「……沒什麼啦。總之別告訴千穗喔！懂了嗎？」

「喔、喔……雖然我搞不太清楚……」

雖然惠美的態度又變回跟以前一樣，但似乎還是對某些事情無法釋懷，儘管搞不太清楚狀況，不過依然坦率地點頭的真奧——

「啊，對了，小千小千。」

像是突然想起什麼事似的整個人轉身說道。

「……是……咦，啊，是、是的！」

被真奧這麼一叫，原本在恍神的千穗不自覺地挺直了身體。

「唉，說教就等以後再說吧，我想稍微繞一點路，妳要一起過來嗎？」

「繞路嗎？」

「你想去哪裡啊？」

都到這個地步了，可不能再讓千穗面臨危險。視場所而言，惠美心中也做好了硬要跟過去的覺悟。

「對了，也順便告訴妳一聲吧。小千，聽說妳的生日快到了。妳是什麼時候生日啊？」

千穗與惠美的表情僵了一下。

「生……生日？」

「啊，那個……嗯，是九月，九月十日。」

千穗老實地回答問題。

「哎呀，雖然我也有想過，但果然身為魔王的我就算突然想送什麼生日禮物，也絕對沒辦法準備小千喜歡的東西，我想既然如此，不如趁這個機會直接問本人喜歡什麼東西比較快，而且這樣也比較確實。」

真奧的話要說坦率也實在未免太過坦率，站在惠美的立場，要讓魔王理解慶祝生日這個概念本身就很困難。

「雖然我到現在還不曉得小千喜歡什麼，不過感覺上並不是像惠美那種充滿少女情懷的品味。」

「你、你說誰少女情懷啊！」

「就是少女情懷吧。都一把年紀了，居然還使用放鬆熊的錢包。」

「總、總比你在百圓商店買的皮包要好吧！而且基本上我的真實年齡明明就只跟千穗差一歲而已。」

「啊～總之我想妳應該也知道我買不起太貴的東西，不過有想要什麼差不多的東西嗎？」

這番話要說直接也實在未免太過於直接，又不是在確認麥丹勞的點餐。

千穗稍微仰望了一下真奧的臉。

「或許我已經收到了也不一定呢。」

然後笑著說道。

「是嗎……呃，咦？我有給妳什麼東西嗎？」

「我有收到喔，而且或許還是我現在最想要的東西呢。」

「嗯？是、是嗎？嗯？」

由於真奧自己本人完全沒有印象，因此頻頻歪著脖子思考。

「咦？到底是什麼啊？」

看來結果還是想不出答案的真奧一臉不滿地抬起頭來，但千穗只是露出神祕的微笑小跳步地走著。

「真是的……該說是你們是半斤八兩……還是兩個人都太悠哉了呢。」

「咦？惠美知道答案嗎？」

「……我不想知道。」

「怎、怎樣啦！」

「呵呵呵，在你發現之前都是祕密。」

千穗將手指抵在嘴唇上，看來是不打算公布答案。

「啊，對了！我記得遊佐小姐也是秋天生日吧？」

「我嗎？」

千穗突然將話題帶到惠美身上，讓她疑惑地眨了眨眼睛。

「是這樣嗎？」

「感覺我之前好像有聽鈴乃小姐提到過……」

「……」

惠美一臉不悅地看向真奧，然後不甘不願地點頭。

「雖然我的生日的確是在西大陸的初秋，不過在日本就不曉得是什麼時候了，而且我的生日怎麼樣都沒差啦。」

「欸~機會難得，不如我們來交換禮物吧！」

千穗拉著惠美的手臂，開始夢想著快樂的企劃。

「別、別鬧了啦，那樣很難為情耶。」

面對千穗充滿高中女生風格的邀請，惠美紅著臉委婉地拒絕。

「就算不那麼做，我也有很多事情想向妳道謝。再怎麼說真奧哥也一樣受了遊佐小姐不少照顧，如果不偶爾報一下恩，或許真的會被殺掉也不一定喔？」

「千穗，我說啊……」

惠美因為不曉得千穗究竟認真到什麼程度而感到困惑。

「……說的也是。冷靜想想，我的確是欠了妳不少人情。」

「別想得那麼認真啦。話說我最不想看見你那麼想，拜託你真的別鬧了。」

要是真奧真的受到千穗的慫恿買了放鬆熊商品送給惠美，或許惠美會一口氣討厭起放鬆熊也不一定。

「不過，妳應該也不想從我這裡收到什麼東西吧？」

「那還用說，所以別再想下去了啦……」

「那不如這樣好了。」

「咦？」

真奧突然擊了一下掌，讓惠美產生了某種不好的預感。

「我剛才不是指名妳當大元帥嗎？」

「如果你願意把取消這件事當成禮物，那我也不是不能考慮。」

「在法爾法雷洛面前不能這麼做吧。所以說，惠美妳就為了監視我做的事情，跟我一起走吧！」

時間，停住了。

「「咦？」」

惠美與千穗以僵硬的聲音唱和道。

「反正妳現在也很煩惱到底要不要像以前那樣將我當成敵人對待吧？既然如此，接下來妳就重新看仔細我到底是不是妳的敵人。因為妳是大元帥，所以隨時都能從背後斬殺我喔。當然我並不打算那麼輕易地就被妳解決掉，不過如果妳之後果然還是對我做的事情不滿意，到時候我們再重新以魔王跟勇者的身分對決吧。妳覺得如何？」

「如、如何啊……」

「我們重新開始吧。我會用行動證明給妳看，我並非妳所想像的那種魔王。而且小千也說想知道我征服世界的動機。我會從頭開始告訴妳，若妳還是覺得不滿意，到時候再重新一決勝負吧。所以——」

真奧像是自以為想到了完美的點子般，滿臉得意的笑容對惠美說道：

「勇者艾米莉亞，如果想暢快一點就跟著我來吧。我會在征服世界的過程裡讓妳見識新的世界。」

千穗與惠美都僵住了。

至於唯一站在外側觀看這段停止時光的沙利葉——

「嗯，原來你該講的時候還是會講嘛。」

則是對真奧的發言感到佩服。

接著──

「～～～唔！！！！！！！」

「咦？咦？咦？」

惠美的臉突然像是被灑了汽油的火種般，以驚人的氣勢開始變紅。

此時早一步抵達初台站的鈴乃，正因為抱在懷裡的阿拉斯・拉瑪斯突然消失而感到疑惑，而與此同時，惠美的手上已經握著一把蘊含了無比力量的「進化聖劍・單翼」。

「喂、喂，惠美？這、這裡可是在大庭廣眾之下耶！」

「天衝嵐牙！」

惠美瞄準真奧，認真地使出了聖劍的招式。

在狂風毫不留情地攻擊之下，真奧貞夫那不同於撒旦的輕盈身體就這樣一口氣撞上了行道樹，然後掉進路邊的樹叢裡。

「你你你你知知知知道道道道自己到底在在在說說說什麼嗎？」

雖然惠美自己才是一副不曉得自己在說什麼的樣子，但真奧更加搞不懂狀況。

「笨蛋！你這個笨蛋！已經夠了！你是我的敵人！絕對是我的敵人！居然會為此煩惱的

我也是個大笨蛋！下、下次你敢再講奇怪的話試試看！跟阿拉斯．拉瑪斯與千穗無關！到時候我、我一定會讓你身首異處！你、你這個……」

惠美淚眼盈眶，以包含了各種感情、滿臉通紅的表情說道：

「你這個遲鈍的傢伙！」

接著她就以更勝鈴乃先前的速度，毫不猶豫地跑掉了。

「這、這是怎樣……」

從樹叢裡爬出來的真奧因為搞不清楚狀況而嚇了一跳，此時一道影子落到了真奧臉上。

「小、小千，麻煩扶我一下……咦？」

背對著夕陽站在真奧面前的千穗並未抓住真奧伸出的手，而是揪住了他的衣領。

「小千？」

「真奧哥，請我吃蛋糕。」

「咦？」

「你不是要幫我慶祝生日嗎？那就請我吃蛋糕吧。現在馬上！」

「咦？啊，那個，為什麼小千看起來好像也有點生氣……」

「我不知道！」

「那、那個，小千，我自己會走，麻煩妳放開我的衣領，那個……」

魔王就這樣被高中女生拉著走回了來時的方向。

一想到真奧不曉得會被帶進新宿的哪間高級西洋點心店，就讓一個人被留下來的沙利葉露出了苦笑。

「感情融洽是一件好事。那麼，我也去吃晚餐好了。初次挑戰MdCafé！」

「這到底是怎麼回事啊……」

真奧一邊被千穗拉著，一邊眺望了黃昏的天空。

雖然他完全不曉得為什麼惠美的臉會紅成那樣，以及千穗為何生氣。不過——

「明明要是她平常能露出那種表情，就會比較可愛一點呢。」

真奧一想起滿臉通紅、眼神濕潤的惠美，便獨自暗笑了起來。

「你有說什麼嗎？」

「什麼也沒有。」

儘管不曉得理由，但真奧還是知道不能再繼續碰觸千穗的逆鱗，因此放棄繼續思考下去。

話說回來，千穗回過頭時的耳朵也微微發紅。

「雖然跟我想像的有點不一樣……但夢想這種東西真的是無法稱心如意，而且也沒那麼容易找到呢。」

被拉著走的真奧仰望東京的紅色夕陽輕聲說道。

木崎因為被夢想衝昏了頭，而在千鈞一髮之際迴避了有問題的店面。

沙利葉若想跟木崎發展為他所希望的關係，應該也是前途多難。

阿拉斯·拉瑪斯雖然好不容易遇見了同伴，但只能一起共度些微的時間。

蘆屋應該會因為自己又拋棄了魔力而嘆氣吧，至於漆原總是一副不滿的樣子。

鈴乃、千穗以及惠美，也都為了將無法稱心如意的現狀改變成夢想中的樣子，而一面碰壁一面前進。

然後真奧也一樣……

「唉，光靠三小時的講習應該是無法追上木崎小姐吧。」

儘管麥丹勞·咖啡師的講習本身十分有意義，但若想學會足夠跟以酒保為目標的木崎相匹敵的技術，那麼首先必須朝新的課題踏出一步才行。

就算踏出的腳步微小到連自己都沒發現的程度，真奧以及圍繞在真奧身邊的人們還是都比昨天更接近了夢想一步。

即使東京到了傍晚依然十分炎熱，但天空的顏色確實正逐漸開始瀰漫著秋意。

「的確視看法而定，紅色也不差呢。」

真奧抬頭仰望紅色的天空如是想著。

「那我就吃上面放滿了草莓的蛋糕好了。」

「這、這個季節的草莓很貴吧?那個，還、還是別挑太貴的……」

結果無論是魔王、勇者、惡魔、天使還是人類，大家的心、目的，甚至是回家的道路都像這樣各自分散，不盡相同。

終章

除了木崎的以外，櫃檯角落的牆壁上又多了兩張新的「麥丹勞・咖啡師」證書，代表有其他精通MdCafé餐點的員工在這裡工作。

雖然不知為何說明資格的內容大半是用英文書寫，不過在代表麥丹勞形象的紅色背景上，用白色跟金色的文字註明當事人已經上過規定的講座，在裱框裝飾起來後顯得有模有樣。

至於標在上面的名字，當然是「ＳＡＤＡＯ　ＭＡＯＵ」以及「ＣＨＩＨＯ　ＳＡＳＡＫＩ」。

「機會難得，不如就請遊佐小姐她們來試喝，看看你們的技術到底提升了多少怎麼樣？」

木崎依照約定招待來MdCafé的惠美等人喝咖啡歐蕾，不過由於碰巧真奧與千穗都有排班，因此她便提出了這樣的意見。

「正如我所願！」

「雖然……我還沒什麼自信……」

「這、這樣沒關係嗎？」

真奧的雙眼因為木崎的挑戰而閃閃發光，反倒是千穗看起來似乎有些畏縮。

至於結伴來到這裡的惠美與鈴乃，則是對木崎的提議感到過意不去。

「畢竟之前就約好要請妳們了，而且真奧應該也想替今早的敗績雪恥吧。」

「今早的敗績？」

「蘆屋先生跟漆原先生今天早上好像有來喔。」

千穗苦笑地回答惠美的疑問。

「雖然木崎小姐跟真奧哥泡了同一款的咖啡讓他們試喝比較……」

「居然連漆原都能一眼看穿，真是太讓人不甘心了。」

看見真奧一副打從心底感到懊悔的樣子，木崎苦笑地回答：

「你的咖啡裡有確實了解麥丹勞的咖啡豆才能創造出來的安定感，這可是件值得驕傲的事情喔？」

「可是蘆屋跟漆原都說木崎小姐的咖啡比較好喝……」

「那是因為蘆屋先生看起來似乎很累的樣子，所以我才為了讓他放鬆而泡了偏重苦味跟口感的咖啡。至於漆原先生看起來平常就不怎麼喝咖啡的樣子，因此我為了減少刺激，而將濃度調到接近美式咖啡的程度。」

「……」

儘管真奧的同居人並非常客，但木崎還是一次就猜中了兩人的喜好，這下真奧也只能啞口無言了。

「不過我也有點奸詐。畢竟我這麼做都是為了讓他們見識一下我身為同居人上司的實力，好讓那兩人能夠放心呢。」

「看來在試喝之前，勝負就已經分曉了呢。」

鈴乃語帶揶揄的口氣，讓真奧更加鼓足了幹勁。

「妳等著看吧！」

「真奧哥，別著急，冷靜地泡吧。」

木崎、真奧與千穗各自泡好之後，便將咖啡裝進濃縮咖啡用的小杯子裡端到惠美與鈴乃面前。

惠美與鈴乃一面比較三杯咖啡，一面試著每杯各喝了一口。

「……從右邊開始依序是千穗小姐、店長小姐以及貞夫先生吧？」

「我也覺得正中間那杯是店長泡的，不過……剩下兩杯感覺喝起來沒什麼太大的差別。」

「唔……」

「果然還是贏不了呢。」

真奧發出呻吟，千穗也跟著露出苦笑。看來如惠美與鈴乃所言，中間那杯果然是木崎沖泡的咖啡。

「即使如此，沒讓客人覺得品質有極端的差異這點還是值得評價。這表示你們的技術都進步了。遊佐小姐，鎌月小姐，真不好意思，結果反而讓兩位配合了我們的餘興節目。兩位請慢坐，雖然我們必須先回去工作了，但晚點會替妳們送來正式的餐點。」

在木崎的催促之下，真奧只好心有不甘地回去工作，千穗則是在離開之前，依然不忘先對兩人行了一禮。

惠美一面遠遠看著那三名員工的樣子，一面將視線轉向眼前的三個杯子。

「真要說的話應該算是好喝呢，真是氣死人了。」

「雖然艾謝爾也一樣，但那些傢伙真的是意外地能幹呢。」

鈴乃對惠美不坦率的言論露出苦笑。

「那麼，是吹了什麼風讓妳突然想來麥丹勞呢。」

鈴乃找惠美出來之後，便邀她一起來看真奧與千穗工作的樣子，雖然惠美就這樣順其自然地喝了咖啡，但還是不知道鈴乃找她出來的理由。

「我不是一開始就說了嗎？我只是想來看魔王跟千穗小姐工作的樣子而已。」

「妳是認真的？」

「嗯，當然是認真的。特別是……」

鈴乃拿起正中間的杯子。

「我想看他們在木崎店長底下工作的樣子。」

「……這是什麼意思？」

惠美斜眼看著三人招呼新的客人，同時向鈴乃問道。

「結果還是什麼都沒弄清楚對吧？關於魔王為什麼打算征服世界。」

「……」

鈴乃突然開啟的話題，讓惠美沉默不語。

「怎麼了。妳的臉有點紅呢，要不要換個曬不到太陽的位子。」

「我、我沒事啦！」

惠美回想起從都廳回來時發生的事情，並在被鈴乃指摘後不自覺地摸向自己的臉頰。

每當想起那天的事情，惠美心中就會有一股難以克制的莫名感情開始騷動。

「雖然事到如今也沒什麼好確認的了，但看來魔王真的是打從心底尊敬木崎店長。誰都有抬不起頭的對象這件事，或許不全是謊言呢。」

「所以呢，妳到底想說什麼啊？」

說話不得要領的鈴乃朝真奧等人瞄了一眼後，便從袖子裡拿出某樣東西放在桌上。

「那是……天兵大隊們被妳打斷的劍的碎片吧？」

而且是鍛造技術還不純熟的小鐵片。

「天兵大隊的成員們原本都是安特．伊蘇拉的居民，且天使們似乎也只是人類而已。」

「嗯……？」

「誰都有抬不起頭的對象。就我所知，只有一種生物會說這種話。」

隱約了解鈴乃究竟想表達什麼之後，惠美倒抽了一口氣。

「貝爾……妳難道……」

「就算知道這件事，魔王、艾謝爾以及路西菲爾依舊還是我們的敵人。不過……身為在日本看過他們生活的人，我們有必要去思考這件事情所代表的意義。」

照理說是超常存在的天使，其實是人類。

既然如此。

只有一個答案能夠回答從鈴乃形狀姣好的嘴巴裡吐出的問題，對惠美而言，不，對所有被魔王軍侵略的安特．伊蘇拉人民而言，那個答案簡直就如同「惡魔的誘惑」。

然而即使如此，遊佐惠美與鎌月鈴乃早已無法逃避那個問題的答案。

「妳覺得所謂的『惡魔』……到底是什麼？」

──完──

作者，後記 — AND YOU —

我認為這世界上，應該有滿多人認為每天的工作都少不了咖啡。然而話雖如此，和ヶ原本人其實也是咖啡派，在書桌前集中精神進行作業時，身邊都經常有咖啡的陪伴。

不過我並沒有什麼「咖啡就是要這樣才行！」之類的哲學，即溶咖啡也好，罐裝咖啡也好，我的立場是只要在喝咖啡時能品嘗到與當時相應的味道就夠了，不過我永遠忘不了遇到和自己口味完全契合的咖啡時，所產生的感動。

我之所以會想到這次的故事，當中的契機其實就是因為我在某間店喝到了讓人不禁想以「黝黑如惡魔、滾燙如地獄、純真似天使，並宛如戀愛般甜美」，這句法國大革命時期的政治家塔列蘭．佩里戈爾的名言來形容的美味咖啡。雖然當中有提到惡魔與天使，但因為說這句話的人是塔列蘭而不是和ヶ原，所以並沒有什麼特別的意思。

令人遺憾的是若想去那間店，就得先在高速公路跑上單程兩小時的距離才行，因此我只好無奈地持續工作……

好了，雖然我想應該不用特別再向拿起本書的讀者說明……不過《打工吧！魔王大人》在

出版第二年後，居然決定要電視動畫化了。

在收到責任編輯的通知時，我真的差點把咖啡給噴了出來呢。

兩年前承蒙029老師為第一集原稿的文字賦予了栩栩如生的圖像，一年前則是煩勞柊曉生老師與三嶋老師將本作漫畫化，每當有不同的創作者以新的視點替這部作品引導出新的魅力時，都讓我因此而獲益良多。

而這次的動畫化，更讓我得到了重新全面審視自己所描繪的世界，並再度發現其中魅力的機會。

希望能將這些經驗回饋於原作，替作品增添新的魅力，以回報至今一直支持並替這部作品加油的各位讀者。

無論是要動畫化還是進行其他的企劃，結果這次的主題依然是在描寫持續過著節儉生活的魔王、勇者以及高中女生，人生稍微往前邁進一個階段的故事。

不過就算在現實的澡堂裡修行，也不會讓法術的力量覺醒，這點還請各位見諒。

那麼，我們下一集再會吧！

Kadokawa Light Novels

我的腦內戀礙選項 1~2 待續

作者：春日部タケル　插畫：ユキヲ

「五黑」VS「白名單」對抗賽掀起高潮！
日本動畫化企畫進行中！

我甘草奏的【絕對選項】是一種會突然出現腦中，不選就不消失的悲慘詛咒；害得我整天舉止怪異，被列為「五黑」之一。本集由「五黑」VS「白名單」的校園對抗賽掀起高潮！新角眾出、愛情成分激增（比起上集）的戀礙選項第二集開麥拉！

各 **NT$180/HK$50**

台湾角川

Kadokawa Light Novels

我被女生倒追，惹妹妹生氣了？ 1~2 待續

作者：野島けんじ　　插畫：武藤此史

《變裝魔界留學生》作者&插畫家最新力作！
美少女和哥哥之間竟有「不能說的祕密」？

高中男生一之瀨悠斗跟妹妹亞夢擁有稀有體質看得到靈，更因為某起事件發現亞夢是突變靈，兩人試圖讓亞夢變回人類。這時，一名美少女突變靈爆炸性發言：「我跟一之瀨悠斗同學之間有不能告訴任何人的祕密。」妹妹聞言激怒不已！第二集震撼登場！

台湾角川

各 NT$180/HK$50

國家圖書館出版品預行編目資料

打工吧!魔王大人 / 和ヶ原聡司作 ; 夜隱,李文軒譯.
—— 初版. —— 臺北市 :
臺灣國際角川, 2011.11—　冊 ; 公分
——(Kadokawa fantastic novels) ——

譯自 : はたらく魔王さま!
ISBN 978-986-287-462-2（第1冊 : 平裝）. —
ISBN 978-986-287-693-0（第2冊 : 平裝）. —
ISBN 978-986-287-819-4（第3冊 : 平裝）. —
ISBN 978-986-287-923-8（第4冊 : 平裝）. —
ISBN 978-986-325-092-0（第5冊 : 平裝）. —
ISBN 978-986-325-367-9（第6冊 : 平裝）

861.57　　100020330

Kadokawa
Fantastic
Novels

打工吧！魔王大人 6

（原著名：はたらく魔王さま！6）

2013年8月15日　初版第1刷發行

作　　者：和ヶ原聡司
插　　畫：029
日版設計：木村デザイン・ラボ
譯　　者：李文軒

發 行 人：塚本進
總　　監：施性吉
副總編輯：蔡佩芬
主　　編：吳欣怡
文字編輯：黎夢萍
美術副總編：黃珮君
美術主編：許景舜
美術編輯：蕭毓潔
印　　務：李明修（主任）、張加恩、黎宇凡、張則蝶

發 行 所：台灣國際角川書店股份有限公司
地　　址：105台北市光復北路11巷44號5樓
電　　話：（02）2747-2433
傳　　真：（02）2747-2558
網　　址：http://www.kadokawa.com.tw
劃撥帳戶：台灣國際角川書店股份有限公司
劃撥帳號：19487412
法律顧問：寰瀛法律事務所
製　　版：尚騰製版印刷有限公司
ＩＳＢＮ：978-986-325-367-9

香港代理：角川洲立出版（亞洲）有限公司
地　　址：香港新界葵涌大連排道200號偉倫中心第二期20樓前座
電　　話：（852）3653-2804